AGATHA CHRISTIE é a [illegible] os tempos, superada apenas por Shakespeare e pela Bíblia. Em uma carreira que durou mais de cinquenta anos, escreveu 66 romances de mistério, 163 contos, dezenove peças, uma série de poemas, dois livros autobiográficos, além de seis romances sob o pseudônimo de Mary Westmacott. Dois dos personagens que criou, o engenhoso detetive belga Hercule Poirot e a irrepreensível e implacável Miss Jane Marple, tornaram-se mundialmente famosos. Os livros da autora venderam mais de dois bilhões de exemplares em inglês, e sua obra foi traduzida para mais de cinquenta línguas. Grande parte da sua produção literária foi adaptada com sucesso para o teatro, o cinema e a tevê. *A ratoeira*, de sua autoria, é a peça que mais tempo ficou em cartaz, desde sua estreia, em Londres, em 1952. A autora colecionou diversos prêmios ainda em vida, e sua obra conquistou uma imensa legião de fãs. Ela é a única escritora de mistério a alcançar também fama internacional como dramaturga e foi a primeira pessoa a ser homenageada com o Grandmaster Award, em 1954, concedido pela prestigiosa associação Mystery Writers of America. Em 1971, recebeu o título de Dama da Ordem do Império Britânico.

Agatha Mary Clarissa Miller nasceu em 15 de setembro de 1890 em Torquay, Inglaterra. Seu pai, Frederick, era um americano extrovertido que trabalhava como corretor da Bolsa, e sua mãe, Clara, era uma inglesa tímida. Agatha, a caçula de três irmãos, estudou basicamente em casa, com tutores. Também teve aulas de canto e piano, mas devido ao temperamento introvertido não seguiu carreira artística. O pai de Agatha morreu quando ela tinha onze anos, o que a aproximou da mãe, com quem fez várias viagens. A paixão por conhecer o mundo acompanharia a escritora até o final da vida.

Em 1912, Agatha conheceu Archibald Christie, seu primeiro esposo, um aviador. Eles se casaram na véspera do Natal de 1914 e tiveram uma única filha, Rosalind, em 1919. A carreira literária de Agatha – uma fã dos livros de suspense do escritor inglês Graham Greene – começou depois que sua irmã a desafiou a escrever um romance. Passaram-se alguns anos até que o primeiro livro da escritora fosse publicado. *O misterioso caso de Styles* (1920), escrito próximo ao fim da Primeira Guerra Mundial, teve uma boa acolhida da crítica. Nesse romance aconteceu a primeira aparição de Hercule Poirot, o detetive que estava destinado a se tornar o personagem mais popular da ficção policial desde Sherlock Holmes. Protagonista de 33 romances e mais de cinquenta contos da autora, o detetive belga foi o único personagem a ter o obituário publicado pelo *The New York Times.*

Em 1926, dois acontecimentos marcaram a vida de Agatha Christie: a sua mãe morreu, e Archie a deixou por outra mulher. É dessa época também um dos fatos mais nebulosos da biografia da autora: logo depois da separação, ela ficou desaparecida durante onze dias. Entre as hipóteses figuram um surto de amnésia, um choque nervoso e até uma grande jogada publicitária. Também em 1926, a autora escreveu sua obra-prima, *O assassinato de Roger Ackroyd.* Este foi seu primeiro livro a ser adaptado para o teatro – sob o nome *Álibi* – e a fazer um estrondoso sucesso nos teatros ingleses. Em 1927, Miss Marple estreou como personagem no conto "O Clube das Terças-Feiras".

Em uma de suas viagens ao Oriente Médio, Agatha conheceu o arqueólogo Max Mallowan, com quem se casou em 1930. A escritora passou a acompanhar o marido em expedições arqueológicas e nessas viagens colheu material para seus livros, muitas vezes ambientados em cenários exóticos. Após uma carreira de sucesso, Agatha Christie morreu em 12 de janeiro de 1976.

Agatha Christie®

Testemunha de acusação

e outras histórias

Tradução de Rodrigo Breunig

www.lpm.com.br

L&PM POCKET

Coleção **L&PM** POCKET, vol. 1167

Texto de acordo com a nova ortografia.
Título original: *The Witness for the Prosecution and Other Stories*

Primeira edição na Coleção **L&PM** POCKET: setembro de 2014
Esta reimpressão: dezembro de 2020

Tradução: Rodrigo Breunig
Capa: designedbydavid.co.uk © HarperCollins/Agatha Christie Ltd. 2008
Preparação: Jó Saldanha
Revisão: Simone Diefenbach

CIP-Brasil. Catalogação na publicação
Sindicato Nacional dos Editores de Livros, RJ.

C479t

Christie, Agatha, 1890-1976
Testemunha de acusação e outras histórias / Agatha Christie; tradução Rodrigo Breunig. – Porto Alegre, RS: L&PM, 2020.
272 p. ; 18 cm. (L&PM POCKET, v. 1167)

Tradução de: *The Witness for the Prosecution and Other Stories*
ISBN 978-85-254-3166-0

1. Ficção policial inglesa. I. Breunig, Rodrigo. II. Título. III. Série.

14-12275 CDD: 823
CDU: 821.111-3

Rua Comendador Coruja, 314, loja 9 – Floresta – 90.220-180
Porto Alegre – RS – Brasil / Fone: 51.3225.5777

Pedidos & Depto. Comercial: vendas@lpm.com.br
Fale conosco: info@lpm.com.br
www.lpm.com.br

Impresso na Gráfica e Editora Pallotti, Santa Maria, RS, Brasil
Primavera de 2020

Sumário

1

Testemunha de acusação

"Testemunha de acusação" foi publicado pela primeira vez nos Estados Unidos, como "Mãos traidoras", na Flynn's Weekly, *em 31 de janeiro de 1925.*

O sr. Mayherne ajustou seu pincenê e limpou a garganta com uma tossida rápida e sequíssima que era típica dele. Então olhou de novo para o homem diante de si, o homem acusado de homicídio doloso.

O sr. Mayherne era um homem pequeno, preciso nos modos, vestido de maneira impecável – para não dizer afetada –, com olhos cinzentos muito perspicazes e penetrantes. De forma alguma um homem tolo. Na verdade, por seu desempenho como advogado, a reputação do sr. Mayherne era excelente. Sua voz, enquanto ele falava com seu cliente, era seca, mas não despida de simpatia.

– Preciso ressaltar mais uma vez que o senhor corre um perigo muito sério e que a máxima franqueza é necessária.

Leonard Vole, que ficara encarando de modo aturdido a parede nua diante de si, transferiu seu olhar para o advogado.

– Eu sei – ele falou desolado. – É o que o senhor não cansa de me dizer. Mas eu não consigo compreender direito que estou sendo acusado de assassinato... *assassinato*. E por um crime tão covarde, ainda por cima...

O sr. Mayherne era prático, não era emotivo. Ele tossiu de novo, tirou o pincenê, limpou-o com cuidado e o colocou de volta no nariz. Então disse:

– Sim, sim, sim. Agora, meu caro sr. Vole, nós faremos um resoluto esforço para livrá-lo... e teremos êxito... teremos êxito. Mas eu preciso coletar todos os fatos. Preciso saber até que ponto este caso pode ser prejudicial ao senhor. Então nós poderemos estabelecer a melhor linha de defesa.

O jovem continuou olhando para ele com a mesma expressão aturdida e desolada. Para o sr. Mayherne, o caso parecera mais do que complicado, e a culpa do prisioneiro, certa. Agora, pela primeira vez, ele sentia uma dúvida.

– O senhor acha que eu sou culpado – disse Leonard Vole numa voz baixa. – Mas, por Deus, eu juro que não sou! A minha situação está bastante complicada, eu sei disso. Eu sou como um homem apanhado numa rede... as malhas todas ao meu redor, me emaranhando a qualquer movimento que eu faça. Mas não fui eu, sr. Mayherne, não fui eu!

Seria de se prever que um homem naquela posição fosse protestar sua inocência. O sr. Mayherne sabia disso. No entanto, a contragosto, estava impressionado. Podia ser, afinal de contas, que Leonard Vole fosse inocente.

– Tem razão, sr. Vole – ele falou num tom grave. – O seu caso de fato é muito complicado. Mesmo assim, aceito a sua garantia. E agora passemos aos fatos. Quero que o senhor me diga com suas próprias palavras como foi exatamente que veio a conhecer a srta. Emily French.

– Foi certo dia, na Oxford Street. Eu vi uma mulher idosa atravessando a rua. Ela estava carregando diversos embrulhos. No meio da rua ela os deixou cair, tentou juntá-los, percebeu que um ônibus estava quase em cima dela e por muito pouco conseguiu chegar ao meio-fio em segurança, perplexa e atordoada pelos gritos que ouvira das pessoas. Eu juntei os embrulhos, limpei a sujeira o melhor que pude, reatei o barbante de um e os devolvi para ela.

– Não se poderia dizer que o senhor havia salvado a vida dela?

– Ah, minha nossa, não! Tudo que eu fiz foi um gesto comum de cortesia. A mulher se mostrou extremamente grata, me agradeceu com grande ardor e comentou algo sobre os meus modos não serem iguais aos da maioria da geração mais nova... não lembro as palavras exatas. Então eu levantei o chapéu e segui adiante. Nem me passou pela cabeça encontrá-la de novo. Mas a vida é cheia de coincidências. Naquela mesma noite topei com ela numa festa na casa de um amigo. A mulher me reconheceu de imediato e pediu que me apresentassem a ela. Então eu descobri que se tratava de uma srta. Emily French que morava em Cricklewood. Conversei com ela por algum tempo. Era, eu suponho, uma velha senhora que se apegava às pessoas de uma maneira repentina e muito intensa. Ela se apegou a mim por força de um ato perfeitamente simples que qualquer um poderia ter desempenhado. Indo embora, a srta. French me apertou a mão com grande fervor e me convidou para lhe fazer uma visita. Respondi, é claro, que me daria o maior prazer fazer essa visita, e então ela me pressionou para definir um dia. Eu não sentia muita vontade de cumprir a promessa, mas recusar teria sido uma grosseria, de modo que fixei o sábado seguinte. Quando a mulher já tinha saído, eu soube de algo a seu respeito por intermédio dos meus amigos. Que ela era rica, excêntrica, morava sozinha com uma criada e tinha nada menos do que oito gatos.

– Entendo... – disse o sr. Mayherne. – A circunstância de ela ser abastada surgiu tão cedo assim?

– Se o senhor quer dizer que eu investiguei... – começou Leonard Vole com veemência, mas o sr. Mayherne o silenciou com um gesto.

– Preciso encarar o caso da maneira como vai ser apresentado pelo outro lado. Um observador comum não teria tomado a srta. French como uma mulher de posses. Ela vivia numa condição modesta, quase humilde. A menos que tivesse sido informado do contrário, segundo todas as probabilidades o senhor a teria considerado uma senhora de recursos modestos... no começo, pelo menos. Quem exatamente lhe contou que ela era uma mulher abastada?

– O meu amigo George Harvey, em cuja casa ocorreu a festa.

– É provável que ele se lembre de ter lhe contado isso?

– Eu realmente não sei. Já faz algum tempo agora, é claro.

– Pois é, sr. Vole. Veja bem, a primeira meta da acusação será estabelecer que o senhor estava com a água no pescoço financeiramente... isso é verdade, não é?

Leonard Vole corou.

– Sim – ele disse numa voz baixa. – Eu andava enfrentando uma maré de azar infernal bem naquele período.

– Pois é – disse o sr. Mayherne de novo. – Que estando, como eu disse, com a água no pescoço financeiramente, o senhor conheceu essa senhora rica e cultivou essa relação com assiduidade. Ora, se nós estivermos em condições de afirmar que o senhor não fazia ideia de que ela fosse abastada e que o senhor a visitava por pura bondade...

– E é esse o caso.

– Ouso dizer que é. Não estou contestando esse ponto. Estou olhando a questão do ponto de vista exterior. Muita coisa depende da memória do sr. Harvey. É provável que ele se lembre dessa conversa ou não? Por acaso ele poderia ser levado por um advogado a acreditar que a conversa tivesse ocorrido mais adiante?

Leonard Vole refletiu por alguns minutos. Então afirmou com bastante firmeza, mas com um semblante um tanto pálido:

– Não creio que essa linha teria sucesso, sr. Mayherne. Vários dos presentes ouviram o comentário dele, e um ou dois zombaram de mim pela minha conquista de uma velha rica.

O advogado tentou esconder seu desapontamento com um aceno da mão.

– Uma pena – ele disse. – Mas eu o felicito por falar abertamente, sr. Vole. É com a sua orientação que eu conto. O seu julgamento é bastante correto. Insistir na linha que eu mencionei teria sido desastroso. Precisamos desistir desse ponto. O senhor conheceu a srta. French, o senhor a visitou, a intimidade progrediu. Queremos uma razão clara para tudo isso. Por que foi que o senhor, um jovem de 33 anos, de boa aparência, praticante de esportes, popular entre os seus amigos, dedicou uma parte tão grande do seu tempo a uma mulher idosa com quem o senhor dificilmente teria alguma coisa em comum?

Leonard Vole estendeu as mãos num gesto nervoso.

– Eu não saberia lhe dizer... eu realmente não saberia lhe dizer. Depois da primeira visita, ela me pressionou para voltar, comentou que era solitária e infeliz. Fez com que me fosse difícil recusar. Demonstrou tão abertamente seu carinho e seu afeto por mim que eu fiquei numa posição embaraçosa. Veja bem, sr. Mayherne, eu tenho um temperamento fraco... eu fico à deriva... sou uma dessas pessoas que não conseguem dizer "não". E, acredite se quiser, depois da terceira ou quarta visita que fiz à srta. French, eu me peguei sentindo um genuíno apego àquela velhinha. A minha mãe morreu quando eu era pequeno, uma tia me criou, e ela morreu também, antes dos meus quinze anos. Se eu lhe dissesse que genuinamente gosto de ser mimado e tratado como filho, ouso dizer que o senhor apenas riria.

O sr. Mayherne não riu. Em vez disso, tirou o pincenê outra vez e o limpou – um sinal, no caso dele, de que estava pensando profundamente.

– Aceito a sua explicação, sr. Vole – ele falou afinal. – Acredito que seja psicologicamente provável. Se um júri seria receptivo a essa visão do caso, esse é outro problema. Por favor, prossiga com a sua narrativa. Quando foi que a srta. French lhe pediu pela primeira vez para dar uma olhada em seus negócios?

– Depois da minha terceira ou quarta visita. Ela entendia bem pouco de questões financeiras e estava preocupada com certos investimentos.

O sr. Mayherne levantou os olhos bruscamente.

– Tenha cuidado, sr. Vole. A criada, Janet Mackenzie, declarou que sua patroa era uma boa mulher de negócios e realizava todos os seus próprios investimentos, e isso é corroborado pelo depoimento de seus banqueiros.

– Não posso fazer nada quanto a isso – Vole falou com sinceridade. – Foi o que ela me disse.

O sr. Mayherne ficou olhando para ele por alguns instantes calado. Embora não tivesse nenhuma intenção de dizê-lo, sua crença na inocência de Leonard Vole estava fortalecida naquele momento. Ele conhecia um pouco a mentalidade das mulheres idosas. Conseguia ver a srta. French, enfeitiçada pelo jovem bonito, inventando pretextos que o trariam à casa. Que pretexto seria melhor do que alegar ignorância nos negócios, implorando-lhe ajuda com seus assuntos financeiros? Ela era uma mulher vivida o bastante para saber que qualquer homem se sente ligeiramente lisonjeado com tal admissão da superioridade dele. Leonard Vole ficara lisonjeado. Além disso, talvez ela não tivesse rejeitado a ideia de deixar aquele jovem tomar conhecimento de sua riqueza. Emily French tinha sido uma mulher de temperamento forte que se dispunha a pagar qualquer preço para obter o que queria. Tudo isso passou depressa pela cabeça do sr. Mayherne, mas ele não transpareceu nenhum indício, fazendo, em vez disso, uma pergunta adicional.

– E o senhor de fato controlou os negócios da srta. French a pedido dela?

– Sim.

– Sr. Vole – disse o advogado –, vou lhe fazer uma pergunta muito séria, e é vital que eu ouça uma resposta sincera. O senhor estava com a água no pescoço financeiramente. O senhor controlava os negócios de uma idosa que, segundo suas próprias palavras, entendia pouco ou nada de finanças. Em algum momento, ou de alguma maneira, o senhor converteu para o seu próprio uso os valores que manejou? O senhor chegou a fazer qualquer transação às escuras em seu próprio benefício?

Ele reprimiu a resposta do outro.

– Espere um minuto antes de responder. Nós temos dois caminhos abertos. Por um lado, podemos estabelecer o seu caráter íntegro e honesto na condução dos negócios dela e ao mesmo tempo salientar o quanto é improvável que o senhor fosse cometer assassinato para obter um dinheiro que poderia ter obtido por meios infinitamente mais fáceis. Se, por outro lado, houver algo no seu auxílio a ela que possa ser aproveitado pela acusação... se, falando sem rodeios, puder ser provado que o senhor ludibriou a mulher de qualquer forma, nós teremos de optar pela linha de que o senhor não tinha nenhum motivo para o assassinato, visto que ela já lhe proporcionava uma lucrativa fonte de renda. O senhor percebe a distinção. Agora, eu lhe peço, pense bem antes de responder.

Mas Leonard Vole não pensou nem um pouco.

– O meu auxílio nos negócios da srta. French foi perfeitamente digno e às claras. Atuei em benefício dela com o máximo da minha capacidade, como irá constatar qualquer pessoa que examinar a questão.

– Obrigado – disse o sr. Mayherne. – O senhor me deixa muitíssimo aliviado. Faço-lhe o elogio de acreditar que o senhor é perspicaz demais para me contar uma mentira numa questão tão importante.

– Sem dúvida – falou com avidez o sr. Vole – o ponto mais forte a meu favor é a falta de uma motivação. Pressupondo-se que eu cultivei a amizade de uma senhora rica na esperança de tirar dinheiro dela... essa, eu deduzo, é a essência do que o senhor falou até agora... sem dúvida sua morte frustra todas as minhas esperanças, não?

O advogado olhou fixamente para ele. Em seguida, de uma maneira muito deliberada, repetiu seu truque inconsciente com o pincenê. Não foi antes de recolocá-lo com firmeza no nariz que ele falou:

– É do seu conhecimento, sr. Vole, que a srta. French deixou um testamento do qual o senhor é o principal beneficiário?

– O quê? – o prisioneiro saltou de pé; sua consternação era óbvia e nada forçada. – Meu Deus! O que é que o senhor está dizendo? Ela deixou seu dinheiro para mim?

O sr. Mayherne fez um lento gesto afirmativo com a cabeça. Vole afundou em seu assento de novo, levando as mãos à cabeça.

– O senhor quer dar a entender que não tinha o menor conhecimento desse testamento?

– Dar a entender? Não há o que dar a entender. Eu não sabia de nada.

– O que me diria se eu contasse que a criada, Janet Mackenzie, jura que o senhor *sabia*? Que a patroa contou a ela claramente que consultara o senhor nessa questão, informando-o de suas intenções?

– O que eu diria? Que ela está mentindo! Não, estou sendo precipitado. Janet é uma mulher idosa. Ela era um fiel cão de guarda para sua patroa e não gostava de mim. Era ciumenta e desconfiada. Eu diria que a srta. French confidenciou suas intenções a Janet e que Janet ou interpretou mal algo que ouviu ou então ficou convencida, em seu próprio raciocínio, de que eu tinha incutido a ideia na cabeça da velha senhora. Ouso dizer que ela efetivamente acredita que a srta. French, nesse momento, lhe falou isso.

– O senhor não acha que ela lhe devota desgosto suficiente para dizer uma mentira deliberada nessa questão?

Leonard Vole pareceu ficar chocado e sobressaltado.

– Não, de modo algum! Ela mentiria por quê?

– Eu não sei – disse o sr. Mayherne pensativo. – Mas ela se mostra muito amarga em relação ao senhor.

O desgraçado jovem gemeu de novo.

– Eu estou começando a entender – ele murmurou. – É assustador. Eu armei para ela, isso é o que vão dizer, fiz com que a srta. French escrevesse um testamento deixando seu dinheiro para mim e então fui até lá naquela noite, e não havia ninguém na casa... eles encontram o corpo no dia seguinte... ah, meu Deus, é terrível!

– O senhor está errado sobre não haver ninguém na casa – disse o sr. Mayherne. – Janet, o senhor decerto recorda, iria sair naquela noite. Ela saiu, mas por volta das nove e meia retornou para pegar o modelo de uma manga de blusa que havia prometido para uma amiga.

Entrou sem aviso pela porta de trás, subiu as escadas e o apanhou, para então sair de novo. Ouviu vozes na sala de estar, embora não conseguisse distinguir o que diziam, mas é capaz de jurar que uma das vozes era da srta. French e a outra era de um homem.

– Às nove e meia – disse Leonard Vole. – Às nove e meia...

Ele saltou de pé.

– Mas então estou salvo... salvo...

– Como assim, salvo? – exclamou o sr. Mayherne atônito.

– *Pelas nove e meia eu estava de volta em casa!* A minha esposa pode provar isso. Eu me despedi da srta. French mais ou menos cinco minutos antes das nove. Cheguei em casa mais ou menos às nove e vinte. A minha esposa estava lá, esperando por mim. Ah, graças a Deus... graças a Deus! E abençoado seja o modelo de manga de Janet Mackenzie.

Em sua exaltação, Leonard Vole mal notou que a expressão séria no rosto do advogado não se alterara. Mas as palavras deste o fizeram voltar à terra com um baque.

– Quem, então, no seu entender, assassinou a srta. French?

– Ora, um ladrão, é claro, como se pensou a princípio. A janela foi forçada, o senhor deve recordar. Ela foi morta com um golpe violento de um pé de cabra, e o pé de cabra foi encontrado no chão ao lado da cama. E vários objetos haviam desaparecido. Não fossem as suspeitas absurdas de Janet e seu desgosto por mim, a polícia nunca teria se desviado do caminho certo.

– Isso dificilmente vai ajudar, sr. Vole – disse o advogado. – As coisas desaparecidas eram meras ninharias sem valor, levadas para despistar. E as marcas na janela não eram nem um pouco conclusivas. Além disso, tente raciocinar. O senhor afirma que já não estava na casa pelas nove e meia. Quem, então, foi o homem que Janet ouviu falando com a srta. French na sala de estar? Ela dificilmente estaria tendo uma conversa amigável com um ladrão, certo?

– Não – falou Vole. – Não...

Ele parecia estar intrigado e desalentado.

– Mas, de qualquer forma – acrescentou com ânimo reavivado –, isso me deixa de fora. Eu tenho um *álibi.* O senhor precisa conversar com Romaine... a minha esposa... o quanto antes.

– Certamente – concordou o advogado. – Eu já teria conversado com a sra. Vole, não fosse o fato de que ela estava ausente quando o senhor foi preso. Telegrafei à Escócia de pronto e fiquei sabendo que ela estará de volta hoje. Vou lhe fazer uma visita tão logo eu saia daqui.

Vole assentiu com a cabeça, uma grande expressão de contentamento estampando-se no seu rosto.

– Sim, Romaine vai lhe contar tudo. Meu Deus! Que lance de sorte...

– Perdão, sr. Vole, mas o senhor gosta muito da sua esposa?

– É claro.

– E ela do senhor?

– Romaine tem devoção por mim. Ela faria qualquer coisa no mundo por mim.

Leonard Vole falava com entusiasmo, mas o coração do advogado se apertou um pouco mais. O testemunho de uma esposa devotada – isso teria credibilidade?

– Houve mais alguém que o tenha visto retornar às nove e vinte? Uma criada, por exemplo?

– Não temos nenhuma criada.

– O senhor encontrou alguém na rua no caminho de volta?

– Ninguém que eu conhecesse. Percorri parte do caminho num ônibus. O condutor poderia se lembrar.

O sr. Mayherne balançou a cabeça em dúvida.

– Não há ninguém, então, que possa confirmar o testemunho da sua esposa?

– Não. Mas isso certamente não será necessário...

– Ouso dizer que não. Ouso dizer que não – o sr. Mayherne falou às pressas. – Agora só resta mais uma coisa. A srta. French sabia que o senhor era um homem casado?

– Ah, sim.

– E mesmo assim o senhor nunca levou a sua esposa para conhecê-la. Por quê?

Pela primeira vez a resposta de Leonard Vole veio incerta e vacilante.

– Bem... eu não sei.

– O senhor tem conhecimento de que, segundo Janet Mackenzie, sua patroa pensava que o senhor fosse solteiro e contemplava uma ideia de se casar com o senhor no futuro?

Vole riu.

– Absurdo! Eram quarenta anos de diferença de idade entre nós.

– Não seria inédito – o advogado falou com secura. – O fato se mantém. A sua esposa nunca encontrou a srta. French?

– Não... – mais uma vez o constrangimento.

– O senhor me permitirá dizer – falou o advogado – que não consigo entender a sua atitude nessa questão.

Vole corou, hesitou e então disse:

– Vou abrir o jogo. Eu estava duro, como sabe o senhor. Esperava que a srta. French pudesse me emprestar algum dinheiro. Ela gostava de mim, mas não estava nem um pouco interessada nas dificuldades de um jovem casal. Logo no início, descobri que ela tomara por certo que a minha esposa e eu não nos dávamos bem... que vivíamos separados. Sr. Mayherne... eu precisava do dinheiro... por causa de Romaine. Não falei nada, deixando que a velha pensasse o que quisesse. Ela comentou que eu era como um filho adotivo. Nunca houve qualquer menção a uma ideia de casamento... isso só pode ter saído da imaginação de Janet.

– E isso é tudo?

– Sim... isso é tudo.

Haveria uma fina sombra de hesitação naquelas palavras? O advogado especulou que havia. Ele se levantou e ofereceu a mão.

– Até logo, sr. Vole.

Olhou para o abatido rosto do jovem e falou com um impulso incomum:

– Acredito na sua inocência, apesar da infinidade de fatos alinhados contra o senhor. Espero prová-la e justificar o senhor completamente.

Vole sorriu para ele.

– O senhor irá constatar que o álibi é bom – ele falou com jovialidade.

Mais uma vez, Vole mal notou que o outro não respondia.

– A coisa toda depende um bocado do testemunho de Janet Mackenzie – disse o sr. Mayherne. – Ela odeia o senhor. Esse aspecto é claro.

– Ela não teria motivo para me odiar – protestou o jovem.

O advogado balançou a cabeça enquanto saía.

– Agora passemos à sra. Vole – ele disse consigo.

O sr. Mayherne estava seriamente perturbado pela forma que a coisa estava tomando.

Os Vole moravam numa casa pequena e em mau estado perto de Paddington Green. Foi para essa casa que o sr. Mayherne se dirigiu.

Em resposta ao seu toque na campainha, uma grande mulher desleixada, obviamente uma faxineira, apareceu na porta.

– A sra. Vole... Ela já retornou?

– Chegou de volta faz uma hora. Mas não sei se o senhor pode vê-la.

– Leve o meu cartão para ela – o sr. Mayherne falou com calma –, tenho certeza de que irá me receber.

A mulher olhou para ele com olhar de dúvida, limpou a mão no avental e pegou o cartão. Então fechou a porta na cara do advogado e o deixou esperando no degrau do lado de fora. Dentro de poucos minutos, no entanto, retornou com uma postura ligeiramente alterada.

– Entre, por favor.

Ela o conduziu até uma pequena sala de visitas. O sr. Mayherne, examinando um desenho na parede, sobressaltou-se de súbito ao se deparar com uma mulher alta e pálida – a mulher entrara tão silenciosamente que ele não a escutara.

– Sr. Mayherne? O senhor é o advogado do meu marido, não é? Esteve com ele há pouco, não? Queira se sentar, por favor.

Até ouvi-la, o sr. Mayherne não percebera que ela não era inglesa. Agora, observando-a mais de perto, reparou nas maçãs do rosto salientes, no denso negro azulado dos cabelos e num ocasional e muito discreto movimento das mãos que era nitidamente estrangeiro. Uma mulher estranha, muito tranquila. Tão tranquila que o interlocutor ficava inquieto. Desde o primeiro instante, o sr. Mayherne se deu conta de que estava enfrentando algo que não entendia.

– Pois bem, minha cara sra. Vole – ele começou –, a senhora não pode ceder...

Ele parou. Era tão absolutamente óbvio que Romaine Vole não tinha a menor intenção de ceder... A sra. Vole estava calma e tranquila.

– O senhor poderia me dar os detalhes, por favor? – ela pediu. – Eu preciso saber de tudo. Nem pense em me poupar. Quero saber o pior.

Ela hesitou e então repetiu num tom mais baixo, com uma curiosa ênfase que o advogado não entendeu:

– Quero saber o pior.

O sr. Mayherne repassou sua entrevista com Leonard Vole. Ela ouviu com grande atenção, fazendo gestos afirmativos com a cabeça de quando em quando.

– Entendo – ela disse quando ele terminou. – O meu marido quer que eu diga que ele entrou em casa às nove e vinte naquela noite?

– Ele de fato chegou nesse horário? – o sr. Mayherne perguntou bruscamente.

– A questão não é essa – ela retrucou com frieza. – Se eu disser isso ele vai ser absolvido? Eles vão acreditar em mim?

O sr. Mayherne foi apanhado de surpresa. Ela tinha ido tão rapidamente para o centro da questão...

– O que eu quero saber é isso – ela disse. – Será suficiente? Existe mais alguém que possa sustentar o meu depoimento?

Havia uma avidez reprimida em sua postura que deixou o sr. Mayherne vagamente inquieto.

– Até agora, não há mais ninguém – ele falou com relutância.

– Entendo – disse Romaine Vole.

Por um ou dois minutos ela se manteve perfeitamente imóvel em seu assento. Um leve sorriso se manifestou em seus lábios.

A sensação de alarme do advogado se tornava cada vez mais forte.

– Sra. Vole – ele começou. – Eu sei o que a senhora deve sentir...

– Sabe? – ela perguntou. – Tenho minhas dúvidas.

– Neste caso...

– Neste caso... pretendo fazer uma jogada solitária.

Ele lhe lançou um olhar consternado.

– Minha cara sra. Vole... a senhora está extenuada. Sendo tão devotada ao seu marido...

– Perdão?

A rispidez na voz dela lhe provocou um sobressalto. Ele repetiu de modo hesitante:

– Sendo tão devotada ao seu marido...

Romaine Vole assentiu lentamente com a cabeça, o mesmo sorriso estranho nos lábios.

– O meu marido lhe disse que eu tinha devoção por ele? – ela perguntou com suavidade. – Ah, sim, posso imaginar que tenha dito. Como são estúpidos os homens! Estúpidos... estúpidos... estúpidos...

Ela se pôs de pé repentinamente. Toda a intensa emoção que o advogado captara na atmosfera estava agora concentrada no tom da sra. Vole.

– Eu odeio o meu marido, se o senhor quer saber! Odeio. Odeio. Odeio! Eu gostaria de vê-lo enforcado e morto.

O advogado recuou diante da mulher e da paixão ardente de seus olhos.

Ela deu um passo em sua direção e continuou com veemência:

– Talvez eu *veja* isso. E se eu lhe contar que ele não entrou às nove e vinte naquela noite, mas às *dez* e vinte? O senhor afirma que o meu marido lhe contou que não tinha nenhuma noção de que o dinheiro passaria para ele. E se eu lhe contar que ele tinha total noção, e que contava com o dinheiro, e que cometeu assassinato para obtê-lo? E se eu lhe contar que ele admitiu para mim naquela noite, quando chegou, o que tinha feito? Que havia sangue em seu casaco? E aí? E se eu me apresentasse no tribunal e dissesse todas essas coisas?

Seus olhos pareciam desafiá-lo. Com esforço, o sr. Mayherne escondeu sua crescente consternação e tentou falar num tom racional.

– Não se pode pedir à senhora que produza provas contra o seu próprio marido...

– Ele não é o meu marido!

As palavras saíram com tamanha rapidez que o sr. Mayherne imaginou tê-la entendido mal.

– Perdão? Eu...

– Ele não é o meu marido.

O silêncio era tão intenso que seria possível ouvir um alfinete caindo.

– Eu era atriz em Viena. O meu marido está vivo, mas está num hospício. Por isso nós não pudemos nos casar. Fico contente agora.

Ela assentiu com a cabeça, desafiadora.

– Eu gostaria que a senhora me dissesse uma coisa – falou o sr. Mayherne, fazendo força para parecer tão frio e impassível como sempre. – Por que a senhora é tão amarga em relação a Leonard Vole?

Ela balançou a cabeça, sorrindo um pouco.

– Sim, o senhor gostaria de saber. Mas não lhe direi. Vou guardar o meu segredo...

O sr. Mayherne deu sua breve tossida seca e se levantou.

– Parece não haver razão para prolongar esta entrevista – ele comentou. – A senhora terá notícias minhas quando eu tiver me comunicado com o meu cliente.

Ela se aproximou de seu interlocutor, fitando os olhos dele com seus próprios olhos negros e assombrosos.

– Diga-me... – ela falou –, o senhor de fato acreditava... honestamente... que ele era inocente quando apareceu aqui hoje?

– Acreditava – retrucou o sr. Mayherne.

– O senhor é um pobre coitado – ela riu.

– E acredito ainda – finalizou o advogado. – Boa noite, minha senhora.

Ele saiu da sala, levando consigo a memória do rosto sobressaltado da mulher.

– Isso vai ser um negócio infernal – o sr. Mayherne disse consigo enquanto caminhava pela rua.

A coisa toda era extraordinária. Uma mulher extraordinária. Uma mulher muito perigosa. As mulheres eram infernais quando queriam destruir alguém.

O que fazer? Aquele jovem desgraçado não tinha como se defender. É claro, possivelmente ele de fato cometera o crime...

– Não – o sr. Mayherne disse consigo. – Não... As evidências contra ele são quase demasiadas. Eu não acredito nessa mulher. Ela estava inventando a história toda. Mas nunca irá repeti-la num tribunal.

Ele gostaria de ter mais convicção nesse ponto.

Os procedimentos do tribunal de polícia foram sucintos e dramáticos. As principais testemunhas de acusação eram Janet Mackenzie, criada da mulher morta, e Romaine Heilger, austríaca, companheira do prisioneiro.

O sr. Mayherne esteve no tribunal e ouviu a história condenatória que a última contou – nos moldes daquilo que ela indicara na conversa entre os dois.

O prisioneiro preparou sua defesa e teve o julgamento marcado.

O sr. Mayherne já estava quase fundindo a cabeça. O caso contra Leonard Vole era de uma complicação indescritível. Até o famoso conselheiro real designado para fazer a defesa oferecia pouca esperança.

– Se conseguíssemos abalar o testemunho daquela mulher austríaca, poderíamos obter alguma coisa – ele falou com um ar de dúvida. – Mas a situação não é nada boa.

O sr. Mayherne concentrara suas energias num único ponto. Presumindo-se que Leonard Vole estivesse falando a verdade, e que tivesse deixado a casa da mulher assassinada às nove horas, quem era o homem que Janet ouviu conversando com a srta. French às nove e meia?

O único raio de luz aparecia sob a forma de um sobrinho vigarista que em tempos passados havia bajulado e ameaçado sua tia, arrancando-lhe várias quantias de dinheiro. Janet Mackenzie, segundo soube o advogado, sempre tivera uma ligação com esse jovem e nunca deixara de afirmar os direitos dele perante sua patroa. Certamente era possível que esse sobrinho tivesse estado com a srta. French após a saída de Leonard Vole, sobretudo porque ninguém o encontrava em nenhum dos antros que frequentava.

Em todas as outras direções, as buscas do advogado haviam obtido resultado negativo. Ninguém vira Leonard Vole entrar em casa ou deixar a da srta. French. Ninguém vira qualquer outro homem entrar ou sair da casa em Cricklewood. Todos os questionamentos resultavam em nada.

Foi na véspera do julgamento que o sr. Mayherne recebeu a carta que haveria de conduzir seu raciocínio numa direção totalmente diferente.

A carta chegou com o correio das seis. Eram garranchos iletrados escritos em papel comum dentro de um envelope sujo com o selo colado torto.

O sr. Mayherne a releu uma ou duas vezes até captar seu significado.

Caro Senhor,
O senhor é o sugeito advogado que atua pro jovensinho. Se o senhor quer ver aquela vagabunda pintada estranjeira ser desmascarada com o amontado de mentira dela o senhor venha pra 16 Shaw's Rents Stepney hoje de noite. Vailhe custar dusentos paus Pergunte pela senhora Mogson.

O advogado leu e releu aquela estranha epístola. Podia se tratar, é claro, de um embuste, mas, pensando a fundo, ele ficou mais e mais convencido de que a carta era genuína, e também convencido de que se tratava da única esperança para o prisioneiro. O depoimento de Romaine Heilger o danava completamente, e a linha que a defesa pretendia seguir, a linha de que o depoimento de uma mulher que confessava viver uma vida imoral não merecia crédito, era na melhor das hipóteses uma linha fraca.

O sr. Mayherne se decidira. Era seu dever salvar seu cliente a todo custo. Ele tinha de ir até o Shaw's Rents.

O advogado enfrentou alguma dificuldade para encontrar o lugar, um edifício malcuidado num bairro miserável e malcheiroso, mas afinal o encontrou e, perguntando pela sra. Mogson, foi orientado a se dirigir até um quarto no terceiro andar. Nessa porta ele bateu, e, não obtendo resposta, bateu de novo.

Após a segunda batida, ouviu um som de pés arrastados do lado de dentro, e dentro em pouco a porta foi aberta cautelosamente em um centímetro e uma figura curvada espiou para fora.

De súbito a mulher – pois era uma mulher – soltou uma risadinha e abriu mais a porta.

– Então é você, queridinho... – ela falou com uma voz arfante. – Não tem ninguém com você, tem? Não está me aplicando nenhum truque? Muito bem. Você pode entrar... você pode entrar.

Com certa relutância, o advogado passou pela soleira da porta e entrou na salinha suja com sua oscilante iluminação a gás. Havia uma cama desarrumada no canto, uma mesa simples de pinho e duas cadeiras bambas. Pela primeira vez, o sr. Mayherne teve uma visão plena da inquilina daquele apartamento repugnante. Era uma mulher de meia-idade, corpo curvado, com uma massa grisalha de cabelo desgrenhado e um lenço enrolado com firmeza em volta do rosto.

Ela o flagrou olhando para o lenço e riu de novo – a mesma risadinha curiosa e inexpressiva.

– Tentando adivinhar a razão de eu esconder a minha beleza, queridinho? He, he, he. Com medo de cair em tentação, é? Mas você verá... você verá.

Ela puxou o lenço para o lado e o advogado recuou involuntariamente perante o quase disforme borrão escarlate. Ela recolocou o lenço no lugar.

– Então não vai querer me beijar, queridinho? He, he, não me admira. E, no entanto, eu já fui uma moça bonita um dia... não faz tanto tempo quanto você imagina, também. Ácido sulfúrico, queridinho, ácido sulfúrico... foi o que me fez isso. Ah, mas eu vou me vingar deles...

Ela irrompeu numa horrenda torrente de insultos que o sr. Mayherne tentou reprimir em vão. A mulher se calou afinal, suas mãos se fechando e se abrindo em espasmos nervosos.

– Basta disso – disse o advogado com severidade. – Eu vim até aqui porque acredito que a senhora tenha informações que poderão livrar da prisão o meu cliente, Leonard Vole. É esse o caso?

A mulher lançou para ele um olhar malicioso e astuto.

– E o dinheiro, queridinho? – ela arfou. – Duzentos paus, você lembra.

– É um dever seu prestar testemunho, e a senhora pode ser intimada com esse fim.

– Não vai dar, queridinho. Eu sou uma velha e não sei nada. Mas se você me der duzentos paus, aí quem sabe eu posso lhe dar uma ou duas dicas. Entendeu?

– Que tipo de dica?

– O que é que você diria de uma carta? Uma carta *dela*. Não importa como eu consegui a carta. Isso é problema meu. Ela vai fazer a mágica. Mas eu quero os meus duzentos paus.

O sr. Mayherne olhou para ela com frieza e se decidiu.

– Eu vou lhe dar dez libras, nada mais. E só se essa carta for o que a senhora diz que é.

– Dez libras? – ela gritou, enfurecendo-se com ele.

– Vinte – disse o sr. Mayherne –, e essa é a minha última oferta.

Ele se levantou, fazendo menção de sair. Então, observando-a de perto, sacou uma carteira e contou vinte notas de uma libra.

– Veja – ele disse. – Isso é tudo que eu tenho comigo. A senhora pode pegar ou largar.

Mas o advogado já sabia que a visão do dinheiro era demais para ela. A mulher imprecou e se enfureceu, impotente, mas afinal cedeu. Tendo ido até a cama, ela tirou algo de baixo do colchão esfarrapado.

– Aqui está, seu maldito! – ela rosnou. – É a de cima que você quer.

Era um feixe de cartas que a mulher atirou na direção dele, e o sr. Mayherne desatou-as e examinou-as com seu habitual modo frio e metódico. A mulher, observando-o avidamente, não extraía pista nenhuma de seu rosto impassível.

O sr. Mayherne leu cada uma das cartas até o fim, depois retomou a de cima e a leu pela segunda vez. Então atou o feixe todo de novo com cuidado.

Eram cartas de amor escritas por Romaine Heilger, e o homem para quem se destinavam não era Leonard Vole. A carta de cima tinha como data o dia da prisão deste último.

– Falei a verdade, queridinho, não falei? – choramingou a mulher. – Vai acabar com ela, essa carta?

O sr. Mayherne colocou as cartas no bolso e fez uma pergunta:

– Como foi que a senhora obteve esta correspondência?

– Não é da sua conta – ela retrucou com uma expressão maliciosa. – Mas eu sei algo mais. Eu ouvi no tribunal o que aquela vagabunda falou. Descubra onde *ela* estava às dez e vinte, o horário no qual ela garantiu que estava em casa. Pergunte no Lion Road Cinema. Eles vão se lembrar... uma bela moça direita como aquela... maldita seja!

– Quem é o homem? – perguntou o sr. Mayherne. – Só há o primeiro nome aqui.

A voz da outra ficou mais grossa e áspera, suas mãos se fecharam e se abriram. Por fim ela levou uma das mãos ao rosto.

– Ele é o homem que fez isso comigo. Muitos anos atrás. Ela o tirou de mim... ela era uma mocinha bem levada naquela época. E quando eu fui atrás dele... fui pegar ele também... ele jogou aquele troço medonho em mim! E ela riu... maldita seja! Eu guardei o que era dela por anos. Segui a maldita, sim, espionei ela. E agora eu a peguei! Ela vai sofrer as consequências agora, não vai, sr. Advogado? Ela vai sofrer?

– Ela provavelmente será condenada a uma pena de prisão por perjúrio – disse calmamente o sr. Mayherne.

– Trancafiada... isso é o que eu quero. O senhor está indo, é? Onde está o meu dinheiro? Onde está aquele belo dinheiro?

Sem dizer uma palavra, o sr. Mayherne depositou as notas na mesa. A seguir, respirando fundo, ele se virou e saiu daquele quarto sórdido. Olhando para trás, viu a velha cantarolando por sobre o dinheiro.

Ele não perdeu tempo. Encontrou o cinema na Lion Road com bastante facilidade; o porteiro, ao ver uma foto de Romaine Heilger, reconheceu-a no mesmo instante. Ela tinha chegado ao cinema com um homem pouco depois das dez horas na noite em questão. O porteiro não havia reparado muito bem no acompanhante, mas recordava-se da dama, que falara com ele sobre o filme em cartaz. Os dois haviam ficado até o final, mais ou menos uma hora depois.

O sr. Mayherne ficou satisfeito. O testemunho de Romaine Heilger era um emaranhado de mentiras do início ao fim. Ela o derivara de seu ódio passional. O advogado se perguntou se jamais descobriria o que havia por trás daquele ódio. O que é que Leonard Vole lhe fizera? O jovem parecera ficar estupefato quando o advogado lhe relatara a atitude da mulher. Havia declarado fervorosamente que tal coisa era inacreditável – no entanto, o sr. Mayherne tivera uma impressão de que, após o primeiro assombro, a sinceridade dos protestos desaparecera.

Ele *sabia*. O sr. Mayherne estava convencido disso. Sabia, mas não tinha nenhuma intenção de revelar o fato. O segredo entre os dois continuava sendo um segredo.

O sr. Mayherne se perguntou se algum dia haveria de descobrir o que era.

O advogado conferiu seu relógio. Estava tarde, mas o tempo era tudo. Ele chamou um táxi e deu um endereço.

– Sir Charles precisa saber disso o quanto antes – ele murmurou consigo ao entrar no carro.

O julgamento de Leonard Vole pelo assassinato de Emily French despertou um interesse generalizado. Em primeiro lugar, o prisioneiro era jovem e bonito; além disso, ele estava sendo acusado de um crime particularmente covarde, e havia o interesse adicional de Romaine Heilger, a principal testemunha de acusação. Havia fotos dela em vários jornais e diversas versões fictícias para sua origem e história.

Os procedimentos foram iniciados com bastante tranquilidade. Diversas provas técnicas foram apresentadas a princípio. Então Janet Mackenzie foi chamada. Ela contou, em essência, a mesma história de antes. No interrogatório cruzado, o defensor conseguiu fazer com que a criada se contradissesse uma ou duas vezes em seu relato sobre a ligação entre Vole e a srta. French; ele enfatizou o fato de que, muito embora ela tivesse ouvido uma voz masculina na sala de estar naquela noite, não havia nada para comprovar que essa voz pertencesse a Vole e conseguiu firmar com clareza um sentimento de que o ciúme e uma aversão pelo prisioneiro estavam na base de boa parte do seu depoimento.

Então a testemunha seguinte foi chamada.

– O seu nome é Romaine Heilger?

– Sim.

– A senhora é uma cidadã austríaca?

– Sim.

– Nos últimos três anos, a senhora viveu com o prisioneiro e se passou por esposa dele?

Por um breve momento, os olhos de Romaine Heilger se defrontaram com os do homem no banco dos réus. A expressão dela continha algo de curioso e insondável.

– Sim.

As perguntas avançaram. Palavra por palavra, os fatos condenatórios vieram à tona. Na noite em questão, o prisioneiro havia levado um pé de cabra consigo. Ele tinha voltado às dez e vinte e confessara ter matado a idosa. Os punhos de sua camisa haviam ficado manchados de sangue, e ele os queimara no fogão da cozinha. Por meio de ameaças, o prisioneiro a fizera manter um silêncio aterrorizado.

À medida que a história se aprofundava, o sentimento do tribunal, que no começo se mostrara levemente favorável ao prisioneiro, agora era de todo contrário a ele. O prisioneiro se mantinha taciturno em seu assento, de cabeça baixa, como se soubesse que estava perdido.

No entanto, podia-se notar que o próprio advogado de acusação procurava refrear a animosidade de Romaine. Ele teria preferido que a mulher se mostrasse mais imparcial.

Formidável e ponderoso, ergueu-se o defensor.

Ele argumentou para Romaine que sua história era uma invenção malévola do início ao fim, que ela sequer estivera em sua própria casa no horário em questão, que estava apaixonada por outro homem e tentava deliberadamente obter uma sentença de morte para Vole por um crime que ele não cometera.

Romaine negou tais acusações com soberba insolência.

Então veio o surpreendente desfecho, a apresentação da carta – que foi lida em voz alta no tribunal em meio a um silêncio mortal.

Max, meu amado, o Destino entregou-o nas nossas mãos! Ele foi preso por assassinato – mas, sim, pelo assassinato de uma velha! Leonard, que seria incapaz de machucar uma mosca! Afinal vou me vingar. Pobre coitado! Eu direi que ele chegou em casa naquela noite com sangue na roupa – que me confessou o crime. Vou enforcá-lo, Max – e quando estiver na forca ele vai saber que foi Romaine quem o sentenciou à morte. E então – a felicidade, meu Amado! A felicidade afinal!

Havia especialistas no tribunal prontos para jurar que a caligrafia era de Romaine Heilger, mas não foi necessário. Confrontada com a carta, Romaine desmoronou totalmente e confessou tudo. Leonard Vole retornara no horário que ele alegava, nove e vinte. Ela tinha inventado a história toda para arruiná-lo.

Com o colapso de Romaine Heilger, o caso da Coroa desmoronou também. Sir Charles chamou suas poucas testemunhas, o próprio prisioneiro depôs e contou sua história de uma maneira viril e objetiva, inabalada pelo interrogatório cruzado.

A acusação tentou se recuperar, mas sem grande sucesso. A recapitulação do juiz não foi de todo favorável ao prisioneiro, mas uma reação se firmara, e o júri precisou de pouco tempo para debater seu veredicto.

– Consideramos o prisioneiro inocente.

Leonard Vole estava livre!

O pequeno sr. Mayherne se levantou às pressas de seu assento. Precisava felicitar o seu cliente.

Ele se viu limpando vigorosamente seu pincenê e se conteve. Sua esposa lhe dissera na noite anterior que aquilo estava se tornando um hábito. Os hábitos eram uma coisa curiosa. As pessoas nunca se davam conta de que tinham um.

Um caso interessante – um caso muito interessante. Aquela mulher, Romaine Heilger...

O caso ainda era dominado, no seu entender, pela figura exótica de Romaine Heilger. Ela parecera uma mulher calma e descorada na casa em Paddington, mas no tribunal ela se inflamara contra o pano de fundo sóbrio, exibindo-se como uma flor tropical.

Fechando os olhos, ele conseguia enxergá-la agora, alta e veemente, seu corpo primoroso um pouco curvado à frente, sua mão direita fechando-se e abrindo-se em movimentos inconscientes o tempo inteiro.

Os hábitos eram uma coisa curiosa. Aquele gesto dela com a mão era o seu hábito, ele supôs. Contudo, ele vira outra pessoa fazendo aquilo bem recentemente. Ora, quem era? Bem recentemente...

O sr. Mayherne prendeu a respiração num engasgo com o baque da recordação. *A mulher no Shaw's Rents...*

Ele ficou imóvel, a cabeça girando. Era impossível... impossível... Entretanto, Romaine Heilger era uma atriz.

O conselheiro real se aproximou por trás dele e lhe deu alguns tapinhas no ombro.

– Já felicitou o seu homem? Ele escapou por um fio, claro. Venha falar com o jovem.

Mas o pequeno advogado se livrou da mão do outro.

Ele queria uma única coisa – ver Romaine Heilger frente a frente.

Só pôde vê-la um bom tempo depois, e o local do encontro não é relevante.

– Então o senhor adivinhou... – ela disse após ouvir todas as conjecturas do advogado. – O rosto? Ah, isso foi mais do que fácil, e aquela iluminação de gás estava ruim demais para que o senhor enxergasse a maquiagem.

– Mas por quê... por quê...

– Por que eu fiz uma jogada solitária?

Ela sorriu um pouco, recordando-se da última vez em que usara tais palavras.

– Uma comédia tão elaborada!

– Meu amigo... eu precisava salvá-lo. O testemunho de uma mulher devotada não teria sido suficiente... o senhor mesmo insinuou esse fato. Mas eu conheço um pouco a psicologia das massas. Bastava que a minha prova fosse arrancada de mim como uma admissão, condenando-me aos olhos da lei, e uma reação em favor do prisioneiro seria imediatamente formada.

– E o feixe de cartas?

– Uma única, a carta vital, poderia ter parecido uma... como vocês dizem?... uma trapaça.

– Então o homem chamado Max...

– Nunca existiu, meu amigo.

– Eu ainda acho – disse o pequeno sr. Mayherne num tom ofendido – que nós poderíamos tê-lo livrado com o... hã... procedimento normal.

– Eu não quis correr o risco. Veja, o senhor *pensava* que ele era inocente...

– E a senhora *sabia*? Entendo – falou o sr. Mayherne.

– Meu caro sr. Mayherne – disse Romaine –, o senhor não entende nem um pouco. Eu sabia... ele era culpado!

2

O sinal vermelho

"O sinal vermelho" foi publicado pela primeira vez na Grand Magazine, *em junho de 1924.*

– Não, mas é tão emocionante... – disse a bela sra. Eversleigh, arregalando seus olhos adoráveis mas ligeiramente vagos. – Sempre dizem que as mulheres têm um sexto sentido; o senhor acha que é verdade, Sir Alington?

O famoso psiquiatra sorriu com ironia. Ele sentia um desprezo ilimitado pelo tipo bonito e tolo, como era o caso de sua companheira no grupo de convidados. Alington West era a suprema autoridade nas doenças mentais, e totalmente cioso de sua posição e importância. Um homem um pouco pomposo, de corpo avantajado.

– As pessoas falam muita bobagem, eu sei disso, sra. Eversleigh. O que significa esse termo, um sexto sentido?

– Vocês, homens de ciência, são sempre tão sérios. E realmente é extraordinário, às vezes, como se parece saber positivamente as coisas... apenas ter noção delas, senti-las, eu quero dizer... é um tanto misterioso... realmente é. Claire sabe o que eu quero dizer, não sabe, Claire?

Ela apelou à anfitriã com lábios ligeiramente espichados e um ombro inclinado.

Claire Trent não respondeu de imediato. Aquele era um pequeno jantar – ela e seu marido, Violet Eversleigh e Sir Alington West com o sobrinho Dermot West, que era um velho amigo de Jack Trent. O próprio Jack Trent, um homem meio pesado e rosado, com um sorriso jovial e uma risada preguiçosa e agradável, tomou a iniciativa.

– Conversa fiada, Violet! O seu melhor amigo morre num acidente de trem. No mesmo instante você recorda que sonhou com um gato preto terça-feira passada... maravilhoso, você sentia o tempo todo que algo estava por acontecer!

– Ah, não, Jack, agora você está misturando premonições com intuição. Ora, Sir Alington, o senhor precisa admitir que premonições existem...

– Até certo ponto, talvez – o médico admitiu com cautela. – Mas a coincidência explica uma boa parte dos casos, e nós temos uma tendência invariável de tirar o máximo da história depois... você sempre precisa levar isso em conta.

– Eu acho que não existe essa coisa de premonição – falou Claire Trent um tanto abruptamente. – Ou intuição, ou sexto sentido, ou qualquer uma dessas coisas das quais falamos com tanta superficialidade. Passamos nossas vidas como um trem correndo pela escuridão para um destino desconhecido.

– Eu não diria que essa é uma boa comparação, sra. Trent – disse Dermot West, levantando a cabeça pela primeira vez e tomando parte na discussão; havia um brilho curioso nos olhos cinza-claro que se destacava com certa estranheza no rosto profundamente bronzeado. – Veja bem, a senhora está se esquecendo dos sinais.

– Sinais?

– Sim, verde se está tudo bem, e vermelho... para o perigo!

– Vermelho... para o perigo... que emocionante! – ofegou Violet Eversleigh.

Dermot desviou o rosto, bastante impaciente.

– É só uma maneira de descrever, é claro. Perigo à frente! O sinal vermelho! Cuidado!

Trent olhou para ele com curiosidade.

– Você fala como se fosse uma experiência real, Dermot, meu velho.

– E é... ou melhor, foi.

– Conte a história.

– Eu posso lhes dar um exemplo. Na Mesopotâmia, logo após o Armistício, entrei na minha tenda certa noite com uma forte sensação no íntimo. Perigo! Cuidado! Eu não tinha nenhuma noção do que se tratava. Fiz uma ronda no acampamento, mexi aqui e ali desnecessariamente, tomei todas as precauções contra um ataque de árabes hostis. Então voltei à minha tenda. Assim que entrei, a sensação pulsou de novo, mais forte do que nunca. Perigo! Por fim, levei um cobertor para o lado de fora, tratei de ficar bem enrolado e dormi ali.

– Pois bem?

– Na manhã seguinte, quando entrei na tenda, a primeira coisa que vi foi uma enorme espécie de faca... com cerca de meio metro de comprimento... cravada no meu leito, bem onde eu teria estado deitado. Logo descobri tudo... um dos empregados árabes. Seu filho tinha sido fuzilado como espião. O que tem a me dizer quanto a isso, tio Alington, como um exemplo do que eu chamo de sinal vermelho?

O especialista sorriu, evasivo.

– Uma história muito interessante, meu caro Dermot.

– Mas não é uma história que o senhor aceita sem reservas...

– Sim, sim, não tenho nenhuma dúvida de que você teve mesmo a premonição de perigo bem como você afirma. Mas é a origem da premonição que eu contesto. De acordo com você, ela veio de fora, fixada na sua mente por alguma fonte exterior. Mas hoje em dia nós constatamos que quase tudo vem de dentro... do nosso subconsciente.

– O bom e velho subconsciente – exclamou Jack Trent. – É o pau para toda obra dos dias de hoje.

Sir Alington continuou, ignorando a interrupção:

– Digamos que, por meio de alguma expressão ou maneira de olhar, esse árabe tenha se traído. O seu consciente, Dermot, não percebia ou se lembrava, mas com o seu subconsciente era diferente. O subconsciente nunca esquece. Nós acreditamos, também, que ele pode raciocinar e deduzir de forma totalmente independente da vontade superior ou consciente. O seu subconsciente, então, acreditava que poderia ser feita uma tentativa de assassiná-lo e conseguiu forçar o medo na sua percepção consciente.

– Isso me soa bastante convincente, eu admito – Dermot disse sorrindo.

– Mas nem de perto tão excitante – espichou os lábios a sra. Eversleigh.

– Também é possível que você tivesse desenvolvido uma percepção inconsciente do ódio sentido pelo homem por você. Aquilo que nos velhos tempos costumava ser chamado de telepatia certamente existe, embora sejam bem pouco compreendidas as condições que a governam.

– Ocorreram outros casos? – Claire perguntou para Dermot.

– Ah, sim, mas nada de muito pitoresco... e eu acho que todos poderiam ser explicados sob o título de coincidência. Eu recusei um convite para uma casa de campo, certa vez, por nenhuma outra razão que não o içamento do "sinal vermelho". A casa foi consumida por um incêndio durante a semana. A propósito, tio Alington, onde é que entra o subconsciente aqui?

– Receio que ele não entre – falou Sir Alington, sorrindo.

– Mas o senhor tem uma explicação igualmente boa. Ora essa... Não há necessidade de ter tato com parentes próximos.

– Pois bem, então, meu sobrinho, atrevo-me a sugerir que você recusou o convite pela simples razão de que não tinha muita vontade de ir e que, após o incêndio, sugeriu a si mesmo que sentira um aviso de perigo, explicação na qual você acredita implicitamente agora.

– Não adianta – riu Dermot. – Cara, o senhor ganha; coroa, eu perco.

– Não dê importância, sr. West – exclamou Violet Eversleigh. – Eu acredito no seu Sinal Vermelho implicitamente. Foi nessa ocasião na Mesopotâmia que o senhor percebeu o sinal pela última vez?

– Sim... até...

– Como é?

– Nada.

Dermot manteve-se calado. As palavras que quase haviam escapado de seus lábios eram: "Sim, *até hoje à noite*". Haviam chegado muito espontaneamente aos seus lábios, expressando um pensamento que ainda não era perceptível de modo consciente, mas ele compreendeu de pronto que eram verdadeiras. O Sinal Vermelho estava despontando na escuridão. Perigo! Perigo por perto!

Mas por quê? Que perigo poderia existir aqui? Aqui na casa dos seus amigos? Pelo menos – bem, sim, havia esse tipo de perigo. Ele olhou para Claire Trent – sua brancura, sua figura esbelta, a requintada inclinação da cabeça dourada. Mas esse perigo já existia há algum tempo – não era nada passível de se intensificar. Pois Jack Trent era seu melhor amigo e, mais do que seu melhor amigo, era o homem que salvara sua vida em Flandres e ganhara uma recomendação para ser condecorado com a Cruz Vitória por tal ação. Um bom companheiro, Jack, um dos melhores. Maldito azar que ele tivesse se apaixonado pela esposa de Jack. Isso seria superado algum dia, ele supunha. O negócio não poderia continuar ferindo assim para sempre. O sujeito podia matar aquilo à míngua... era isso mesmo, matar à míngua. Ela nunca iria adivinhar... e, se ela adivinhasse, não havia o risco de que desse importância. Uma estátua, uma linda estátua, uma coisa de ouro e marfim e coral rosa-claro... um brinquedo para um rei, não uma mulher de verdade...

Claire... só de pensar em seu nome, só de proferi-lo em silêncio, ele sentia o coração ferido... Precisava superar aquilo. Ele gostara de outras mulheres antes... "Mas não assim!", algo disse. "Não assim." Bem, o fato era esse. Nenhum perigo ali – mágoa, sim, mas perigo, não. Não o perigo do Sinal Vermelho. Isso era para outra coisa.

Ele olhou em volta da mesa e ocorreu-lhe pela primeira vez que aquela pequena reunião era um tanto incomum. Seu tio, por exemplo, raramente jantava fora assim, de maneira informal, entre poucas pessoas. E os Trent não eram velhos amigos; até aquela noite, Dermot não tinha tomado conhecimento de que ele sequer os conhecia.

Claro, havia uma desculpa. Uma médium bastante notória chegaria depois do jantar para ministrar uma sessão espírita. Sir Alington professava ter um moderado interesse pelo espiritismo. Sim, essa era uma desculpa, certamente.

A palavra lhe chamou atenção à força. Uma *desculpa.* Será que a sessão era só uma desculpa para tornar mais natural a presença do especialista no jantar? Se era, qual seria o verdadeiro objetivo de sua presença aqui? Inúmeros detalhes surgiram na mente de Dermot, ninharias despercebidas na época, ou, como seu tio teria dito, despercebidas pela mente consciente.

O grande médico olhara para Claire de modo estranho, muito estranho, mais de uma vez. Parecia estar vigiando-a. Ela se mostrava inquieta sob seu escrutínio;

fazia pequenos movimentos espasmódicos com as mãos. Parecia nervosa, terrivelmente nervosa, e será que estava, poderia estar *assustada*? Por que ela estaria assustada?

Sacudindo a cabeça, Dermot retornou à conversa em volta da mesa. A sra. Eversleigh fizera o grande homem discorrer sobre a sua especialidade.

– Minha cara dama – ele estava dizendo –, o que *é* a loucura? Posso lhe assegurar que, quanto mais estudamos o assunto, mais difícil nos parece a resposta. Todos nós praticamos uma certa dose de autoengano, e quando levamos a coisa longe demais, a ponto de acreditar que somos o czar da Rússia, somos internados ou contidos. Mas há um longo caminho até chegarmos a esse ponto. Em que ponto específico do caminho nós vamos erguer uma placa com os dizeres: "Deste lado, sanidade; do outro, loucura"? Isso não pode ser feito, claro. E eu vou lhe dizer o seguinte: se acontecesse que o homem sofredor de um delírio conseguisse guardar esse segredo, segundo todas as probabilidades nós nunca seríamos capazes de distingui-lo de um indivíduo normal. A extraordinária sanidade do insano é um assunto interessante.

Sir Alington sorveu seu vinho com apreço e lançou aos convivas um sorriso luminoso.

– Eu sempre ouvi falar que eles são muito espertos – comentou a sra. Eversleigh. – Os malucos, eu quero dizer.

– Incrivelmente. E a repressão do específico delírio de uma pessoa tem efeitos desastrosos com muita frequência. Todas as repressões são perigosas, como a psicanálise nos ensinou. O homem que tem uma excentricidade inofensiva, e que pode desfrutá-la como tal, raramente ultrapassa o limite. Mas o homem – ele fez uma pausa – ou a mulher que é perfeitamente normal segundo todas as aparências pode ser na realidade uma dolorosa fonte de perigo para a comunidade.

Seu olhar percorreu a mesa suavemente até Claire e então voltou. Ele sorveu seu vinho mais uma vez.

Um medo terrível sacudiu Dermot. Era *isso* o que ele queria dizer? Era *nisso* que ele queria chegar? Impossível, mas...

– E tudo com a repressão de uma pessoa – suspirou a sra. Eversleigh. – Eu bem vejo que a pessoa deveria ter sempre muito cuidado ao... ao expressar sua personalidade. Os perigos do outro são medonhos.

– Minha cara sra. Eversleigh – objetou o médico –, a senhora me entendeu muito mal. A causa do dano está na matéria física do cérebro, às vezes decorrente de algum agente externo, como uma pancada; às vezes, infelizmente, é algo congênito.

– A hereditariedade é tão triste... – suspirou a dama. – Consunção e tudo mais.

– A tuberculose não é hereditária – Sir Alington falou com secura.

– Não é? Eu sempre pensei que fosse. Mas a loucura é! Que horrível... O que mais?

– Gota – disse Sir Alington, sorrindo. – E daltonismo... este último distúrbio é bem interessante. É transmitido diretamente para os homens, mas é latente nas mulheres. Assim, enquanto existem muitos homens daltônicos, para que uma mulher seja daltônica o distúrbio deve ter estado latente em sua mãe, bem como presente em seu pai... uma ocorrência bastante incomum. Isso é o que chamam de hereditariedade limitada ao sexo.

– Que interessante... Mas a loucura não é assim, é?

– A loucura pode ser transmitida aos homens ou às mulheres na mesma medida – disse o médico num tom grave.

Claire se levantou de repente, empurrando a cadeira para trás de forma tão abrupta que esta virou e caiu no chão. Estava muito pálida e os movimentos nervosos de seus dedos eram bem aparentes.

– O senhor... o senhor não vai demorar, vai? – ela implorou. – A sra. Thompson vai chegar dentro de poucos minutos.

– Um cálice de Porto e eu estarei com vocês – declarou Sir Alington. – Foi para ver a performance dessa maravilhosa sra. Thompson que eu vim, não foi? Ha, ha! Não que eu precisasse de qualquer incitamento.

Ele fez uma mesura.

Claire dirigiu-lhe um fraco sorriso de reconhecimento e saiu da sala, sua mão no ombro da sra. Eversleigh.

– Receio que eu tenha ficado falando de assuntos de trabalho – comentou o médico ao retomar seu assento. – Perdoe-me, meu caro amigo.

– Não há motivo – Trent falou perfunctoriamente.

Ele parecia tenso e preocupado. Pela primeira vez Dermot sentiu-se um intruso na companhia de seu amigo. Entre aqueles dois havia um segredo do qual nem mesmo um velho amigo podia partilhar. E mesmo assim a coisa toda era fantástica e incrível. O que é que ele tinha para enfrentar? Nada senão alguns olhares e o nervosismo de uma mulher.

Eles detiveram-se com o vinho por um tempo muito breve e chegaram à sala de visitas bem quando a sra. Thompson foi anunciada.

A médium era uma mulher roliça de meia-idade, vestida num atroz veludo magenta, com uma voz bastante comum e estridente.

– Espero que eu não esteja atrasada, sra. Trent – ela falou com jovialidade. – A senhora disse nove horas, não disse?

– A senhora é muito pontual, sra. Thompson – Claire retrucou com sua voz doce e ligeiramente rouca. – Este é o nosso pequeno círculo.

Não foram feitas outras apresentações, como era evidentemente o costume. A médium esquadrinhou todos os presentes com um olhar sagaz e penetrante.

– Espero que possamos obter alguns bons resultados – ela comentou de modo enérgico. – Mal consigo dizer como eu odeio quando saio e não consigo proporcionar satisfação, por assim dizer. Isso me deixa simplesmente louca. Mas acho que Shiromako (a minha entidade japonesa) será capaz de se comunicar muito bem nesta noite. Estou me sentindo mais em forma do que nunca e recusei a torrada de queijo, apreciadora de queijo que eu sou.

Dermot ficou ouvindo aquilo com doses idênticas de diversão e repugnância. O negócio todo era tão prosaico! Por outro lado, ele não estava sendo tolo em seu julgamento? Tudo, afinal de contas, era natural... os poderes alegados pelos médiuns eram poderes naturais ainda mal compreendidos. Um grande cirurgião podia se queixar de indigestão na véspera de uma operação delicada. Por que não a sra. Thompson?

Cadeiras foram arranjadas em círculo, com luzes dispostas de maneira que pudessem ser convenientemente levantadas ou baixadas. Dermot notou que estava fora de questão qualquer *teste*, bem como que Sir Alington se informasse quanto às condições da sessão. Não, essa história da sra. Thompson era só um despiste. Sir Alington estava ali por um propósito completamente diferente. A mãe de Claire, Dermot recordou, morrera no exterior. Houvera certo mistério em torno dela... Hereditário...

Sacudindo a cabeça, ele forçou sua mente a retornar aos arredores do momento.

Todos tomaram os seus lugares e as luzes foram desligadas, todas menos uma pequena luz avermelhada numa mesa distante.

Durante algum tempo não se ouviu nada exceto a respiração baixa e regular da médium. Aos poucos a respiração foi se tornando mais e mais estertorante. De repente, com uma brusquidão que fez Dermot saltar, veio da extremidade da sala uma batida forte. Ela se repetiu no outro lado. Então se ouviu um perfeito crescendo de batidas. Elas se extinguiram, e uma súbita e zombeteira gargalhada estrepitosa ressoou pela sala. Depois o silêncio, rompido por uma voz que não lembrava em nada a voz da sra. Thompson, uma voz aguda de modulação esquisita.

– Eu estou aqui, cavalheiros – disse a voz. – Ssim, eu estou aqui. Querem me perguntar coisas?

– Quem é você? Shiromako?

– Ssim. Eu Shiromako. Eu passei para cá muito tempo atrás. Eu trabalho. Eu muito feliz.

Seguiram-se maiores detalhes da vida de Shiromako. Era tudo muito raso e desinteressante, e Dermot já ouvira aquilo muitas vezes. Todos estavam felizes, muito felizes. Mensagens foram repassadas de parentes vagamente descritos – as descrições eram expressas de modo muito frouxo, a ponto de servirem a quase qualquer contingência. Uma senhora idosa, mãe de alguém presente, deteve a palavra por algum tempo, transmitindo máximas de manual com um ar de fresca novidade dificilmente corroborado por seu assunto.

– Outra pessoa quer se comunicar agora – anunciou Shiromako. – Tem mensagem muito importante para um dos cavalheiros.

Houve uma pausa e então uma nova voz se manifestou, antecedendo suas observações com uma risada demoníaca.

– Ha, ha! Ha, ha, ha! Melhor não ir para casa. Melhor não ir para casa. Siga o meu conselho.

– Você está falando com quem? – perguntou Trent.

– Um de vocês três. Eu não iria para casa se fosse ele. Perigo! Sangue! Não muito sangue... o suficiente.

Não, não vá para casa – a voz ficou mais fraca. – *Não vá para casa!*

A voz se extinguiu por completo. Dermot sentiu seu sangue formigando. Ele estava convencido de que o aviso era destinado a ele. De uma forma ou de outra, havia perigo fora dali naquela noite.

Houve um suspiro da médium, depois um gemido. Ela estava voltando a si. As luzes foram ligadas e dentro em pouco ela se aprumou no assento, seus olhos piscando um pouco.

– Correu tudo bem, minha querida? Espero que sim.

– Sim, muito bem, obrigada, sra. Thompson.

– Shiromako, eu suponho?

– Sim, e outros.

A sra. Thompson bocejou.

– Estou mortinha. Absolutamente esgotada. Isso acaba com a gente... Bem, fico contente por ter sido um sucesso. Eu temia um pouco que algo desagradável pudesse ocorrer. Há uma sensação esquisita nesta sala hoje.

Ela olhou por cima de um e de outro dos amplos ombros e então os encolheu com desconforto.

– Não estou gostando – falou. – Alguma morte súbita entre vocês ultimamente?

– Como assim... entre nós?

– Parentes próximos... amigos queridos? Não? Bem, se eu quisesse ser melodramática, eu diria que há uma morte no ar nesta noite. Claro, é só mais um dos meus disparates. Até logo, sra. Trent. Fico feliz que tenha ficado satisfeita.

A sra. Thompson saiu em seu veludo magenta.

– Espero que tenha achado a sessão interessante, Sir Alington – murmurou Claire.

– Uma noite interessantíssima, minha cara senhora. Agradeço pela oportunidade. Permitam-me lhes dar boa-noite. Vão sair todos para dançar, não vão?

– O senhor não vai nos acompanhar?

– Não, não. Tenho por regra estar na cama às onze e meia. Boa noite. Boa noite, sra. Eversleigh. Ah, Dermot, preciso ter uma conversa com você. Pode vir comigo agora? Você poderá encontrar os outros na Grafton Galleries.

– Certamente, tio. Vejo você lá então, Trent.

Bem poucas palavras foram trocadas entre tio e sobrinho durante o curto trajeto de carro até a Harley Street. Sir Alington fez um meio pedido de desculpas por ter arrastado Dermot consigo e assegurou-lhe que só o reteria por alguns minutos.

– Devo deixar o carro à sua disposição, meu garoto? – perguntou quando eles desceram.

– Ah, não se preocupe, tio. Vou pegar um táxi.

– Ótimo. Não gosto de segurar Charlson até muito tarde. Boa noite, Charlson. Ora, onde diabos eu coloquei a minha chave?

O carro se afastou enquanto Sir Alington, parado nos degraus, vasculhava os bolsos em vão.

– Devo ter deixado no meu outro casaco – ele disse afinal. – Toque a campainha, por favor... Johnson ainda está de pé, ouso dizer.

O imperturbável Johnson abriu de fato a porta dentro de sessenta segundos.

– Extraviei a minha chave, Johnson – explicou Sir Alington. – Leve dois uísques com soda até a biblioteca, por favor...

– Pois não, Sir Alington.

O médico adentrou a biblioteca e acendeu as luzes. Fez um gesto para que Dermot fechasse a porta atrás de si depois de entrar.

– Não vou segurá-lo por muito tempo, Dermot, mas é só uma coisa que eu quero lhe dizer. É a minha imaginação ou você tem certa... *tendresse*, digamos assim, pela sra. Jack Trent?

O sangue afluiu ao rosto de Dermot.

– Jack Trent é o meu melhor amigo.

– Perdoe-me, mas isso dificilmente responde à minha pergunta. Ouso dizer que você considera a minha opinião sobre o divórcio e assuntos afins altamente puritana, mas devo lembrá-lo de que você é o meu único parente próximo e de que você é o meu herdeiro.

– Não há nenhum divórcio em vista – Dermot retrucou com raiva.

– Certamente não há, por um motivo que eu entendo... talvez melhor do que você. Esse motivo específico eu não posso lhe dar agora, mas eu gostaria de alertá-lo. Claire Trent não é para você.

O jovem encarou o olhar do tio com firmeza.

– Eu *entendo*... e, permita-me dizer, talvez melhor do que o senhor imagina. Eu sei qual foi a razão da sua presença no jantar esta noite.

– Hein? – o médico estava visivelmente sobressaltado. – Como você soube?

– Podemos dizer que foi um palpite, senhor. Estou certo, não estou, quando afirmo que o senhor estava lá por suas... habilidades profissionais?

Sir Alington se movia de um lado para outro.

– Você tem toda a razão, Dermot. Eu não poderia, é claro, ter lhe contado, embora eu tema que isso logo será de conhecimento geral.

O coração de Dermot se apertou.

– O senhor quer dizer que... que se decidiu?

– Sim, há loucura na família... pelo lado da mãe. Um caso triste... um caso muito triste.

– Não posso acreditar nisso, senhor.

– Não deve acreditar mesmo. Para o leigo, há poucos sinais aparentes, ou nenhum sinal.

– E para o especialista?

– A evidência é conclusiva. Num caso assim, qualquer paciente deve ser internado o mais depressa possível.

– Meu Deus! – arquejou Dermot. – Mas não podemos internar uma pessoa por absolutamente nada.

– Meu caro Dermot! Casos de insanidade só são motivo de internação quando o paciente em liberdade resultaria em perigo para a comunidade. Um perigo muito grave. Com grande probabilidade, uma forma peculiar de mania homicida. Foi assim no caso da mãe.

Dermot virou-se com um gemido, enterrando o rosto nas mãos. Claire – a branca e dourada Claire!

– Dadas as circunstâncias – continuou o médico confortavelmente –, senti que me cabia lhe fazer o alerta.

– Claire – murmurou Dermot. – Minha pobre Claire.

– Sim, de fato, todos nós devemos sentir pena dela.

Dermot levantou a cabeça de repente.

– Não acredito.

– O quê?

– Estou dizendo que não acredito. Médicos cometem erros. Todo mundo sabe disso. E eles são sempre ciosos de sua própria especialidade.

– Meu caro Dermot – Sir Alington exclamou com raiva.

– Repito que não acredito... e, de qualquer maneira, mesmo que seja isso mesmo, eu não me importo. Eu amo Claire. Se ela quiser vir comigo, vou levá-la embora... para bem longe... fora do alcance de médicos intrometidos. Vou defendê-la, cuidar dela, protegê-la com todo o meu amor.

– Você não vai fazer nada disso. Ficou louco?

Dermot riu com desdém.

– É o que *o senhor* diria, ouso dizer.

– Tente me entender, Dermot – o rosto de Sir Alington estava vermelho de ardor reprimido. – Se você fizer isso... essa coisa vergonhosa, é o fim... vou retirar a mesada que lhe pago no momento e vou fazer um novo testamento deixando todas as minhas posses para diversos hospitais.

– Faça o que quiser com o seu maldito dinheiro – Dermot falou em voz baixa. – Vou ficar com a mulher que eu amo.

– Uma mulher que...

– Diga uma palavra contra ela e, por Deus, eu acabo com a sua vida! – gritou Dermot.

Um leve tilintar de copos fez com que os dois se virassem. Sem ser ouvido por eles no calor da discussão, Johnson entrara com uma bandeja de copos. Seu rosto era o rosto imperturbável do bom criado, mas Dermot se perguntou o quanto exatamente ele pudera escutar.

– É só, Johnson – Sir Alington disse de modo sucinto. – Você pode ir se deitar.

– Obrigado, senhor. Boa noite, senhor.

Johnson se retirou.

Os dois homens se entreolharam. A interrupção momentânea havia acalmado a tempestade.

– Tio – disse Dermot. – Eu não deveria ter falado com o senhor como falei. Consigo entender que, do seu ponto de vista, o senhor está perfeitamente certo. Mas eu amo Claire Trent há muito tempo. O fato de Jack Trent ser meu melhor amigo até aqui foi um obstáculo para que eu declarasse o meu amor à própria Claire. Mas, dadas as circunstâncias, esse fato já não conta. A ideia de que alguma condição monetária possa me deter é absurda. Creio que ambos dissemos o que há para ser dito. Boa noite.

– Dermot...

– Realmente não adianta continuar discutindo. Boa noite, tio Alington. Sinto muito, mas é isso.

Dermot saiu às pressas, fechando a porta atrás de si. O saguão estava imerso na escuridão. Dermot o atravessou, abriu a porta da frente e saiu para a rua, batendo a porta atrás de si.

Um táxi acabara de largar um passageiro numa casa mais adiante na rua; Dermot o chamou e se dirigiu à Grafton Galleries.

Na porta do salão ele parou por um minuto aturdido, a cabeça girando. O som estridente do jazz, as mulheres sorridentes... era como se ele tivesse penetrado num outro mundo.

Será que ele sonhara tudo? Impossível que aquela sombria conversa com seu tio tivesse realmente ocorrido. Lá estava Claire flutuando diante dele, parecendo um lírio em seu vestido branco e prata que se ajustava como luva em seu corpo esbelto. Claire sorriu para ele com um rosto calmo e sereno. Certamente era tudo um sonho.

A dança havia parado. Dentro em pouco ela se aproximou, sorrindo junto ao rosto dele. Como num sonho, convidou-o para dançar. Ela estava em seus braços agora, as melodias estridentes haviam começado novamente.

Ele a sentiu murchar um pouco.

– Cansada? Você quer parar?

– Se você não se importa... Podemos ir para algum lugar onde possamos conversar? Tem algo que eu quero dizer para você.

Não era um sonho. Dermot voltou à terra com um baque. Ele poderia ter visto calma e serenidade no rosto dela? Claire mostrava-se assombrada de ansiedade, de pavor. O quanto ela sabia?

Ele encontrou um canto sossegado e os dois sentaram-se lado a lado.

– Bem – ele falou, transparecendo uma leveza que não sentia –, você disse que tinha algo que queria me dizer...

– Sim – ela baixara o olhar, estava brincando nervosamente com a borla do vestido. – É um tanto difícil...

– Diga o que é, Claire.

– É só isso, eu quero que você... vá embora por um tempo.

Ele ficou atônito. Havia esperado qualquer coisa, menos isso.

– Você quer que eu vá embora? Por quê?

– É melhor falar com sinceridade, não é? Eu sei que você é um... um cavalheiro e meu amigo. Eu quero que você vá embora porque eu... eu me permiti gostar de você.

– Claire.

As palavras dela o deixavam entorpecido – incapaz de falar.

– Por favor, não pense que eu seja presunçosa o bastante para imaginar que você... algum dia pudesse se apaixonar por mim. É só que... eu não estou muito feliz... e... ah, eu preferia que você fosse embora.

– Claire, por acaso você não sabe que eu quis... quis terrivelmente... desde que eu conheci você?

Ela levantou seus olhos assustados para o rosto de Dermot.

– Você quis? Você quis por muito tempo?

– Desde o começo.

– Ah! – ela exclamou. – Por que você não me falou? Na época? Quando eu poderia ter ficado com você? Por que me falar agora, quando já é tarde demais? Não, eu estou louca... Não sei o que estou dizendo. Eu nunca poderia ter ficado com você.

– Claire, o que você quis dizer com "agora que é tarde demais"? É... é por causa do meu tio? Do que ele sabe? Do que ele pensa?

Ela assentiu com a cabeça, muda, as lágrimas escorrendo pelo rosto.

– Ouça, Claire, você não deve acreditar nisso tudo. Você não deve pensar a respeito. Em vez disso, fuja comigo. Nós iremos para os mares do Sul, para ilhas como joias verdes. Lá você vai ser feliz, e eu vou cuidar de você... protegê-la para sempre.

Seus braços a envolveram. Ele puxou-a para si, sentiu-a tremer ao seu toque. Então, de súbito, Claire soltou-se num arranco.

– Ah, não, por favor. Você não entende? Agora eu não poderia. Seria feio... feio... feio! O tempo todo eu quis ser boa... e agora... seria feio também.

Ele hesitou, desconcertado com aquelas palavras. Claire olhava para ele suplicante.

– Por favor – ela disse. – Eu quero ser boa...

Sem dizer palavra, Dermot se levantou e a deixou. De momento ele estava tocado e atormentado demais pelas palavras dela para conseguir argumentar. Foi em busca do chapéu e do casaco, esbarrando em Trent no caminho.

– Ei, Dermot, você está indo embora cedo.

– Sim, não estou com disposição para dançar hoje.

– É uma noite detestável – Trent falou num tom sombrio. – Mas você não tem as minhas preocupações.

Dermot sentiu um pânico repentino de que Trent pudesse estar prestes a lhe fazer uma confidência. Isso não – tudo menos isso!

– Bem, até logo – ele disse às pressas. – Estou indo para casa.

– Para casa, é? E o aviso dos espíritos?

– Vou correr esse risco. Boa noite, Jack.

O apartamento de Dermot não ficava longe. Ele fez o caminho a pé, sentindo a necessidade do ar fresco da noite para acalmar sua mente febril.

Abriu a porta com sua chave e acendeu a luz do quarto.

E de repente, pela segunda vez naquela noite, a sensação que ele denominara Sinal Vermelho assomou em seu íntimo. O sentimento era tão avassalador que até mesmo Claire foi varrida de sua mente por um momento.

Perigo! Ele estava em perigo. Naquele exato momento, naquele exato quarto, ele estava em perigo.

Dermot tentou em vão ridicularizar seu medo. Talvez seus esforços fossem secretamente tíbios. Até ali, o Sinal Vermelho lhe fizera advertências em tempo oportuno, permitindo-lhe evitar o desastre. Sorrindo um pouco de sua própria superstição, ele tratou de vasculhar o apartamento com cuidado. Era possível que algum malfeitor tivesse entrado e estivesse escondido num canto. Mas a busca não revelou nada. Milson, seu empregado, havia saído, e o apartamento estava absolutamente vazio.

Ele voltou para o quarto e se despiu devagar, franzindo a testa. A sensação de perigo estava mais forte do que nunca. Ele abriu uma gaveta para pegar um lenço e de súbito ficou completamente paralisado. Havia uma protuberância desconhecida no meio da gaveta – algo duro.

Seus dedos ágeis e nervosos arrancaram os lenços em volta e puxaram o objeto escondido entre eles. Era um revólver.

Com a máxima perplexidade, Dermot o examinou de modo atento. Era de um tipo pouco familiar, e um tiro havia sido disparado recentemente. Além disso, ele não sabia o que pensar. Alguém o colocara nessa gaveta naquela mesma noite. O revólver não estava ali quando ele se vestira para o jantar – ele tinha certeza disso.

Dermot estava prestes a recolocá-lo na gaveta quando foi sobressaltado por um toque de campainha. O toque se repetiu uma e outra vez, soando anormalmente alto no silêncio do apartamento vazio.

Quem poderia ter aparecido na porta da frente àquela hora? E uma única resposta entrava em questão – uma resposta instintiva e persistente.

Perigo – perigo – perigo...

Impelido por algum instinto que não sabia explicar, Dermot desligou a luz, vestiu um sobretudo que estava jogado numa cadeira e abriu a porta da entrada.

Dois homens esperavam no lado de fora. Atrás deles, Dermot avistou um uniforme azul. Um policial!

– Sr. West? – perguntou o primeiro dos dois homens.

Pareceu a Dermot que séculos transcorreram até sua resposta. Na realidade, passaram-se apenas alguns segundos antes que ele respondesse numa imitação bastante razoável da voz inexpressiva do seu empregado:

– O sr. West ainda não voltou. O que querem com ele a esta hora da noite?

– Ainda não voltou, é? Muito bem, então eu acho que seria melhor nós entrarmos para esperar por ele.

– Não, nada disso.

– Veja bem, meu amigo, eu sou o inspetor Verall da Scotland Yard e tenho um mandado para prender o seu patrão. Pode olhar se quiser.

Dermot analisou o papel estendido, ou fingiu fazê-lo, perguntando com uma voz aturdida:

– Por quê? O que foi que ele fez?

– Assassinato. Sir Alington West, de Harley Street.

Com o cérebro turbilhonando, Dermot recuou perante seus temíveis visitantes. Foi até a sala de estar e acendeu a luz. O inspetor o seguiu.

– Faça uma busca – ordenou ao outro homem.

Então ele se voltou para Dermot:

– Você fica aqui, meu amigo. Nada de escapar para avisar o seu patrão. Qual é o seu nome, a propósito?

– Milson, senhor.

– A que horas imagina que o seu patrão vai voltar, Milson?

– Eu não sei, senhor, ele saiu para um baile, eu acredito. Na Grafton Galleries.

– Ele saiu de lá pouco menos de uma hora atrás. Tem certeza de que ele não voltou para cá?

– Creio que não, senhor. Imagino que eu teria ouvido a chegada dele.

Nesse momento, saindo do quarto adjacente, voltou o segundo homem. Na mão ele segurava o revólver. Levou-o para o inspetor com certo entusiasmo. Uma expressão satisfeita lampejou no rosto deste último.

– Isto encerra o assunto – ele comentou. – Ele deve ter entrado e saído de fininho, sem se fazer ouvir. Já deu no pé por essa altura. É melhor eu me mandar. Cawley, você permanece aqui para o caso de ele voltar, e fique de olho neste sujeito. Pode ser que ele saiba mais sobre o patrão do que quer dar a entender.

O inspetor saiu depressa. Dermot procurou extrair os detalhes da ocorrência de Cawley, que se mostrou muito disposto a soltar a língua.

– Um caso bastante claro – ele disse. – O crime foi descoberto quase que imediatamente. Johnson, o criado, tinha acabado de subir para se deitar quando julgou ter ouvido um tiro e desceu de novo. Encontrou Sir Alington morto, baleado no coração. Ligou para nós sem demora e nós fomos até lá e ouvimos a história dele.

– Que mostrou que o caso era bastante claro? – arriscou Dermot.

– Sem sombra de dúvida. O jovem West tinha chegado com seu tio e os dois estavam discutindo quando Johnson levou os drinques. O velhote ameaçava fazer um novo testamento e o seu jovem patrão falava em lhe dar um tiro. Nem cinco minutos depois, o tiro foi ouvido. Ah, sim, mais do que claro. Jovenzinho idiota.

Mais do que claro, de fato. O coração de Dermot se apertou com a constatação da esmagadora evidência contra si. Perigo de fato – um perigo terrível! E nenhuma saída salvo a fuga. Ele colocou o cérebro para funcionar. Dentro em pouco, sugeriu fazer uma xícara de chá. Cawley aceitou com prontidão. Ele já fizera sua busca no apartamento e sabia que não havia entrada pelos fundos.

Dermot obteve permissão para se dirigir até a cozinha. Chegando lá, botou a chaleira no fogo e tiniu xícaras e pires diligentemente. Em seguida, furtivo e ágil, foi até a janela e levantou o batente. O apartamento ficava no segundo andar; do lado de fora da janela havia um pequeno elevador de carga com cabo de aço, usado por comerciantes em rápidas subidas e descidas.

Como um raio, Dermot saiu pela janela e desceu balançando pela corda de aço. O cabo cortou suas mãos, fazendo-as sangrar, mas ele avançou desesperadamente.

Poucos minutos depois, ele surgia com cautela na parte de trás do quarteirão. Virando a esquina, chocou-se contra um vulto parado na calçada. Para seu máximo espanto, reconheceu Jack Trent. Trent estava totalmente cônscio dos perigos da situação.

– Meu Deus! Dermot! Rápido, você precisa sumir daqui.

Tomando-o pelo braço, Jack o conduziu por uma travessa e depois por outra. Um táxi solitário foi avistado e chamado e os dois entraram; Trent deu para o motorista seu próprio endereço.

– É o lugar mais seguro neste momento. Lá nós podemos decidir o que fazer a seguir para despistar aqueles idiotas. Eu vim até aqui na esperança de conseguir avisar você antes que a polícia aparecesse, mas cheguei tarde demais.

– Eu nem mesmo sabia que você tinha tomado conhecimento. Jack, você não acredita...

– É claro que não, meu velho, nem por um segundo. Conheço você muito bem. Mesmo assim, é um negócio sórdido para você. Eles apareceram fazendo perguntas... a que horas você chegou à Grafton Galleries, quando você saiu etc. Dermot, quem poderia ter acabado com o velhote?

– Não consigo imaginar. Quem quer que seja o assassino, colocou o revólver na minha gaveta, eu acho. Deve ter ficado nos vigiando bem de perto.

– Aquele negócio da sessão espírita foi engraçadíssimo. "*Não vá para casa.*" Era para o velho West, coitado. Ele foi para casa e levou um tiro.

– Serviu para mim também – disse Dermot. – Eu fui para casa e encontrei um revólver plantado e um inspetor de polícia.

– Bem, espero que não valha para mim também – falou Trent. – Chegamos.

Ele pagou o taxista, abriu a porta com sua chave principal e guiou Dermot nas escuras escadas até seu gabinete, um recinto pequeno no primeiro andar.

Ele escancarou a porta; Dermot foi entrando, ao passo que Trent acendeu a luz e veio se juntar a ele.

– É bem seguro aqui por enquanto – ele comentou. – Agora nós podemos pensar juntos e decidir qual é a melhor coisa a fazer.

– Eu agi como um tolo – Dermot falou de repente. – Eu devia ter encarado a situação. Vejo com mais clareza agora. O negócio todo é uma conspiração. De que raios você está rindo?

Pois Trent estava recostado em sua cadeira, tremendo com um júbilo desenfreado. Havia algo horrível no som – algo horrível, também, no homem como um todo. Havia uma luz estranha em seus olhos.

– Uma conspiração espertíssima – ele arfou. – Dermot, meu garoto, você está liquidado.

Ele puxou o telefone para si.

– O que é que você vai fazer? – perguntou Dermot.

– Ligar para a Scotland Yard. Contar para eles que o passarinho está aqui... fechado a sete chaves. Sim, eu tranquei a porta quando entrei e a chave está no meu bolso. Não adianta olhar a outra porta atrás de mim. Essa dá para o quarto de Claire, e ela sempre a tranca do seu lado. Ela tem medo de mim... Sente medo de mim faz muito tempo. Ela sempre sabe quando eu estou pensando naquela faca... uma faca comprida e afiada. Não, nem pense...

Dermot fizera menção de se lançar contra ele, mas o outro sacara subitamente um revólver de aspecto feioso.

– Este é o segundo – Trent riu entre os dentes. – Botei o primeiro na sua gaveta... depois de atirar no velho West com ele... O que é que você está olhando por cima da minha cabeça? Aquela porta? Não daria certo, nem mesmo se Claire chegasse a abri-la... e ela faria isso por *você*... você levaria um tiro antes de chegar lá. Não no coração... não para matar, eu só o deixaria ferido, de modo que você não conseguisse escapar. Sou bom de tiro, você sabe. Já salvei a sua vida uma vez. Idiota que eu sou. Não, não, eu quero vê-lo enforcado... sim, enforcado. Não é com você que eu quero usar a faca. É com Claire... a bela Claire, tão branca e macia. O velho West sabia. É por isso que ele esteve aqui hoje, para ver se eu estava louco ou não. Ele queria me internar... para que eu não conseguisse pegar Claire com a faca. Eu fui muito astuto. Peguei a chave principal dele e a sua também. Escapuli do baile tão logo cheguei lá. Vi quando você saiu da casa do velho e entrei. Atirei no velho e fui embora no mesmo instante. Aí eu fui até o seu apartamento e deixei o revólver. Voltei à Grafton Galleries quase tão depressa quanto você e coloquei a chave de volta no bolso do seu casaco quando lhe dei boa-noite. Não me importo de lhe contar tudo isso. Não há ninguém nos ouvindo, e quando você estiver sendo enforcado eu gostaria que você soubesse que eu sou o responsável... Deus, como isso me faz rir! No que é que você está pensando? Que diabo você está olhando?

– Eu estou pensando em certas palavras que você acabou de dizer. Você teria feito melhor, Trent, não vindo para casa.

– Como assim?

– Atrás de você!

Trent se virou.

No vão da porta do quarto adjacente estava Claire – com o inspetor Verall...

Trent foi rápido. O revólver se manifestou uma única vez – e acertou o alvo. Ele tombou em cima da mesa. O inspetor correu até Trent enquanto Dermot encarava Claire como num sonho. Pensamentos fervilharam em seu cérebro de maneira desconexa. Seu tio – a briga – o equívoco colossal – as leis de divórcio da Inglaterra, que nunca livrariam Claire de um marido louco – "todos nós devemos sentir pena dela" – a conspiração entre ela e Sir Alington que a astúcia de Trent desvendara – a exclamação que Claire lhe fizera: "Feio... feio... feio!". Sim, mas agora...

O inspetor endireitou o corpo.

– Morto – ele falou aborrecido.

– Sim – Dermot ouviu-se dizendo –, ele sempre foi bom de tiro...

3

O quarto homem

"O quarto homem" foi publicado pela primeira vez na Pearson's Magazine, *em dezembro de 1925.*

O cônego Parfitt ofegava um pouco. Correr para pegar trens não era um negócio muito aconselhável para um homem da sua idade. Para começar, seu corpo já não era o que tinha sido, e, com a perda de sua silhueta esbelta, vinha uma crescente tendência de sentir falta de ar. A essa tendência o cônego sempre se referia, com dignidade, como "*O meu coração*, sabe?"

Ele se acomodou num canto do vagão de primeira classe com um suspiro de alívio. O calor do vagão aquecido era muitíssimo agradável para ele. Lá fora a neve caía. Sorte conseguir um assento de canto numa longa viagem noturna. Negócio triste quando você não conseguia. Deveria existir um vagão com leitos naquele trem.

Os outros três cantos já estavam ocupados, e, observando tal fato, o cônego Parfitt percebeu que o homem no canto mais afastado sorria para ele num gentil reconhecimento. Era um homem de barba feita com rosto zombeteiro e cabelo mal começando a ficar grisalho nas têmporas. Sua profissão era tão claramente a advocacia que ninguém o teria tomado por qualquer outra coisa sequer por um momento. Sir George Durand era, de fato, um advogado muito famoso.

– Bem, Parfitt – ele comentou com cordialidade –, o senhor precisou correr, não precisou?

– Péssimo para o meu coração, eu receio – disse o cônego. – Uma bela coincidência encontrá-lo aqui, Sir George. Está indo mais para o norte?

– Newcastle – respondeu Sir George lacônico. – A propósito – acrescentou –, o senhor conhece o dr. Campbell Clark?

O homem sentado no lado do vagão onde estava o cônego inclinou a cabeça de modo agradável.

– Nós nos encontramos na plataforma – continuou o advogado. – Outra coincidência.

O cônego Parfitt olhou para o dr. Campbell Clark com uma boa dose de interesse. Era um nome que ele já ouvira repetidas vezes. O dr. Clark era um médico de vanguarda, especialista nas questões mentais, e o seu último livro, *O problema da mente inconsciente*, tinha sido o livro mais comentado do ano.

O cônego Parfitt viu um queixo quadrado, olhos azuis muito firmes e cabelos avermelhados intocados pelo grisalho, mas escasseando com rapidez. E também teve a impressão de uma personalidade muito impetuosa.

Por uma associação de ideias perfeitamente natural, o cônego olhou para o assento do lado oposto, quase esperando receber um olhar de reconhecimento dali também, mas o quarto ocupante do vagão provou ser um completo estranho – um estrangeiro, supôs o cônego. Era um homem franzino e escuro, bastante insignificante na aparência. Encolhido em um grande sobretudo, parecia estar dormindo profundamente.

– Cônego Parfitt de Bradchester? – indagou o dr. Campbell Clark num tom agradável.

O cônego pareceu ficar lisonjeado. Aqueles "sermões científicos" dele realmente haviam sido um tremendo sucesso – ainda mais desde que a imprensa os abordara. Bem, era disso que a Igreja precisava – um bom conteúdo moderno e atualizado.

– Li o seu livro com grande interesse, dr. Campbell Clark – ele disse. – Embora seja um pouco técnico demais aqui e ali para o meu entendimento.

Durand interveio.

– O senhor quer conversar ou dormir, cônego? – ele perguntou. – Vou logo confessando que sofro de insônia e que, portanto, sou a favor da primeira opção.

– Ah, com toda a certeza! Sem sombra de dúvida – disse o cônego. – Raras vezes eu durmo nessas viagens noturnas, e o livro que tenho comigo é muito enfadonho.

– Nós formamos, de qualquer modo, um grupo representativo – comentou o médico com um sorriso. – A Igreja, a lei, a profissão médica.

– Não há muitos temas sobre os quais não poderíamos dar uma opinião, hein? – riu Durand. – A Igreja na visão espiritual, eu na visão puramente mundana e legal, e o senhor, doutor, com a mais ampla de todas as áreas, variando do puramente patológico até o suprapsicológico! Entre nós três, devemos dominar qualquer campo de maneira quase infalível, eu creio.

– Não tão infalivelmente quanto imagina o senhor, eu acho – disse o dr. Clark. – Há um outro ponto de vista, perceba, que o senhor deixou de fora, e é um ponto bastante importante.

– Qual? – questionou o advogado.

– O ponto de vista do Homem da Rua.

– Isso é tão importante assim? O Homem da Rua não está geralmente errado?

– Ah, quase sempre! Mas ele tem a coisa que sempre falta em todas as opiniões especializadas... o ponto de vista pessoal. No final, você não consegue escapar dos relacionamentos pessoais. Constatei esse fato na minha profissão. Para cada paciente que me procura genuinamente doente, aparecem pelo menos cinco que não têm nenhum problema em absoluto exceto uma inaptidão para levar uma vida feliz com os habitantes da mesma casa. Eles usam toda espécie de denominação...

de inflamação no joelho a câimbra de escritor, mas é tudo a mesma coisa, a superfície esfolada produzida por mente se atritando contra mente.

– O senhor deve ter vários pacientes que sofrem dos "nervos" – o cônego comentou em tom depreciativo; seus próprios nervos eram excelentes.

– Ah, e com isso o senhor está querendo dizer o quê? – o outro se virou para ele rápido como um raio. – Nervos! As pessoas usam essa palavra e depois riem, bem como fez o senhor. "Não há nenhum problema com fulano", elas dizem. "São só os nervos." Mas, meu Deus, você tem ali o ponto crucial. Você pode pegar uma mera enfermidade física e curá-la. Mas nos dias de hoje nós sabemos bem pouco mais sobre as causas obscuras das mil e uma formas de doença nervosa do que sabíamos em... bem, no reinado da rainha Elizabeth!

– Minha nossa – disse o cônego Parfitt um pouco perplexo com aquela investida. – É isso mesmo?

– Note bem, é um sinal da graça – prosseguiu o dr. Campbell Clark. – Antigamente, considerávamos o homem um simples animal, corpo e alma... com ênfase no primeiro.

– Corpo, alma e espírito – o clérigo corrigiu suavemente.

– Espírito? – o médico sorriu de maneira estranha. – O que é que vocês, padres, querem dizer ao certo com espírito? Ora, vocês nunca foram muito claros a esse respeito. Por séculos a fio vocês se esquivaram de uma definição exata.

O cônego limpou a garganta, preparando sua fala, mas para seu desgosto não lhe foi concedida nenhuma oportunidade. O médico continuou:

– Por acaso temos mesmo certeza de que a palavra é espírito? Não poderia ser *espíritos*?

– Espíritos? – Sir George Durand questionou, levantando as sobrancelhas intrigado.

– Sim – o olhar de Campbell Clark se transferiu para ele; o médico inclinou-se à frente e lhe deu um tapinha no peito. – O senhor tem tanta certeza – ele falou num tom grave – de que existe um único ocupante nesta estrutura? Pois não é nada mais do que isso, claro... uma desejável residência para ser mobiliada... por sete, 21, 41, 71, quantos forem, anos? E no fim o inquilino vai tirando suas coisas... pouco a pouco... e então abandona por completo a casa... e a casa vem abaixo, uma massa de ruína e decadência. Você é o soberano da casa, isso nós admitimos, mas por acaso você nunca percebe a presença de outros? Criados de passo silencioso, que mal se fazem notar exceto pelo trabalho realizado... um trabalho que você não tem consciência de ter feito? Ou amigos... humores que se apoderam de você e o tornam, por certo período, "um homem diferente", como diz o ditado? Você é o rei do castelo, isso é incontestável, mas tenha toda certeza de que o "patife" está ali também.

– Meu caro Clark – falou pausadamente o advogado –, o senhor me deixa positivamente desconfortável. A minha mente é mesmo um campo de batalha de personalidades conflitantes? Essa é a última novidade da ciência?

Foi a vez do médico de encolher os ombros.

– O seu corpo é – ele retrucou com secura. – Se o corpo é, por que não a mente?

– Muito interessante – disse o cônego Parfitt. – Ah! Maravilhosa ciência... maravilhosa ciência.

E no íntimo ele pensou consigo: "Posso tirar dessa ideia um sermão dos mais impressionantes".

Mas o dr. Campbell Clark se recostara de novo em seu assento, o entusiasmo momentâneo esgotado.

– Para falar a verdade – ele observou num tom seco e profissional –, é um caso de dupla personalidade o que me leva para Newcastle nesta noite. Um caso muito interessante. Neurose, é claro. Mas bem genuíno.

– Dupla personalidade – disse Sir George Durand pensativo. – Não é algo tão raro assim, acredito. Há perda de memória também, não há? Eu sei que o assunto surgiu num caso do Tribunal de Sucessões outro dia.

O dr. Clark assentiu com a cabeça.

– O caso clássico, é claro – ele falou –, foi o de Felicie Bault. Vocês devem ter ouvido falar...

– Claro – disse o cônego Parfitt. – Lembro de ter lido a respeito nos jornais... mas já faz muito tempo... sete anos no mínimo.

O dr. Campbell Clark assentiu.

– Aquela garota se tornou uma das figuras mais famosas da França. Cientistas do mundo inteiro vinham vê-la. Ela tinha nada menos do que quatro personalidades distintas. Eram conhecidas como Felicie 1, Felicie 2, Felicie 3 etc.

– Não houve certa sugestão de trapaça deliberada? – Sir George perguntou, alertado.

– As personalidades de Felicie 3 e Felicie 4 chegaram a suscitar dúvidas – admitiu o médico. – Mas os fatos principais se mantêm. Felicie Bault era uma camponesa bretã. Terceira de uma família de cinco, filha de um pai bêbado e de uma mãe deficiente mental. Numa de suas bebedeiras o pai estrangulou a mãe e foi, se bem me lembro, condenado à deportação perpétua. Felicie tinha então cinco anos de idade. Algumas pessoas caridosas se interessaram pelas crianças, e Felicie foi criada e educada por uma solteirona inglesa que tinha uma espécie de lar para crianças carentes. Não conseguiu obter muita coisa com Felicie, no entanto. Ela descreve a garota como anormalmente lenta e estúpida, só tendo aprendido a ler e escrever com a maior das dificuldades, e desajeitada com as mãos. Essa mulher, a srta. Slater, tentou encaixar a garota no serviço doméstico e de fato encontrou-lhe várias casas quando ela chegou à idade adequada. Mas Felicie nunca ficava muito tempo em qualquer lugar por causa da estupidez e também da intensa preguiça.

O médico fez uma pausa por alguns instantes, e o cônego, recruzando as pernas e cobrindo melhor o corpo com sua manta de viagem, constatou de repente que o homem do lado oposto fizera um movimento quase imperceptível. Seus olhos, que haviam permanecido fechados, estavam abertos agora, e algo neles, algo zombeteiro e indefinível, sobressaltou o digno cônego. Era como se o homem estivesse prestando atenção e sentindo um regozijo secreto e maligno em função daquilo que ouvira.

– Há uma fotografia de Felicie Bault aos dezessete anos – continuou o médico. – A foto a mostra como uma camponesa ignorante de compleição pesada. Não há nada nesse retrato indicando que ela estava prestes a ser uma das pessoas mais famosas da França. Cinco anos mais tarde, quando estava com 22 anos, Felicie Bault teve uma grave doença nervosa, e durante a recuperação começaram a se manifestar os estranhos fenômenos. Os fatos a seguir são comprovados por vários cientistas eminentes. A personalidade chamada Felicie 1 era indistinguível da Felicie Bault dos 22 anos anteriores. Felicie 1 escrevia francês mal e hesitantemente, não falava línguas estrangeiras e era incapaz de tocar piano. Felicie 2, pelo contrário, falava italiano com fluência e alemão moderadamente. Sua caligrafia era bem diferente da de Felicie 1, e ela escrevia um francês fluente. Podia discutir política e arte e sua grande paixão era tocar piano. Felicie 3 tinha muitos pontos em comum com Felicie 2. Era inteligente e aparentemente bem-educada, mas no caráter moral era um completo contraste. Ela parecia, de fato, uma criatura extremamente depravada... mas depravada num sentido parisiense, e não provincial. Conhecia as gírias de Paris na ponta da língua, bem como as expressões do *demi monde* chique. Sua linguagem era suja, e ela insultava a religião e as chamadas "pessoas boas" nos termos mais blasfemos. Por fim, havia Felicie 4... uma criatura sonhadora, quase imbecil, distintamente piedosa e professadamente clarividente, mas essa quarta personalidade era muito insatisfatória e esquiva, e por vezes foi considerada uma trapaça deliberada por parte de Felicie 3... uma espécie de peça pregada por ela num público crédulo. Posso dizer que (com a possível exceção de Felicie 4) cada personalidade era distinta e separada e não tinha nenhum conhecimento das outras. Felicie 2 era sem dúvida a predominante, perdurando às vezes por quinze dias ininterruptos, e então Felicie 1 aparecia de modo abrupto por um dia ou dois. Depois disso, talvez Felicie 3 ou 4, mas estas duas raras vezes ficavam no comando por mais do que algumas horas. Cada mudança era acompanhada por severa dor de cabeça e sono pesado, e em cada caso havia uma total perda da memória dos outros estados, a personalidade em questão retomando a vida no ponto onde havia parado, inconsciente quanto à passagem do tempo.

– Extraordinário – murmurou o cônego. – Extraordinário. Até aqui não sabemos quase nada sobre as maravilhas do universo.

– Sabemos que existem nele alguns impostores muito astutos – o advogado comentou com secura.

– O caso de Felicie Bault foi investigado por advogados, bem como por médicos e cientistas – disse com presteza o dr. Campbell Clark. – Maître Quimbellier, o senhor deve recordar, fez uma minuciosa investigação e confirmou as opiniões dos cientistas. E também, afinal de contas, por que isso deveria nos surpreender tanto assim? Topamos às vezes com o ovo de duas gemas, não? E com a banana gêmea... Por que não a alma dupla?... ou, neste caso, a alma quádrupla... no corpo único?

– A alma dupla? – protestou o cônego.

O dr. Campbell Clark voltou para ele seus penetrantes olhos azuis.

– De que outra maneira podemos chamá-la? Isto é... se a personalidade é a alma?

– É bom que coisas como essas sejam uma "aberração" – comentou Sir George. – Se o caso fosse comum, ele daria origem a belas complicações.

– A condição, claro, é bastante anormal – concordou o médico. – Foi muito lamentável que um estudo mais longo não pudesse ter sido feito, mas tudo teve fim com a morte inesperada de Felicie.

– Houve algo estranho nesse acontecimento, se bem me lembro – falou devagar o advogado.

O dr. Campbell Clark confirmou com a cabeça.

– Um negócio dos mais inexplicáveis. A garota foi encontrada morta na cama certa manhã. Ela claramente tinha sido estrangulada. Contudo, para estupefação de todos, logo ficou comprovado sem sombra de dúvida que Felicie na verdade se estrangulara. As marcas em seu pescoço eram as marcas de seus próprios dedos. Um método de suicídio que, embora não fosse fisicamente impossível, por certo exigiu um vigor muscular fantástico e uma força de vontade quase sobre-humana. O que havia levado Felicie a um apuro tão drástico nunca foi descoberto. Claro que o equilíbrio mental da garota deve ter sido sempre precário. Mesmo assim, os fatos são esses. A cortina foi baixada para sempre no mistério de Felicie Bault.

Foi então que o homem no canto mais afastado riu.

Os outros três homens pularam como quem leva um tiro. Haviam esquecido totalmente a existência do quarto entre eles. Enquanto olhavam para o lugar onde o estranho estava sentado, ainda encolhido em seu sobretudo, ele riu mais uma vez.

– Vocês precisam me desculpar, senhores – ele falou num inglês perfeito que tinha, no entanto, um toque estrangeiro.

O homem se aprumou no assento, exibindo um rosto pálido com um pequeno bigode preto-azeviche.

– Sim, vocês precisam me desculpar – continuou ele, com uma mesura zombeteira. – Mas ora essa! Na ciência, por acaso alguém jamais diz a última palavra?

– O senhor sabe de algo sobre o caso que estamos discutindo? – o médico perguntou de modo cortês.

– Sobre o caso? Não. Mas eu a conhecia.

– Felicie Bault?

– Sim. E Annette Ravel também. Nunca ouviram falar em Annette Ravel, então? E, no entanto, a história de uma é a história da outra. Acreditem em mim, vocês não sabem nada sobre Felicie Bault se não conhecem também a história de Annette Ravel.

Ele sacou um relógio e o conferiu.

– Meia hora até a próxima parada. Tenho tempo para contar a história... isto é, se vocês tiverem interesse em ouvi-la...

– Por favor, conte-nos a história – disse o médico em voz baixa.

– Será um prazer – disse o cônego. – Será um prazer.

Sir George Durand somente se recompôs numa atitude de grande atenção.

– Meu nome, cavalheiros – começou aquele estranho companheiro de viagem –, é Raoul Letardeau. Vocês acabaram de mencionar uma dama inglesa, a srta. Slater, que se envolvia em obras de caridade. Eu nasci naquela aldeia de pescadores na Bretanha, e, quando meus pais morreram num acidente de trem, foi a srta. Slater quem me socorreu e me salvou de algo equivalente à casa de correção inglesa. Havia cerca de vinte crianças sob seus cuidados, meninas e meninos. Entre essas crianças estavam Felicie Bault e Annette Ravel. Se eu não conseguir fazê-los entender a personalidade de Annette, cavalheiros, vocês não entenderão nada. Ela era filha do que vocês chamam de uma "mulher de vida fácil" que morreu de tuberculose, abandonada pelo amante. A mãe tinha sido dançarina, e Annette nutria também o sonho de dançar. Quando a vi pela primeira vez, ela tinha onze anos de idade, uma coisinha de nada com olhos que se alternavam entre a zombaria e a promessa... uma criaturinha exalando fogo e vida. E de imediato... sim, de imediato... ela me tornou seu escravo. Era "Raoul, faça isso por mim", "Raoul, faça aquilo por mim". E eu obedecia. Eu já venerava Annette, e ela sabia disso. Nós descíamos até a praia juntos, nós três... porque Felicie ia conosco. E lá Annette tirava os sapatos e as meias e dançava na areia. E depois ela desabava sem fôlego e nos contava o que queria ser e fazer. "Ouçam bem, eu serei famosa. Sim, extremamente famosa. Vou ter centenas e milhares de meias de seda... da seda mais refinada. E vou morar num apartamento elegante. Todos os meus amantes serão jovens e bonitos, além de ricos. E, quando eu dançar, Paris inteira vai querer me ver. As pessoas vão berrar e chamar e gritar e ficar loucas com a minha dança. E durante os invernos eu não dançarei, eu irei para o sul em busca do sol. Lá existem vilas com laranjeiras. Vou comprar uma dessas vilas. Ficarei deitada ao sol em almofadas de seda, comendo laranjas. Quanto a você, Raoul, eu nunca vou me esquecer de você, por mais que eu me torne maravilhosa e rica e famosa. Vou proteger você e promover a sua carreira. A nossa Felicie aqui vai ser a minha empregada... não, suas mãos são muito desajeitadas. Olhe para elas, como são grandes e grosseiras." Felicie ficava irritada com isso. E então Annette continuava provocando-a. "Ela é uma legítima dama, a nossa Felicie... tão elegante, tão refinada. É uma princesa disfarçada... ha, ha." "O meu pai e a minha mãe eram casados, coisa que os seus não foram", Felicie rosnava com rancor. "Sim, e o seu pai matou a sua mãe. Algo muito bonito, ser filha de um assassino." "O seu pai largou a sua mãe na sarjeta", Felicie retrucava. "Ah! Sim", Annette ficava pensativa. "*Pauvre maman.* A pessoa precisa se manter forte e bem de saúde. A força e a saúde são tudo." "Eu sou forte como um cavalo", Felicie se vangloriava. E de fato ela era. Ela tinha duas vezes mais força do que qualquer outra garota na casa. E nunca ficava doente. Mas era estúpida, entendam, estúpida como uma fera selvagem. Eu muitas vezes tentava desvendar o motivo pelo qual ela ficava seguindo Annette daquele jeito. Era uma espécie de fascinação. Às vezes, eu acho, Felicie efetivamente odiava Annette, e de fato Annette não era boa com ela. Annette ridicularizava sua lentidão e sua estupidez, costumava molestá-la na frente dos outros. Eu vi Felicie ficar totalmente branca de raiva. Por vezes pensei que ela apertaria os dedos em volta do pescoço de Annette para sufocá-la até a morte. Ela não era ágil de raciocínio o bastante para responder às provocações de Annette, mas aprendeu com o tempo a fazer uma réplica que nunca falhava: mencionava sua própria constituição saudável e forte. Ela compreendera (algo que eu sempre soubera) que Annette invejava sua forte compleição física, e instintivamente passou a golpear o ponto fraco da armadura de sua inimiga. Certo dia, Annette me procurou num grande júbilo. "Raoul", ela disse, "nós vamos nos divertir hoje com a nossa estúpida Felicie. Nós vamos morrer de rir." "O que é que você vai fazer?" "Venha comigo atrás do galpão que eu lhe conto." Parecia que certo livro caíra nas mãos de Annette. Uma parte do livro ela não entendia, e de fato a coisa toda estava muito acima do seu entendimento. Era uma obra antiga sobre hipnotismo. "Um objeto brilhante, eles dizem. A bola de metal da minha cama, ela gira. Eu fiz Felicie olhar para ela ontem à noite. 'Olhe de modo constante', eu falei. 'Não tire os seus olhos dela.' E então eu rodopiei a bola. Raoul, eu fiquei assustada. Os olhos dela pareciam tão esquisitos... tão esquisitos. 'Felicie, você sempre vai fazer o que eu pedir', eu falei. 'Eu sempre vou fazer o que você pedir, Annette', ela respondeu. E então... e então... eu disse: 'Amanhã você vai levar uma vela de sebo para o recreio ao meio-dia e começar a comê-la. E, se alguém lhe perguntar, você vai dizer que é a melhor *galette* que você já provou'. Ah, Raoul, pense só nisso!" "Mas ela nunca vai fazer uma coisa dessas", eu objetei. "O livro diz que vai. Não que eu acredite nisso... mas, ah, Raoul, se o livro estiver mesmo certo, como nós vamos nos divertir!" Eu também achei a ideia muito engraçada. Nós espalhamos a história entre os colegas e ao meio-dia estávamos todos no recreio. Pontual, lá veio Felicie com um toco de vela na mão. Tentem acreditar em mim, messieurs, ela começou solenemente a mordiscá-lo. Ficamos todos numa histeria! De vez em quando, uma ou outra das crianças aproximava-se dela e perguntava solenemente: "É bom isso aí que você está comendo, Felicie?". E ela respondia:

"Mas é claro, é a melhor *galette* que eu já provei". E então nós berrávamos de tanto rir. Por fim nós rimos tão alto que o barulho pareceu despertar em Felicie uma percepção do que ela estava fazendo. Felicie piscou os olhos de maneira intrigada, olhou a vela e depois nos olhou. Ela passou a mão pela testa. "Mas o que é que eu estou fazendo aqui?", resmungou. "Você está comendo uma vela", nós gritamos. "*Eu* fiz você fazer isso. *Eu* fiz você fazer isso", exclamou Annette, dançando em volta. Felicie ficou de olhos arregalados por um momento. Depois foi lentamente até Annette. "Então é você... é você que me fez parecer ridícula? Acho que eu lembro. Ah, eu vou matar você por causa disso!" Ela falou num tom muito calmo, mas Annette se afastou num movimento súbito e ficou escondida atrás de mim. "Salve-me, Raoul! Eu estou com medo de Felicie. Foi só uma brincadeira, Felicie. Só uma brincadeira." "Eu não gosto dessas brincadeiras", disse Felicie. "Está entendendo? Eu odeio você. Eu odeio todos vocês." De súbito ela desatou a chorar e saiu correndo. Annette estava, creio eu, assustada com o resultado de seu experimento e não tentou repeti-lo. Mas daquele dia em diante sua ascendência sobre Felicie pareceu ficar mais forte. Felicie, eu acredito agora, sempre a detestou, mas mesmo assim não conseguia se manter longe dela. Costumava seguir Annette por todos os cantos como um cão. Pouco depois disso, messieurs, uma ocupação foi encontrada para mim, e eu só visitava a casa em feriados ocasionais. O desejo de Annette de se tornar uma dançarina não foi levado a sério, mas ela desenvolveu uma voz muito bonita quando cresceu e a srta. Slater consentiu que a jovem fosse treinada como cantora. Annette não era preguiçosa. Trabalhava numa intensidade febril, sem descanso. A srta. Slater se viu na obrigação de impedir que ela exagerasse, chegando a falar comigo sobre isso numa ocasião. "Você sempre gostou de Annette", ela disse. "Tente convencê-la a não trabalhar duro demais. Ela está com uma leve tosse ultimamente que não me agrada." O meu trabalho me levou para bem longe logo depois. Recebi uma ou duas cartas de Annette num primeiro momento, mas a partir daí foi tudo silêncio. Depois disso, fiquei no exterior por cinco anos. Por um grande acaso, quando voltei para Paris minha atenção foi atraída por um cartaz que anunciava Annette Ravelli ilustrado com um retrato da dama. Eu a reconheci no mesmo instante. Naquela noite, fui ao teatro em questão. Annette cantou em francês e italiano. No palco ela era maravilhosa. Depois eu fui ao camarim. Ela me recebeu de imediato. "Ora, Raoul", ela exclamou, estendendo suas mãos esbranquiçadas para mim. "Isso é esplêndido! Onde você esteve por todos esses anos?" Eu teria respondido, mas na verdade ela não estava interessada em saber. "Veja, eu estou chegando ao topo!" Ela acenou uma mão triunfante em volta do quarto cheio de buquês. "A boa srta. Slater deve estar orgulhosa do seu sucesso." "Aquela velhinha? Não, nem um pouco. Ela queria me preparar para o Conservatoire. Decorosa música de concerto. Mas eu sou uma artista. É aqui, no palco de variedades, que eu posso me expressar." Bem naquele momento entrou um belo homem de meia-idade. Ele era muito distinto. Por seus modos, logo vi que se tratava do protetor de Annette. Ele olhou de soslaio para mim e Annette explicou: "Um amigo da minha infância. Ele estava passando por Paris, viu meu retrato num pôster *et voilà*!". O homem se mostrou, então, muito afável e cortês. Na minha presença, sacou um bracelete de rubi e diamante e o apertou no pulso de Annette. Quando eu me levantava para ir embora, ela me lançou um olhar de triunfo e um sussurro. "Cheguei ao topo, não cheguei? Você está vendo? O mundo inteiro está diante de mim." Mas na saída eu a escutei tossir, uma tosse aguda e seca. Eu sabia o que queria dizer essa tosse. Era o legado de sua mãe tuberculosa. Voltei a vê-la dois anos depois. Annette buscara refúgio na casa da srta. Slater. Sua carreira desmoronara. Ela encontrava-se num estado de tuberculose avançado sobre o qual os médicos diziam que nada podia ser feito. Ah, nunca poderei me esquecer de como a vi naquele dia! Ela estava deitada numa espécie de abrigo no jardim. Era mantida fora de casa dia e noite. Suas faces estavam encovadas e coradas agora, seus olhos se mostravam brilhantes e febris, tossia repetidas vezes. Ela me saudou com uma espécie de desespero que me sobressaltou. "É bom ver você, Raoul. Você soube o que dizem de mim? Que talvez eu não fique boa? Andam dizendo isso pelas minhas costas, sabe? Comigo são reconfortantes e consoladores. Mas não é verdade, Raoul, não é verdade! Não vou me deixar morrer. Morrer? Com a bela vida se estendendo à minha frente? É a vontade de viver o que importa. Todos os grandes médicos dizem isso hoje em dia. Eu não sou uma dessas pessoas fracas que se deixam ir. Já me sinto infinitamente melhor... infinitamente melhor, você está ouvindo?" Ela se levantou sobre o cotovelo para dar maior efeito às palavras e em seguida caiu para trás, atacada por um acesso de tosse que castigou seu corpo magro. "A tosse... não é nada", ela engasgou. "E as hemorragias não me assustam. Vou surpreender os médicos. É a vontade que conta. Lembre-se, Raoul, eu vou viver." Era lamentável, lamentável. Bem naquele momento, Felicie Bault apareceu com uma bandeja. Um copo de leite quente. Ela o deu para Annette e observou-a beber com uma expressão que eu não consegui desvendar. Havia uma espécie de satisfação presunçosa no rosto dela. Annette também captou o olhar. Ela jogou o copo no chão com raiva, estilhaçando-o. "Você está vendo? É assim que ela sempre olha para mim. Ela está contente porque eu vou morrer! Sim, ela se regozija com isso. Veja quem está forte e bem de saúde. Olhe para ela... nunca ficou doente sequer por um dia, essa aí! E tudo por nada. De que serve para ela essa grande carcaça? Como ela pode aproveitá-la?" Felicie se agachou e recolheu os fragmentos de vidro. "Não me importo com o que ela diz", observou com uma voz melodiosa. "Qual é o problema? Eu sou uma garota respeitável, sou mesmo. Quanto a ela, vai conhecer os fogos do Purgatório daqui a não muito tempo. Eu sou uma cristã. Não digo nada." "Você me odeia!", exclamou Annette. "Você sempre me odiou. Ah, mas eu posso enfeitiçá-la mesmo assim! Posso fazê-la fazer o que eu quero. Se eu quisesse, agora, você ficaria de joelhos diante de mim na grama." "Você é absurda", Felicie falou com desconforto. "Mas, sim, você vai fazer isso. Você vai. Para me agradar. Fique de joelhos. Eu lhe peço isso, eu, Annette. De joelhos, Felicie." Fosse por causa da súplica espantosa na voz ou por algum motivo mais profundo, Felicie obedeceu. Ela caiu lentamente de joelhos, os braços bem abertos, o rosto vazio e estúpido. Annette jogou a cabeça para trás e riu... uma gargalhada incontrolável. "Olhe para ela, com seu rosto estúpido! Como é ridícula... Você pode se levantar agora, Felicie, obrigada! Não adianta nada fazer cara feia para mim. Eu mando em você. Você precisa fazer o que eu digo." Ela se recostou nos travesseiros, exausta. Felicie pegou a bandeja e se afastou com passos lentos. Em determinado momento, olhou para trás por cima do ombro, e o ressentimento incandescente em seus olhos me sobressaltou. Eu não estava lá quando Annette morreu. Mas foi terrível, ao que parece. Ela se aferrou à vida. Combateu a morte como uma louca. Várias e várias vezes arquejava: "Eu não vou morrer... você está me ouvindo? Não vou morrer. Vou viver... viver...". A srta. Slater me contou tudo isso quando fui visitá-la seis meses mais tarde. "Meu pobre Raoul", ela falou amavelmente. "Você amava Annette, não amava?" "Sempre... sempre. Mas que proveito eu podia ter para ela? Não falemos disso. Ela está morta... tão brilhante, tão cheia de vida..." A srta. Slater era uma mulher compassiva. Ela continuou falando sobre outras coisas. Estava muito preocupada com Felicie, segundo me disse. A moça tivera uma espécie de colapso nervoso e desde então estava com um comportamento muito estranho. "Você sabia", disse a srta. Slater depois de uma hesitação momentânea, "que ela está aprendendo a tocar piano?" Eu não sabia e fiquei muito surpreso com a novidade. Felicie... aprendendo a tocar piano! Eu teria jurado que a jovem não saberia diferenciar uma nota da outra. "Ela tem talento, segundo dizem", continuou a srta. Slater. "Não consigo entender isso. Eu sempre a tomei por uma... bem, Raoul, você mesmo sabe, ela foi sempre uma garota estúpida." Eu assenti. "Ela está com um comportamento tão estranho que eu não sei que conclusão devo tirar disso." Alguns minutos mais tarde eu entrei na Salle de Lecture. Felicie estava tocando piano. Estava tocando a ária que eu ouvira Annette cantar em Paris. Vocês decerto entendem, messieurs, que aquilo me deu um tremendo susto. E então, ouvindo-me, ela parou de súbito e se virou para me olhar, os olhos cheios de escárnio e inteligência. Por um momento eu pensei... Bem, não lhes direi o que eu pensei. "*Tiens!*", ela disse. "Então é você... *monsieur* Raoul." Não consigo descrever seu modo de falar. Para Annette eu nunca deixara de ser Raoul. Mas Felicie, desde que nos encontráramos com idade adulta, sempre dirigia-se a mim como *monsieur* Raoul. Mas seu modo de falar o meu nome agora era diferente... como se o *monsieur*, com uma leve ênfase, fosse de alguma forma divertido. "Ora, Felicie", eu balbuciei, "você me parece bastante diferente hoje." "Pareço?", ela falou refletindo. "Isso é esquisito. Mas não seja tão solene, Raoul... decididamente eu o chamarei de Raoul... por acaso nós não brincamos juntos na infância? A vida foi feita para rir. Falemos da pobre Annette... ela que está morta e enterrada. Será que ela está no Purgatório? Ou onde?" E cantarolou um trecho de canção... de uma forma bastante desafinada, mas as palavras me chamaram atenção. "Felicie!", eu exclamei. "Você fala italiano?" "Por que não, Raoul? Não sou tão estúpida quanto finjo ser, talvez." Ela riu da minha perplexidade. "Não entendo...", eu comecei a falar. "Mas eu vou lhe contar. Eu sou uma ótima atriz, muito embora ninguém suspeite disso. Consigo interpretar diversos papéis... e os interpreto muito bem." Ela riu de novo e correu rapidamente para fora do aposento antes que eu pudesse pará-la. Eu a vi de novo antes de ir embora. Ela estava adormecida numa poltrona. Roncava pesadamente. Eu fiquei ali parado, observando-a, fascinado mas sentindo repugnância. De repente Felicie acordou com um sobressalto. Seus olhos, embotados e sem vida, encontraram os meus. "Monsieur Raoul", ela resmungou de maneira mecânica. "Sim, Felicie. Eu estou indo embora agora. Você gostaria de tocar para mim antes da minha partida?" "Eu? Tocar? O senhor está zombando de mim, monsieur Raoul." "Você não se lembra de ter tocado para mim hoje de manhã?" Ela balançou a cabeça. "Eu tocando? Como é que uma moça pobre como eu vai conseguir tocar?" Ela ficou calada por um minuto, como que raciocinando, e então me fez sinal para chegar mais perto. "Monsieur Raoul, tem coisas acontecendo nesta casa! Eles aplicam truques na gente. Alteram os relógios. Sim, sim, eu sei o que eu estou dizendo. E é tudo obra dela." "Obra de quem?", eu perguntei sobressaltado. "Daquela Annette. Aquela malvada. Quando era viva, ela sempre me atormentava. Agora que está morta, ela volta dos mortos para me atormentar." Fiquei encarando Felicie. Eu conseguia ver agora que ela estava num extremo de horror, os olhos saltando das órbitas. "Ela é má, aquela Annette. Ela é má, eu lhe garanto. Ela é capaz de tirar o pão da sua boca, as roupas das suas costas, *a alma do seu corpo...*" Felicie me agarrou de repente. "Estou com medo, sim... com medo. Ouço a voz dela... não no meu ouvido... não, não no meu ouvido. Aqui, na minha cabeça..." Ela deu um tapa na testa. "Ela vai me levar embora... vai me levar embora de vez, e aí o que é que eu vou fazer, o que será de mim?" Sua voz se elevou quase a um grito. Ela tinha nos olhos a expressão aterrorizada de uma fera selvagem encurralada... Subitamente sorriu, um sorriso afável, cheio de astúcia, com algo que me deu um calafrio. "Se chegasse a tal ponto, monsieur Raoul, sou muito forte com as minhas mãos... muito forte com as minhas mãos." Eu nunca tinha observado suas mãos de perto. Olhei para elas no momento e estremeci sem querer. Dedos curtos e grossos, brutais e, como Felicie dissera, terrivelmente fortes... Não consigo lhes explicar a náusea que tomou conta de mim. Com mãos como aquelas, seu pai decerto estrangulara sua mãe... Essa foi a última vez em que vi Felicie Bault. Logo em seguida eu fui para o exterior... para a América do Sul. Voltei de lá dois anos depois de sua morte. Eu tinha lido algo sobre sua vida e sua súbita morte nos jornais. Tomei conhecimento de maiores detalhes hoje... através dos senhores. Felicie 3 e Felicie 4... é isso? Ela era uma boa atriz, claro!

O trem repentinamente diminuiu de velocidade. O homem do canto sentou-se ereto e abotoou a parte aberta do sobretudo.

– Qual é a sua teoria? – perguntou o advogado, inclinando-se à frente.

– Mal consigo acreditar... – o cônego Parfitt começou a falar e parou.

O médico não disse nada. Fitava Raoul Letardeau com firmeza.

– "As roupas das suas costas, a alma do seu corpo" – repetiu despreocupadamente o francês e se levantou. – Afirmo a vocês, messieurs, que a história de Felicie Bault é a história de Annette Ravel. Vocês não a conheceram, cavalheiros. Eu conheci. *Ela gostava muito da vida...*

Com a mão na porta, pronto para saltar, ele se virou de súbito e, curvado, deu um tapinha no peito do cônego Parfitt.

– *M. le docteur* ali acabou de dizer que tudo *isto* – sua mão golpeou o estômago do cônego, e o cônego se retraiu – era só uma residência. Digam-me: quando encontramos um ladrão na nossa casa, qual é a nossa reação? Damos um tiro nele, não é mesmo?

– Não – exclamou o cônego. – Não, de modo algum... quero dizer... não neste país.

Mas suas últimas palavras foram dirigidas ao vazio. A porta do vagão bateu.

O clérigo, o advogado e o médico ficaram sozinhos. O quarto canto estava vago.

4

S.O.S.

"S.O.S." foi publicado pela primeira vez na Grand Magazine, *em fevereiro de 1926.*

– Ah! – disse o sr. Dinsmead de modo apreciativo.

Ele deu um passo para trás e examinou a mesa redonda com aprovação. A luz do fogo brilhava na brancura da toalha de mesa comum, nas facas, nos garfos e nos outros utensílios de mesa.

– Está... está tudo pronto? – perguntou, hesitante, a sra. Dinsmead.

Ela era uma mulher pequena e esmaecida, com um rosto descorado, cabelo escasso escorrido para trás da testa e modos perpetuamente nervosos.

– Tudo está pronto – respondeu seu marido com uma espécie de feroz cordialidade.

Ele era um homem corpulento com ombros caídos e um amplo rosto vermelho. Seus pequeninos olhos de porco cintilavam sob as sobrancelhas espessas, e a grande queixada era desprovida de barba.

– Limonada? – sugeriu a sra. Dinsmead quase num sussurro.

Seu marido balançou a cabeça.

– Chá. Muito melhor sob todos os aspectos. Veja só o tempo, chovendo e ventando. Uma bela xícara de chá é o que é necessário para o jantar numa noite como esta.

Ele piscou de modo jocoso e voltou a inspecionar a mesa.

– Um bom prato com ovos, carne enlatada fria, pão e queijo. Esse é o meu pedido para o jantar. Então se mexa e apronte tudo, mãe. Charlotte está na cozinha, esperando para lhe dar uma mão.

A sra. Dinsmead se levantou, enrolando cuidadosamente o novelo do seu tricô.

– Charlotte virou uma jovem muito bonita – ela murmurou. – Uma doçura de tão bonita.

– Ah! – disse o sr. Dinsmead. – A imagem escrita da mãe! Então trate de se mexer, e não vamos perder mais tempo.

Ele ficou andando pela sala, cantarolando sozinho por alguns instantes. Em certo momento, aproximou-se da janela e olhou para fora.

– Tempo violento – murmurou consigo. – Não tem muita cara de que vamos receber visitas hoje.

Então ele também saiu da sala.

Cerca de dez minutos mais tarde, a sra. Dinsmead entrou, carregando um prato de ovos fritos. Suas duas filhas a seguiram, trazendo o resto dos mantimentos. O sr. Dinsmead e seu filho Johnnie formavam a retaguarda. O primeiro sentou-se à cabeceira da mesa.

– E por aquilo que estamos recebendo et cetera – ele comentou com humor. – E abençoado seja o homem que teve a ideia da comida enlatada. O que seria de nós, eu gostaria de saber, a quilômetros de qualquer lugar, se não tivéssemos uma lata de vez em quando para nos abastecer quando o açougueiro esquece sua visita semanal?

Ele se pôs a trinchar a carne enlatada com destreza.

– Fico imaginando quem foi que teve a ideia de construir uma casa como esta, a quilômetros de qualquer lugar – falou sua filha Magdalen irritada. – A gente nunca vê uma alma viva.

– Não – retrucou o pai. – Nenhuma alma viva.

– Não consigo entender por que você ficou com a casa, pai – disse Charlotte.

– Não consegue, minha menina? Bem, eu tive os meus motivos... eu tive os meus motivos.

Seus olhos procuraram furtivamente os da esposa, mas esta franziu o cenho.

– E mal-assombrada também – disse Charlotte. – Eu não durmo aqui sozinha por nada.

– Pura bobagem – falou seu pai. – Você nunca viu nada, certo? Ora essa.

– Talvez eu nunca tenho *visto* nada, mas...

– Mas o quê?

Charlotte não respondeu, mas teve um ligeiro calafrio.

Uma grande rajada de chuva fustigou a vidraça, e a sra. Dinsmead deixou cair uma colher na bandeja com um tinido.

– Está nervosa, é, mãe? – falou o sr. Dinsmead. – É uma noite violenta, só isso. Não se preocupe, nós estamos a salvo aqui ao lado da lareira, e não tem nenhuma alma viva do lado de fora que possa nos perturbar. Ora, seria um milagre se alguém aparecesse. E milagres não acontecem. Não – ele acrescentou, como se falasse consigo numa espécie de peculiar satisfação –, milagres não acontecem.

Com as palavras mal escapando de seus lábios, ouviu-se uma súbita batida na porta. O sr. Dinsmead ficou como que petrificado.

– O que é isso? – ele resmungou; seu queixo caiu.

A sra. Dinsmead soltou um gritinho lamurioso e se cobriu com seu xale. Um rubor se espalhou pelo rosto de Magdalen e ela se inclinou à frente para dizer ao pai:

– O milagre aconteceu. É melhor você deixar entrar quem quer que seja.

Vinte minutos antes, Mortimer Cleveland ficara parado na chuva torrencial, em meio à névoa, examinando seu carro. Era realmente um azar desgraçado. Dois pneus furados a menos de dez minutos um do outro e ali estava ele, a pé na imensidão, a quilômetros de qualquer lugar, cercado pelos inóspitos morros de Wiltshire, com a noite chegando e nenhuma perspectiva de abrigo. Bem feito por tentar pegar um atalho. Se ele apenas tivesse se mantido na estrada principal! Agora, estava perdido no que parecia ser uma mera trilha rural, sem fazer a menor ideia se havia sequer um vilarejo nas proximidades.

Ele olhou em volta perplexo, e seu olhar foi atraído por um bruxuleio de luz encosta acima. Um segundo depois, a névoa voltou a escurecer tudo, mas, esperando com paciência, dentro em pouco ele obteve um segundo vislumbre da luz. Tendo ponderado por um momento, Cleveland abandonou o carro e iniciou a subida da colina.

Logo saiu da névoa e pôde ver que a luz provinha da janela de um pequeno chalé. Ali, de qualquer forma, ele teria um abrigo. Mortimer Cleveland apressou o passo, baixando a cabeça para enfrentar o furioso ataque do vento e da chuva, que faziam o máximo para empurrá-lo na outra direção.

A seu modo, Cleveland era uma espécie de celebridade, embora indubitavelmente a maioria das pessoas fosse declarar completa ignorância quanto a seu nome ou seus feitos. Era uma autoridade na ciência da mente e escrevera dois excelentes compêndios sobre o subconsciente. Era também um membro da Sociedade de Pesquisas Psíquicas e um estudante do oculto na medida em que este afetasse suas próprias conclusões e linha de pesquisa.

Por natureza era peculiarmente suscetível à atmosfera, e por treinamento deliberado aprimorara seu dom natural. Quando afinal chegou ao chalé e bateu à porta, Cleveland percebeu um alvoroço, um avivamento do interesse, como se todos os seus sentidos tivessem sofrido um repentino aguçamento.

O murmúrio de vozes no lado de dentro se fizera claramente audível. Sua batida foi sucedida por um silêncio súbito, depois pelo som de uma cadeira sendo arrastada para trás. Passado mais um minuto, a porta foi escancarada por um garoto de mais ou menos quinze anos. Cleveland contemplou a cena doméstica por sobre o ombro do garoto.

A imagem evocou-lhe um interior de algum mestre holandês. Uma mesa redonda disposta para uma refeição, uma família sentada em volta dela, uma ou duas velas tremeluzentes e o brilho da fogueira sobrepondo-se a tudo. O pai, um homem corpulento, estava sentado a um dos lados da mesa, com uma mulherzinha grisalha de rosto atemorizado no lado oposto. Defrontando a porta, olhando direto para Cleveland, havia uma garota. Seus olhos assustados fitavam diretamente os olhos dele, e a xícara em sua mão havia parado na metade do caminho rumo aos lábios.

Cleveland percebeu de imediato que ela era uma garota belíssima de um tipo extremamente raro. Seu cabelo vermelho-dourado se destacava em volta do rosto como uma névoa; seus olhos, muito afastados, eram de um cinza puro. A boca e o queixo lembravam uma antiga madona italiana.

Houve um silêncio mortal por alguns instantes. Então Cleveland passou pela porta e explicou seu problema. Quando terminou sua história banal, houve outra pausa, mais difícil de entender. Por fim, como que fazendo um esforço, o pai se levantou.

– Entre, senhor... sr. Cleveland, é isso?

– Esse é o meu nome – Mortimer disse sorrindo.

– Ah, sim. Entre, sr. Cleveland. Nem um cão aguenta esse tempo lá fora, não é mesmo? Venha para perto do fogo. Feche a porta, Johnnie, pode ser? Não fique aí parado até o fim da noite.

Cleveland se aproximou e sentou-se num banco de madeira junto ao fogo. Johnnie fechou a porta.

– Dinsmead, esse é o meu nome – disse o outro homem; ele era pura cordialidade agora. – Esta é a patroa, e estas são as minhas duas filhas, Charlotte e Magdalen.

Pela primeira vez Cleveland viu o rosto da garota que estivera sentada de costas para ele, constatando que, de uma maneira totalmente diversa, ela era tão bela quanto sua irmã. Muito morena, com um rosto pálido como mármore, um delicado nariz aquilino e uma boca séria. Era uma espécie de beleza congelada, austera e quase proibitiva. Ela reconheceu a apresentação do pai curvando a cabeça e fitou o estranho com um olhar atento que lhe sondava o caráter. Era como se o estivesse avaliando, pesando-o na balança de seu jovem discernimento.

– Que tal alguma coisa para beber, sr. Cleveland?

– Obrigado – disse Mortimer. – Uma xícara de chá vai me cair muito bem.

O sr. Dinsmead hesitou por um minuto; em seguida pegou as xícaras da mesa, uma por uma, e as esvaziou numa lixeira.

– Este chá está frio – falou bruscamente. – Faça um pouco mais para nós, mãe, pode ser?

A sra. Dinsmead se levantou com prontidão e saiu às pressas com o bule. Mortimer teve uma impressão de que a mulher estava contente por sair da sala.

O chá fresco logo veio, e o visitante inesperado foi instado a provar iguarias.

O sr. Dinsmead falou sem parar. Foi expansivo, cordial, loquaz. Contou tudo a seu respeito para o estranho. Ele recentemente se aposentara do setor de construção – sim, ele se dera bastante bem no negócio. Ele e a patroa pensaram que seria bom um pouco de ar do campo – nunca moraram no campo antes. Escolheram a época errada do ano, é claro, outubro e novembro, mas não quiseram esperar. "A vida é incerta, não é mesmo, senhor?" De modo que haviam ficado com aquele chalé. A treze quilômetros de qualquer lugar e a trinta quilômetros de qualquer coisa que você pudesse chamar de cidade. Não, eles não se queixavam. As meninas achavam um pouco enfadonho, mas ele e a mãe gostavam da tranquilidade.

E assim ele continuou falando, deixando Mortimer quase hipnotizado com o fluxo fácil das palavras. Ali só havia, sem dúvida, uma domesticidade bastante comum. No entanto, naquele primeiro vislumbre do interior da casa, ele diagnosticara algo diferente, certa tensão, certa pressão emanando de uma daquelas cinco pessoas – ele não sabia qual. Mera tolice, seus sentidos estavam prejudicados! Eles haviam ficado assustados com seu aparecimento repentino – era só isso.

Cleveland abordou a questão de um alojamento para passar a noite – e se deparou com uma resposta pronta.

– Terá que ficar conosco, sr. Cleveland. Nada num raio de quilômetros. Nós podemos lhe oferecer um quarto e, ainda que o meu pijama seja um pouco folgado, ora, ele é melhor do que nada, e as suas roupas estarão secas pela manhã.

– É muita bondade sua.

– Não é nada – disse o outro com cordialidade. – Como eu falei há pouco, não se pode mandar embora nem mesmo um cão numa noite como esta. Magdalen, Charlotte, tratem de subir para arrumar o quarto.

As duas garotas saíram da sala. Dentro em pouco, Mortimer pôde ouvi-las para lá e para cá no andar de cima.

– Entendo muito bem que duas jovens atraentes como as suas filham possam julgar a vida enfadonha por aqui – disse Cleveland.

– Bem bonitas, não é mesmo? – o sr. Dinsmead falou com orgulho paternal. – Não puxaram muito a mãe ou o pai. Formamos um par caseiro, mas somos muito apegados um ao outro, eu lhe garanto, sr. Cleveland. Não é mesmo, Maggie?

A sra. Dinsmead sorriu com recato. Ela tinha começado a tricotar de novo. As agulhas clicavam diligentemente. Ela tricotava com agilidade.

Pouco depois houve o anúncio de que o quarto estava pronto, e Mortimer, agradecendo mais uma vez, declarou sua intenção de se deitar.

– Vocês colocaram uma bolsa de água quente na cama? – indagou a sra. Dinsmead, subitamente zelosa de seu orgulho doméstico.

– Sim, mãe, duas.

– Ótimo – falou Dinsmead. – Subam com ele, garotas, e não lhe deixem faltar nada.

Magdalen foi até a janela e conferiu a fixação das trancas. Charlotte lançou um último olhar para os utensílios do lavatório. Então ambas se detiveram na porta.

– Boa noite, sr. Cleveland. O senhor tem certeza de que dispõe de tudo?

– Sim, muito obrigado, srta. Magdalen. Lamento ter lhes dado tanto trabalho. Boa noite.

– Boa noite.

As duas saíram, fechando a porta. Mortimer Cleveland estava sozinho. Ele se despiu lenta e pensativamente.

Depois de vestir o pijama cor-de-rosa do sr. Dinsmead, recolheu suas roupas molhadas e as deixou junto à porta no lado de fora, como lhe pedira o hospedeiro. Conseguia ouvir o rumor da voz de Dinsmead no andar de baixo.

Que falastrão era o homem! Uma personalidade das mais estranhas... mas, na verdade, havia algo de estranho com a família toda... ou seria sua imaginação?

Ele voltou devagar para o interior do quarto e fechou a porta. Ficou parado ao lado da cama, perdido em pensamentos. Então teve um sobressalto...

A mesa de mogno junto à cama estava coberta por uma camada grossa de pó. Escritas no pó, três letras eram claramente visíveis: *S.O.S.*

Mortimer fitou aquilo como se mal acreditasse em seus próprios olhos. Era uma confirmação de todas as suas vagas suposições e premonições. Ele estava certo, então. Algo estava errado naquela casa.

S.O.S. Um pedido de ajuda. Mas o dedo de quem escrevera isso no pó? O de Magdalen ou o de Charlotte? Ambas haviam permanecido ali por alguns instantes, ele recordava, antes de sair do quarto. Qual das duas levara secretamente a mão à mesa e traçara essas três letras?

Os rostos das duas garotas surgiram em sua mente – o de Magdalen, moreno e reservado, e o de Charlotte como ele o vira no primeiro momento, com olhos arregalados, sobressaltado, exibindo alguma coisa insondável no olhar.

Cleveland foi de novo até a porta e abriu-a. O estrondo da voz do sr. Dinsmead já não podia ser ouvido. A casa estava silenciosa.

Ele pensou consigo: "Não vou conseguir fazer nada hoje. Amanhã... bem, veremos."

Cleveland acordou cedo. Ele desceu, passou pela sala de estar e saiu no jardim. A manhã estava fresca e bonita depois da chuva. Havia mais alguém acordado. No fundo do jardim, Charlotte, encostada na cerca, contemplava os morros. Cleveland sentiu sua pulsação acelerar um pouco enquanto andava em direção à garota. O tempo todo ele sentira uma íntima convicção de que Charlotte era quem havia escrito a mensagem. Quando se aproximou, ela girou o corpo e lhe desejou "Bom dia". O olhar era franco e infantil, sem nenhum indício de um entendimento secreto.

– Um belo dia – Mortimer falou, sorridente. – O tempo hoje é o avesso do de ontem à noite.

– É mesmo.

Mortimer quebrou um galho de uma árvore próxima. Com o galho, começou a rabiscar indolentemente no terreno plano e arenoso a seus pés. Ele traçou um S, depois um O e depois um S, observando a garota com atenção o tempo todo. Mas de novo não conseguiu detectar nenhum sinal de compreensão.

– A senhorita sabe o que estas letras representam? – ele perguntou de modo abrupto.

Charlotte franziu levemente a testa.

– Não é o que os barcos... navios... enviam quando estão em perigo? – ela respondeu.

Mortimer confirmou com a cabeça.

– Alguém escreveu isto na mesa ao lado da minha cama ontem à noite – ele disse com calma. – Achei que talvez tivesse sido *a senhorita.*

Ela o fitou com olhos arregalados, atônita.

– Eu? Não...

Ele estava errado, então. Uma dolorosa pontada de decepção o atingiu. Tivera tanta certeza... tanta certeza. Não era comum que suas intuições o levassem pelo caminho errado.

– A senhorita está certa disso? – ele insistiu.

– Ah, sim.

Os dois se voltaram e andaram a passos lentos na direção da casa. Charlotte parecia preocupada com algo. Respondeu ao acaso às poucas observações que ele fez. De súbito, irrompeu com uma voz baixa e precipitada:

– É... é esquisito que o senhor me pergunte sobre essas letras, S.O.S. Eu não as escrevi, é claro, mas... poderia ter sido eu tão facilmente...

Cleveland parou e olhou a garota; ela prosseguiu rapidamente:

– Parece bobo, eu sei, mas tenho andado tão assustada, tão terrivelmente assustada, e quando o senhor entrou, ontem à noite, isso pareceu ser uma... uma resposta para algo.

– A senhorita tem medo do quê? – ele perguntou de pronto.

– Eu não sei.

– A senhorita não sabe?

– Eu acho... que é a casa. Desde que nós viemos para cá, fica cada vez pior. Todo mundo parece diferente de certa forma. Meu pai, minha mãe e Magdalen, todos eles parecem diferentes.

Mortimer não falou de imediato, e, antes que conseguisse fazê-lo, Charlotte continuou:

– O senhor sabia que esta casa é supostamente mal-assombrada?

– O quê? – o interesse de Cleveland se avivou por inteiro.

– Sim, um homem assassinou a esposa nesta casa. Bem, já faz alguns anos. Só descobrimos isso quando já estávamos aqui. Meu pai fala que fantasmas são pura bobagem, mas eu... não sei.

Mortimer raciocinava com rapidez.

– Diga-me – ele falou num tom metódico –, esse assassinato foi cometido no quarto em que eu fiquei ontem à noite?

– Isso eu não sei – respondeu Charlotte.

– Será? – Mortimer disse consigo mesmo. – Sim, pode ser isso.

Charlotte olhou para ele sem compreendê-lo.

– Srta. Dinsmead – Mortimer falou com suavidade –, a senhorita já teve qualquer razão para crer que tivesse dons mediúnicos?

Ela o encarou fixamente.

– Creio que a senhorita sabe que *de fato* escreveu S.O.S. ontem à noite – ele disse com calma. – Ah, de maneira inconsciente, é claro. Um crime deixa uma mancha na atmosfera, por assim dizer. Uma mente sensível como a sua poderia ser acionada dessa maneira. A senhorita vem reproduzindo as sensações e impressões da vítima. Muitos anos atrás, *ela* pode ter escrito S.O.S. naquela mesa, e a senhorita, de modo inconsciente, reproduziu o ato dela ontem à noite.

O rosto de Charlotte se iluminou.

– Entendo – ela disse. – O senhor acha que essa é a explicação?

Uma voz a chamou da casa e ela entrou; Mortimer ficou andando de um lado para outro pela trilha do jardim. Ele estava satisfeito com sua própria explicação? Os fatos apreendidos ganhavam esclarecimento? Justificava-se a tensão que ele havia sentido ao entrar na casa na noite anterior?

Talvez; no entanto, restava o estranho sentimento de que o seu aparecimento repentino causara algo muito semelhante a consternação. Mortimer pensou consigo: “Não posso me deixar levar pela explicação psíquica. Ela pode dar conta de Charlotte... mas não dos outros.

Minha chegada provocou-lhes uma perturbação horrível, em todos menos em Johnnie. Qualquer que seja o problema, Johnnie está de fora."

Ele tinha certeza disso; estranho que pudesse ser tão positivo, mas o fato era esse.

Naquele instante Johnnie saiu da casa e se aproximou do hóspede.

– O café da manhã está pronto – ele falou sem jeito. – O senhor gostaria de entrar?

Mortimer notou que os dedos do rapaz estavam bastante manchados. Johnnie sentiu seu olhar e riu com uma expressão de pesar.

– Eu fico sempre mexendo com substâncias químicas, sabe – ele disse. – Isso deixa o meu pai furioso às vezes. Ele quer que eu trabalhe no setor de construção, mas eu quero trabalhar com química e pesquisa.

O sr. Dinsmead apareceu na janela diante deles, enorme, jovial, sorridente, e com tal visão a desconfiança e o antagonismo de Mortimer se reacenderam por completo. A sra. Dinsmead já estava sentada junto à mesa. Ela lhe desejou "Bom dia" com sua voz incolor e ele teve mais uma vez a impressão de que, por alguma razão, a mulher tinha medo dele.

Magdalen veio por último. Dirigiu-lhe um breve aceno de cabeça e tomou seu assento na frente dele.

– O senhor dormiu bem? – ela perguntou de modo abrupto. – A sua cama estava confortável?

A garota olhava para ele com muita seriedade, e ao lhe dar uma resposta cortês e afirmativa Cleveland notou algo muito semelhante a um lampejo de decepção passando pelo rosto dela. O que será que ela esperava ouvir?

Mortimer Cleveland se voltou para o seu hospedeiro.

– Esse seu rapaz se interessa por química, ao que parece – ele falou num tom afável.

Houve um estrépito. A sra. Dinsmead deixara cair sua xícara de chá.

– Pois bem, Maggie, pois bem – disse o marido.

Pareceu a Mortimer que havia admoestação e advertência na voz do sr. Dinsmead. Ele se voltou para o hóspede, falando com fluência sobre as vantagens da construção civil e de não deixar que os garotos dessem um passo maior do que as pernas.

Após o café da manhã, ele saiu para o jardim sozinho e fumou. Era evidente que a hora de deixar o chalé estava chegando. O refúgio de uma noite era uma coisa; prolongá-lo sem alguma desculpa era difícil, e que possível desculpa ele poderia oferecer? No entanto, Cleveland sentia uma singular relutância em partir.

Revirando a questão sem parar em sua mente, Mortimer seguiu por uma trilha que levava para o outro lado da casa. Seus sapatos tinham solas de borracha e faziam pouco ou nenhum ruído. Ele passava pela janela da cozinha quando ouviu as palavras de Dinsmead no lado de dentro, e as palavras atraíram a sua atenção no mesmo instante.

– É uma boa bolada de dinheiro, sim.

A voz da sra. Dinsmead respondeu. O tom era muito fraco para que Mortimer ouvisse as palavras, mas Dinsmead retrucou:

– Perto de sessenta mil libras, o advogado disse.

Mortimer não tinha nenhuma intenção de espionar, mas refez seus passos com grande cuidado. A menção do dinheiro parecia cristalizar a situação. Em determinado lugar havia uma questão de sessenta mil libras. Isso deixava o caso mais claro – e mais sórdido.

Magdalen saiu da casa, mas a voz de seu pai chamou-a quase imediatamente, e ela entrou de novo. Dentro em pouco, o próprio Dinsmead veio ao encontro do hóspede.

– Manhã bonita como poucas – ele falou com um ar cordial. – Espero que a situação do seu carro não tenha piorado.

"Ele quer saber quando vou partir", Mortimer pensou consigo.

Em voz alta, agradeceu mais uma vez ao sr. Dinsmead por sua oportuna hospitalidade.

– Não é nada, não é nada – disse o outro.

Magdalen e Charlotte saíram juntas e caminharam de braços dados até um banco rústico a uma pequena distância da casa. A cabeça morena e a dourada formavam juntas um contraste agradável, e Mortimer falou num impulso:

– As suas filhas são muito diferentes, sr. Dinsmead.

O outro, que bem naquele momento acendia seu cachimbo, sacudiu com força o pulso e jogou o fósforo no chão.

– O senhor acha? – ele perguntou. – Sim, bem, suponho que sejam.

Mortimer teve um lampejo de intuição.

– Mas é claro que elas não são ambas filhas suas – comentou com suavidade.

Ele viu Dinsmead encará-lo, hesitar por um momento e então se decidir.

– É muito astuto da sua parte, senhor – ele disse. – Não, uma delas é uma enjeitada; nós a pegamos bebê ainda e a criamos como se fosse nossa. Ela nem desconfia da verdade, mas vai ter que saber em breve.

Dinsmead suspirou.

– Uma questão de herança? – Mortimer sugeriu tranquilamente.

O outro lhe disparou um olhar de desconfiança.

Então pareceu decidir que a franqueza era o melhor caminho; sua postura tornou-se quase agressivamente franca e aberta.

– É estranho que o senhor diga isso.

– Um caso de telepatia, hein? – Mortimer disse sorrindo.

– É o seguinte, senhor. Nós a pegamos para obsequiar a mãe... com uma remuneração, pois na época eu estava mal começando no negócio de construção. Alguns meses atrás, eu notei um anúncio nos jornais e me pareceu que a criança em questão devia ser a nossa Magdalen. Fui falar com os advogados e houve muita discussão disso e daquilo. Eles estavam desconfiados... naturalmente, o senhor poderia dizer... mas tudo está esclarecido agora. Vou levar a garota em pessoa para Londres na semana que vem... até agora ela não sabe de nada. O pai dela, ao que parece, era um desses judeus ricos. Ele só ficou sabendo da existência da criança poucos meses antes de morrer. Contratou agentes para tentar localizá-la e deixou todo o dinheiro que tinha para ela quando fosse encontrada.

Mortimer ouviu com grande atenção. Não tinha motivos para duvidar da história do sr. Dinsmead. Ficava explicada a beleza morena de Magdalen; explicava-se também, talvez, sua postura reservada. Mesmo assim, ainda que a história em si pudesse ser verdadeira, algo nela restava irrevelado.

Mas Mortimer não tinha qualquer intenção de despertar suspeitas no outro. Em vez disso, precisava fazer o possível para dissipá-las.

– Uma história muito interessante, sr. Dinsmead – ele disse. – Felicito a srta. Magdalen. Uma herdeira e uma beldade, ela tem um grande futuro pela frente.

– Tem, sim – seu pai concordou com ardor –, e ela é uma garota boa como poucas, sr. Cleveland.

Havia plena evidência de um entusiasmo caloroso em sua expressão.

– Bem – Mortimer falou –, preciso tocar o barco agora, eu acho. Tenho de agradecer-lhe mais uma vez, sr. Dinsmead, por sua hospitalidade singularmente oportuna.

Acompanhado por seu hospedeiro, ele entrou na casa para se despedir da sra. Dinsmead. A mulher estava parada junto à janela, de costas para eles, e não os ouviu entrando. Diante do jovial comentário do marido, "Aqui está o sr. Cleveland para dar adeus", ela se sobressaltou com nervosismo e girou o corpo, deixando cair algo que tinha nas mãos. Mortimer o apanhou para ela. Era um pequeno retrato de Charlotte ao estilo de uns 25 anos antes. Mortimer repetiu-lhe os agradecimentos que já proferira para o marido. Notou de novo a expressão atemorizada e os olhares furtivos que ela lhe lançava por baixo das pálpebras.

As duas garotas não estavam à vista, mas não era parte do plano de Mortimer parecer ansioso por vê-las; ele tinha também sua própria opinião, que haveria de se provar correta dentro em breve.

Ele já percorrera cerca de um quilômetro na descida rumo ao local onde deixara o carro na noite anterior quando os arbustos de um lado do caminho foram empurrados para o lado e Magdalen saiu na trilha mais à frente.

– Eu precisava vê-lo – ela falou.

– E eu esperava vê-la – disse Mortimer. – Foi a senhorita quem escreveu S.O.S. na mesa do meu quarto ontem à noite, não foi?

Magdalen assentiu.

– Por quê? – Mortimer perguntou gentilmente.

A jovem se virou para o lado e começou a arrancar folhas de um arbusto.

– Eu não sei – ela disse. – Honestamente eu não sei.

– Conte-me – Mortimer pediu.

Magdalen respirou fundo.

– Eu sou uma pessoa prática – ela disse –, não o tipo de pessoa que fica imaginando ou fantasiando coisas. O senhor, eu acho, acredita em fantasmas e espíritos. Eu não acredito, e quando eu lhe digo que há algo de muito errado naquela casa – ela apontou para o alto da colina – quero dizer que há algo de palpavelmente errado... não é só um eco do passado. Isso tem aumentado desde que chegamos aqui. Fica pior a cada dia. Meu pai está diferente, minha mãe está diferente, Charlotte está diferente.

Mortimer interveio:

– Johnnie está diferente?

Magdalen o encarou, uma nascente apreciação em seus olhos.

– Não – ela disse –, pensando bem, não. Johnnie não está diferente. Ele é o único que permanece... que permanece intocado por tudo isso. Ele estava intocado ontem à noite durante o chá.

– E a senhorita? – perguntou Mortimer.

– Eu estava com medo... com um medo terrível, como se eu fosse uma criança... sem saber do que é que eu tinha medo. E o meu pai estava... esquisito, não há palavra melhor. Ele falou de milagres e então eu rezei... realmente rezei por um milagre, e *o senhor* bateu à porta.

Ela se calou abruptamente, fitando seu interlocutor.

– Eu devo lhe parecer uma louca – acrescentou numa espécie de desafio.

– Não – disse Mortimer –, pelo contrário, a senhorita me parece extremamente sã. Todas as pessoas sãs têm uma premonição de perigo quando este se aproxima.

– O senhor não está entendendo – falou Magdalen. – Eu não estava com medo... por mim.

– Por quem, então?

Mas outra vez Magdalen balançou a cabeça de maneira intrigada.

– Eu não sei.

Ela prosseguiu:

– Eu escrevi S.O.S. num impulso. Tive uma ideia... absurda, sem dúvida... de que eles não me deixariam falar com o senhor... os demais, eu quero dizer. Não sei o que é que eu queria lhe pedir para fazer. Não sei agora.

– Não importa – disse Mortimer. – Eu farei.

– O senhor pode fazer o quê?

Mortimer sorriu um pouco.

– Posso pensar.

Ela o encarou com dúvida.

– Sim – falou Mortimer –, muita coisa pode ser feita dessa maneira, mais do que a senhorita jamais acreditaria. Diga-me, houve alguma palavra ou frase ao acaso que chamou a sua atenção pouco antes daquela refeição na noite passada?

Magdalen franziu o cenho.

– Creio que não – ela disse. – Cheguei a ouvir o meu pai dizendo algo para minha mãe sobre Charlotte ser a imagem escrita dela e rindo de uma forma muito esquisita, mas... não há nada de estranho nisso, há?

– Não – Mortimer falou devagar –, exceto que Charlotte não é parecida com a sua mãe.

Ele ficou perdido em pensamentos por alguns instantes; quando levantou os olhos, constatou que Magdalen o observava com incerteza.

– Vá para casa, criança – ele disse –, e não se preocupe. Deixe tudo nas minhas mãos.

Ela subiu obedientemente a trilha na direção do chalé. Mortimer seguiu caminhando um pouco mais e então se jogou na grama verde. Fechou os olhos e se desfez de qualquer pensamento ou esforço consciente, deixando que uma série de imagens voasse à vontade pela superfície de sua mente.

Johnnie! Ele sempre voltava para Johnnie. Johnnie, inocente dos pés à cabeça, totalmente livre de toda aquela rede de suspeita e intriga, mas mesmo assim o eixo em torno do qual tudo girava. Ele se lembrou do estrépito da xícara da sra. Dinsmead no pires durante o café da manhã. O que causara tal agitação? Uma referência casual de parte dele ao apreço do rapaz por substâncias químicas? Naquele momento ele não tinha prestado atenção no sr. Dinsmead, mas o enxergou agora com clareza, sentado, sua xícara de chá pairando na metade do caminho rumo aos lábios.

Essa visão o remeteu a Charlotte tal como a vira quando a porta se abrira na noite anterior. A jovem ficara olhando para ele por sobre a borda de sua xícara de chá. E rapidamente se seguiu outra memória: o sr. Dinsmead esvaziando as xícaras uma depois da outra e dizendo: "Este chá está frio".

Ele recordou o vapor que subia. Certamente o chá não estava tão frio assim, afinal de contas...

Algo começou a se agitar em seu cérebro. Uma memória de algo lido não muito tempo antes, talvez menos de um mês. Certo relato de uma família inteira envenenada pela imprudência de um rapaz. Um pacote de arsênico deixado na despensa havia vazado até o pão embaixo. Cleveland lera isso no jornal. Provavelmente o sr. Dinsmead tinha lido a história também.

As coisas começaram a ficar mais claras...

Meia hora mais tarde, Mortimer Cleveland se pôs energicamente de pé.

Anoitecera mais uma vez no chalé. Os ovos foram cozidos dessa vez, e abriu-se uma lata de bolo de carne.

Dentro em pouco, a sra. Dinsmead veio da cozinha com o grande bule. A família ocupou os lugares em volta da mesa.

– Um tempo bem diferente do de ontem à noite – disse a sra. Dinsmead, olhando na direção da janela.

– Sim – disse o sr. Dinsmead –, está tão calmo nesta noite que daria para ouvir um alfinete caindo no chão. Pois bem, mãe, sirva o chá, pode ser?

A sra. Dinsmead encheu as xícaras e as distribuiu. Em seguida, enquanto pousava o bule na mesa, soltou um gritinho repentino e levou a mão ao coração. O sr. Dinsmead girou o corpo na cadeira, seguindo a direção dos olhos aterrorizados da esposa. Mortimer Cleveland estava parado no vão da porta.

Ele avançou pela sala. Mostrava-se afável, quase pedindo desculpas.

– Receio ter lhes dado um susto – falou. – Tive de voltar.

– Teve de voltar – exclamou o sr. Dinsmead; seu rosto estava roxo, suas veias saltavam. – Posso perguntar para quê?

– Um pouco de chá – disse Mortimer.

Com um gesto ágil, Mortimer Cleveland tirou algo do bolso e, pegando uma das xícaras da mesa, esvaziou parte do conteúdo num pequeno tubo de ensaio que segurava na mão esquerda.

– O que... o que é que o senhor está fazendo? – arquejou o sr. Dinsmead.

O rosto do homem assumira uma brancura de giz, o roxo sumindo num passe de mágica. A sra. Dinsmead soltou um grito fino, alto e assustado.

– Costuma ler jornais, sr. Dinsmead? Tenho certeza que sim. Às vezes lemos relatos de uma família inteira sendo envenenada... alguns se recuperam, outros não. Neste caso, *uma pessoa não se recuperaria.* A primeira explicação seria a carne enlatada que vocês estavam comendo, mas vamos supor que o médico seja um homem desconfiado, que não se deixa enganar com facilidade pela teoria da comida enlatada... Há um pacote de arsênico na sua despensa. Na prateleira logo abaixo há um pacote de chá. Há um conveniente buraco na prateleira de cima. Seria bastante natural supor que o arsênico tivesse chegado ao chá por acidente... O seu filho Johnnie poderia ser responsabilizado por imprudência, nada mais.

– Eu... eu não sei o que o senhor está querendo dizer – arfou Dinsmead.

– Acho que sabe.

Mortimer pegou uma segunda xícara e encheu um segundo tubo de ensaio. Fixou um etiqueta vermelha num deles e uma etiqueta azul no outro.

– O tubo da etiqueta vermelha – ele disse – contém o chá da xícara de sua filha Charlotte, e o outro, o de sua filha Magdalen. Estou disposto a jurar que no primeiro eu encontrarei uma dose quatro ou cinco vezes maior de arsênico do que no segundo.

– O senhor está louco! – exclamou Dinsmead.

– Ah, minha nossa, não. Não estou nem um pouco. O senhor me contou hoje, sr. Dinsmead, que Magdalen *é* sua filha. Charlotte foi a criança que o senhor adotou, a criança que era tão parecida com a mãe que, quando segurei o retrato dessa mãe, hoje, eu o tomei por um retrato da própria Charlotte. O senhor queria que a sua própria filha herdasse a fortuna e, uma vez que poderia ser impossível manter a sua suposta filha Charlotte fora de vista, e já que alguém que conhecesse a mãe dela poderia ter percebido a verdade da semelhança, o senhor se decidiu por, bem... uma pitada de arsênico branco no fundo de uma xícara de chá.

A sra. Dinsmead deu uma alta e repentina gargalhada, balançando-se para lá e para cá numa histeria violenta.

– Chá... – ela guinchou. – Foi isso que ele disse, chá, não limonada.

– Controle sua língua, pode ser? – rugiu o marido, furioso.

Mortimer viu que Charlotte o observava intrigada e de olhos arregalados do outro lado da mesa. Então sentiu uma mão em seu braço, e Magdalen o arrastou até onde não pudessem ser ouvidos.

– Isso... – ela apontou para os frascos. – O papai. O senhor não vai...

Mortimer pousou a mão no ombro da jovem.

– Minha criança – ele disse –, a senhorita não acredita no passado. Eu acredito. Acredito na atmosfera desta casa. Se o seu pai não tivesse vindo para esta casa, talvez... estou dizendo *talvez*... ele poderia não ter concebido o plano que concebeu. Vou guardar estes dois tubos de ensaio para proteger Charlotte agora e no futuro. Fora isso, não farei nada... por gratidão, digamos assim, à mão que escreveu S.O.S.

5

Rádio

"Rádio" foi publicado pela primeira vez na Sunday Chronicle Annual 1925, *em setembro de 1925.*

– Acima de tudo, evite ficar preocupada ou agitada – disse o dr. Meynell no tom confortador afetado dos médicos.

A sra. Harter, como ocorre muitas vezes com as pessoas que ouvem tais palavras tranquilizadoras mas desprovidas de sentido, parecia mais desconfiada do que aliviada.

– Há uma certa debilidade cardíaca – o médico continuou fluentemente –, mas nada para causar alarme. Posso assegurá-la disso. Mesmo assim – ele acrescentou –, poderia ser útil a instalação de um elevador. Hein? Que tal?

A sra. Harter pareceu ficar preocupada.

O dr. Meynell, ao contrário, parecia satisfeito consigo mesmo. A razão pela qual ele gostava de atender pacientes ricos em vez de pobres era que podia exercer sua imaginação ativa nas prescrições para os seus padecimentos.

– Sim, um elevador – disse o dr. Meynell, tentando pensar em alguma coisa mais arrojada ainda... e falhando. – Aí nós evitaremos toda espécie de esforço indevido. Exercício diário em terreno plano nos dias de tempo bom, mas evitando subidas. E, acima de tudo – ele acrescentou alegremente –, muita distração para a mente. Não se detenha na sua saúde.

Com o sobrinho da idosa, Charles Ridgeway, o médico foi um pouco mais explícito.

– Não me entenda mal – ele falou. – Sua tia poderá viver vários anos, provavelmente viverá. Ao mesmo tempo, um choque ou esforço excessivo poderia liquidá-la num segundo! – estalou os dedos. – Ela precisa levar uma vida muito tranquila. Sem esforço. Sem fadiga. Mas, é claro, não se pode permitir que fique remoendo aflições. Ela deve ser mantida sempre alegre, com a mente bem distraída.

– Distraída – repetiu Charles Ridgeway, pensativo.

Charles era um jovem atencioso. Era também um jovem que acreditava em promover suas próprias inclinações sempre que possível.

Naquela noite ele sugeriu a instalação de um aparelho de rádio.

A sra. Harter, já seriamente perturbada pela ideia do elevador, ficou aborrecida e relutante. Charles foi persuasivo.

– Não sei se eu gosto dessas novidades desnecessárias – disse a sra. Harter num tom de lamúria. – As ondas, você sabe... as ondas elétricas. Eles poderiam me afetar.

Charles, de uma maneira superior e amável, salientou a futilidade dessa ideia.

A sra. Harter, cujo conhecimento sobre o assunto era dos mais vagos, mas que era persistente em suas opiniões, não se deixou convencer.

– Toda essa eletricidade... – ela murmurou de modo temeroso. – Você pode dizer o que quiser, Charles, mas algumas pessoas *são* afetadas pela eletricidade. Eu sempre sinto uma terrível dor de cabeça quando está chegando uma tempestade. Sei disso.

A sra. Harter assentiu com a cabeça, triunfante.

Charles era um jovem paciente. Era também persistente.

– Minha querida tia Mary – ele disse –, permita-me deixar tudo bem claro.

Ele era uma espécie de autoridade no assunto. Proferiu uma verdadeira palestra sobre o tema; animado em sua tarefa, falou de válvulas de emissão brilhantes, de válvulas de emissão foscas, de alta frequência e baixa frequência, de amplificação e de condensadores.

A sra. Harter, submersa num mar de palavras que ela não entendia, rendeu-se.

– É claro, Charles – ela murmurou –, se você realmente acha...

– Minha querida tia Mary – falou Charles com entusiasmo –, é a coisa mais indicada no caso da senhora, para evitar que fique se lastimando e tudo mais.

O elevador prescrito pelo dr. Meynell foi instalado pouco depois – e quase matou a sra. Harter, uma vez que, como muitas outras idosas, ela tinha uma objeção arraigada quanto a homens estranhos dentro de casa. Suspeitava que todos, sem exceção, estivessem de olho na sua prataria.

Depois do elevador, chegou o aparelho de rádio. À sra. Harter restou contemplar o – para ela – repelente objeto, uma caixa enorme, deselegante, cravejada de botões.

Charles teve de usar seu máximo entusiasmo para conciliá-la com o aparelho.

O jovem estava em seu habitat, girando botões enquanto discursava com eloquência.

A sra. Harter, sentada com paciência e polidez em sua poltrona de espaldar alto, firmava sua convicção enraizada de que aqueles conceitos em voga não eram nada mais nada menos do que rematados transtornos.

– Ouça, tia Mary, pegamos Berlim! Isso não é esplêndido? A senhora consegue ouvir o sujeito?

– Eu não consigo ouvir nada exceto muitos chiados e estalidos – disse a sra. Harter.

Charles continuou girando botões.

– Bruxelas – anunciou com entusiasmo.

– É mesmo? – falou a sra. Harter com não mais do que um leve interesse.

Charles girou botões mais uma vez e um uivo sobrenatural ecoou pela sala.

– Agora parece que nós pegamos o Abrigo de Cães – comentou a sra. Harter, que era uma idosa com certa dose de espirituosidade.

– Ha, ha! – riu Charles. – A senhora não perde a piada, não é mesmo, tia Mary? Muito boa essa!

A sra. Harter não conseguiu deixar de sorrir diante do jovem. Ela gostava muito de Charles. Durante alguns anos uma sobrinha, Miriam Harter, havia morado com ela. A sra. Harter pretendera tornar a garota sua herdeira, mas Miriam não se saíra muito bem. Ela se revelara uma moça sem paciência, obviamente entediada com a companhia da tia. Nunca ficava em casa, ficava "vadiando", como a sra. Harter dizia. Acabara envolvida com um jovem que sua tia reprovara por completo. Miriam tinha sido devolvida para a mãe com um bilhete sucinto, como se fosse uma mercadoria desaprovada. Havia se casado com o jovem em questão, e a sra. Harter costumava lhe mandar uma caixa de lenços ou uma decoração de mesa no Natal.

Tendo julgado as sobrinhas decepcionantes, a sra. Harter voltou suas atenções para os sobrinhos. Charles desde o início se mostrara um sucesso absoluto. Era sempre agradavelmente respeitoso com sua tia e ouvia com aparência de grande interesse as reminiscências da juventude dela. Nisso ele evidenciava um forte contraste com Miriam, que ficara francamente entediada e dera sinais disso. Charles nunca ficava entediado; ele era sempre bem-humorado, sempre alegre. Dizia para sua tia, várias vezes ao dia, que ela era uma velhinha maravilhosa.

Altamente satisfeita com sua nova aquisição, a sra. Harter escrevera para seu advogado com instruções quanto à preparação de um novo testamento. Este lhe foi enviado, devidamente aprovado por ela e assinado.

E até na questão do rádio, agora, Charles logo provou ter conquistado novos louros.

A sra. Harter, a princípio antagônica, tornou-se tolerante e afinal fascinada. Ela gostava muito mais quando Charles saía. O problema com Charles era que ele não conseguia deixar o negócio em paz. A sra. Harter ficava sentada em sua poltrona, confortavelmente ouvindo um concerto sinfônico ou uma palestra sobre Lucrécia Bórgia ou *Pond Life*, muito feliz e em paz com o mundo. Com Charles era diferente. A harmonia era destruída por guinchos dissonantes enquanto ele tentava, com grande entusiasmo, pegar estações estrangeiras. Mas, nas noites em que Charles jantava fora com amigos, a sra. Harter desfrutava muitíssimo do rádio. Ela ligava dois interruptores, sentava-se na sua poltrona de espaldar alto e se deleitava com o programa da noite.

Foi cerca de três meses após a instalação do rádio que ocorreu o primeiro acontecimento sinistro. Charles se ausentara para jogar bridge.

O programa daquela noite era um concerto de música popular. Uma renomada soprano estava cantando "Annie Laurie", e no meio de "Annie Laurie" aconteceu uma coisa estranha. Houve uma interrupção repentina, a música cessou por um momento, o ruído de chiados e estalidos continuou e depois este também desapareceu. Sobreveio um silêncio total e então se fez ouvir muito levemente um zumbido.

A sra. Harter teve uma impressão, sem saber por que, de que a máquina estava sintonizada num lugar longínquo, e então, de modo claro e distinto, manifestou-se uma voz, uma voz de homem com um leve sotaque irlandês.

– *Mary...* você está me ouvindo, Mary? É Patrick falando... Estou indo buscá-la em breve. Você vai estar pronta, não vai, Mary?

Então, quase de imediato, a melodia de "Annie Laurie" voltou a encher a sala.

A sra. Harter sentou-se numa postura rígida, as mãos fincadas nos dois braços da poltrona. Ela estivera sonhando? Patrick! A voz de Patrick! A voz de Patrick ali naquela sala, falando com ela. Não, só podia ser um sonho, talvez uma alucinação. Ela decerto caíra no sono por alguns instantes. Uma coisa curiosa de se sonhar – que a voz do seu marido morto estivesse falando com ela do espaço. Isso a deixava um pouco assustada. Quais eram as palavras que ele dissera?

"Estou indo buscá-la em breve, Mary. Você vai estar pronta, não vai?"

Seria, poderia ser uma premonição? Debilidade cardíaca. Seu coração. Afinal de contas, ela estava entrando em anos.

– É um aviso... é disso que se trata – disse a sra. Harter, levantando-se lenta e dolorosamente de sua poltrona.

Acrescentou tipicamente:

– Todo esse dinheiro desperdiçado na instalação de um elevador!

Ela não mencionou nada do acontecido para ninguém, mas durante os dois dias seguintes ficou pensativa e um pouco preocupada.

E então veio a segunda ocorrência. De novo ela estava sozinha na sala. O rádio, que estivera tocando uma seleção orquestral, calou-se com a mesma brusquidão da vez anterior. De novo houve o silêncio, a sensação distante, e por fim a voz de Patrick, não como havia sido em vida – mas uma voz rarefeita, longínqua, com uma estranha qualidade sobrenatural. *"Patrick falando com você, Mary, estou indo buscá-la muito em breve..."*

Depois estalidos, chiados, e a seleção orquestral soou a todo vapor mais uma vez.

A sra. Harter conferiu o relógio. Não, não adormecera dessa vez. Desperta, e no pleno domínio de suas faculdades, ela ouvira a voz de Patrick. Não era nenhuma alucinação, tinha certeza disso. De uma maneira confusa, tentou rememorar tudo aquilo que Charles lhe explicara sobre a teoria das ondas do espaço.

Seria possível que Patrick *realmente* tivesse falado com ela? Que sua voz genuína tivesse sido transmitida pelo espaço? Existiam comprimentos de onda extraviados ou algo assim. Ela se lembrava de Charles falando em "lacunas na escala". Talvez as ondas extraviadas explicassem os assim chamados fenômenos psicológicos...

Não, não havia nada de inerentemente impossível na ideia. Patrick falara com ela. Havia se aproveitado da ciência moderna com o propósito de prepará-la para algo que haveria de chegar em breve.

A sra. Harter tocou a campainha para chamar Elizabeth, sua criada.

Elizabeth era uma mulher alta e magra de sessenta anos. Sob um exterior inabalável, escondia uma opulência de afeto e ternura por sua patroa.

– Elizabeth – disse a sra. Harter quando sua fiel atendente apareceu –, você se lembra daquilo que eu lhe falei? A gaveta esquerda mais alta na minha cômoda. Ela está chaveada... a chave comprida com a etiqueta branca. Tudo está pronto ali.

– Pronto, minha senhora?

– Para o meu enterro – bufou a sra. Harter. – Você sabe muito bem o que eu quero dizer, Elizabeth. Você mesma me ajudou a colocar as coisas na gaveta.

O rosto de Elizabeth começou a reagir de maneira estranha.

– Ah, minha senhora – ela choramingou –, não fique pensando nessas coisas. Achei que a senhora estivesse bem melhor.

– Todos nós precisamos partir mais cedo ou mais tarde – afirmou, prática, a sra. Harter. – Já passei das minhas três vintenas mais dez, Elizabeth. Ora, ora, não faça papel de boba. Se você precisa chorar, vá chorar em outro canto.

Elizabeth se retirou, ainda fungando.

A sra. Harter contemplou sua saída com uma boa dose de carinho.

– Não passa de uma tola, mas é fiel – ela disse –, muito fiel. Vamos ver, foram cem libras ou só cinquenta que eu deixei para ela? Deveriam ser cem. Ela está comigo há muito tempo.

A questão preocupou a velha senhora, e no dia seguinte escreveu para seu advogado pedindo-lhe que mandasse o testamento de modo que ela pudesse dar uma olhada nas disposições. Foi nesse mesmo dia que Charles a sobressaltou com algo que disse na hora do almoço.

– A propósito, tia Mary – ele falou –, quem é aquele pateta com a cara engraçada no quarto de hóspedes? O retrato em cima da lareira, eu quero dizer. O sujeitinho com barba e costeletas?

A sra. Harter lançou-lhe um olhar severo.

– Aquele é o seu tio Patrick quando jovem – ela disse.

– Ah, minha nossa, tia Mary, eu lamento muitíssimo. Eu não quis ser indelicado.

A sra. Harter aceitou o pedido de desculpas com uma digna mesura de cabeça.

Charles continuou, um tanto hesitante:

– Eu só estava me perguntando. Sabe...

Ele fez uma pausa indecisa e a sra. Harter falou com rispidez:

– Pois bem? O que é que você ia dizer?

– Nada – Charles se apressou em responder. – Nada que faça sentido, eu quero dizer.

De momento a velha senhora não disse mais nada; mais tarde naquele dia, porém, quando se viu sozinha com o sobrinho, ela voltou ao assunto:

– Eu gostaria que você me contasse, Charles, o motivo pelo qual me perguntou sobre o retrato do seu tio.

Charles pareceu ficar embaraçado.

– Eu lhe contei, tia Mary. Foi só uma ideia maluca que eu tive... uma coisa bem absurda.

– Charles – disse a sra. Harter em sua voz mais autocrática –, eu insisto em saber.

– Bem, minha querida tia, se a senhora precisa saber, eu imaginei ter visto o homem... o homem do retrato, eu quero dizer... olhando pela última janela enquanto eu me aproximava da casa ontem à noite. Algum efeito da luz, eu acho. Eu me perguntei quem poderia ser aquela criatura, o rosto tão... vitoriano antigo, se a senhora me entende. E depois Elizabeth disse que não havia ninguém, nenhum visitante ou estranho na casa, e mais tarde naquela noite eu entrei por acaso no quarto de hóspedes, e lá estava o retrato em cima da lareira. O meu homem tal e qual! Isso deve ser muito fácil de explicar, na verdade. O subconsciente e tudo mais. Por certo eu tinha reparado no retrato antes sem me dar conta de que tinha reparado nele e depois apenas fantasiei ver o rosto na janela.

– A última janela? – a sra. Harter perguntou com rapidez.

– Sim, por quê?

– Nada – disse a sra. Harter.

Mas mesmo assim ela ficara sobressaltada. Aquele quarto havia sido o quarto de vestir do seu marido.

Naquela mesma noite, com Charles tendo se ausentado de novo, a sra. Harter sentou-se para ouvir o rádio com uma impaciência febril. Se escutasse pela terceira vez a voz misteriosa, isso afinal lhe provaria, sem qualquer sombra de dúvida, que ela estava realmente se comunicando com um outro mundo.

Embora seu coração batesse forte, não ficou surpresa quando ocorreu a mesma interrupção e, após o costumeiro intervalo de silêncio mortal, a fraca e longínqua voz irlandesa manifestou-se mais uma vez.

– *Mary*... você está preparada agora... na sexta-feira eu irei buscá-la... sexta-feira, às nove e meia... Não tenha medo... Não haverá dor... Esteja pronta...

Então, quase cortando a última palavra, a música da orquestra irrompeu de novo, clamorosa e dissonante.

A sra. Harter ficou imóvel em seu assento por alguns instantes. Seu rosto ficara branco, e havia um aspecto azul e comprimido em volta dos lábios.

Dentro em pouco, ela se levantou e foi se sentar à escrivaninha. Com uma mão algo trêmula, escreveu as seguintes linhas:

> *Hoje, às nove e quinze da noite, ouvi distintamente a voz do meu marido morto. Ele me disse que viria me buscar na noite de sexta-feira, às nove e meia. Se eu morrer nesse dia e nessa hora, gostaria de tornar conhecidos os fatos para provar de modo inquestionável a possibilidade de uma comunicação com o mundo dos espíritos.*
>
> *Mary Harter*

A sra. Harter releu o que escrevera, inseriu o papel num envelope e endereçou-o. Em seguida tocou a campainha, que foi prontamente respondida por Elizabeth. A sra. Harter se levantou da escrivaninha e entregou o bilhete que acabara de escrever nas mãos da velha criada.

– Elizabeth – ela disse –, se eu morrer na noite desta sexta-feira, gostaria que este bilhete fosse repassado ao dr. Meynell. Não – pois Elizabeth fazia menção de protestar –, não discuta comigo. Você já me disse várias vezes que acredita em premonições. Pois agora eu tenho uma premonição. E há mais uma coisa. Eu lhe deixei cinquenta libras no meu testamento. Gostaria que você recebesse cem. Se eu não tiver condições de ir ao banco pessoalmente antes de morrer, o sr. Charles cuidará disso.

Como antes, a sra. Harter interrompeu os protestos lacrimosos de Elizabeth. Firme em sua determinação, a velha dama expôs o assunto a seu sobrinho na manhã seguinte.

– Charles, lembre-se de que, se algo acontecer comigo, Elizabeth deverá ganhar cinquenta libras a mais.

– A senhora está muito sombria de uns dias para cá, tia Mary – Charles falou num tom alegre. – O que é que vai acontecer com a senhora? De acordo com o dr. Meynell, celebraremos o seu centésimo aniversário daqui a uns vinte anos!

A sra. Harter sorriu-lhe com carinho, mas não respondeu. Após alguns instantes, falou:

– O que você fará na noite de sexta-feira, Charles?

Charles pareceu ficar um pouco surpreso.

– Para falar a verdade, os Ewing me convidaram para jogar bridge, mas se a senhora preferir que eu fique em casa...

– Não – retrucou com determinação a sra. Harter. – Certamente não. Estou falando sério, Charles. Nessa noite específica, mais do que nunca, sem dúvida vou preferir ficar sozinha.

Charles olhou-a com curiosidade, mas a sra. Harter não lhe concedeu nenhuma informação adicional. Ela era uma velha senhora corajosa e determinada. Sentia que precisava enfrentar sem ajuda sua estranha experiência.

A noite de sexta-feira começou com um grande silêncio na casa. A sra. Harter estava sentada, como de costume, em sua poltrona de espaldar reto posicionada perto da lareira. Todas as suas preparações foram feitas. Naquela manhã ela tinha ido ao banco, sacara cinquenta libras em notas e as dera para Elizabeth – apesar dos protestos lacrimosos desta última. Havia separado e organizado todos os seus pertences pessoais e etiquetara uma ou outra joia com nomes de amigos ou parentes. Também escrevera uma lista de instruções para Charles. O aparelho de chá Worcester deveria ficar com a prima Emma; os jarros de Sèvres, com o jovem William, e assim por diante.

Agora ela olhou para o envelope comprido que segurava nas mãos e tirou dele um documento dobrado; era o seu testamento, que lhe fora enviado pelo sr. Hopkinson em conformidade com suas instruções. Já o lera com muito cuidado, mas agora dava mais uma olhada nas disposições para refrescar a memória. O documento era curto, conciso. Um legado de cinquenta libras para Elizabeth Marshall em consideração a seu serviço fiel; dois legados de quinhentas libras para uma irmã e uma prima-irmã; e o restante para seu amado sobrinho Charles Ridgeway.

A sra. Harter assentiu com a cabeça diversas vezes. Charles seria um homem muito rico quando ela morresse. Bem, ele tinha sido um ótimo menino com ela. Sempre gentil, sempre carinhoso, e com palavras alegres que nunca deixavam de agradá-la.

Ela conferiu o relógio. Três minutos para as nove e meia. Bem, estava pronta. E estava calma – bastante calma. Embora repetisse estas últimas palavras diversas vezes, seu coração batia de modo estranho e irregular. Ela mesma mal se dava conta do fato, mas seus nervos estavam tensionados num nível de máxima sensibilidade.

Nove e meia. O rádio foi ligado. O que é que ela ouviria? Uma voz familiar anunciando a previsão do tempo ou aquela voz longínqua pertencente a um homem que morrera 25 anos antes?

Mas não ouviu nenhuma das duas. O que se fez ouvir foi um som familiar, um som que ela conhecia bem, mas que lhe provocava, naquela noite, a sensação de uma mão gélida em seu coração. Uma mão tateando a porta da frente...

O som se fez ouvir de novo. E então uma rajada fria pareceu varrer a sala. A sra. Harter não teve a menor dúvida sobre o significado de suas sensações. Ela estava com medo... Sentia mais do que medo... Sentia um pavor...

E de repente lhe ocorreu o pensamento: "Vinte e cinco anos é um longo *tempo. Patrick é um estranho para mim agora*".

Terror! Isso era o que a invadia.

Um passo macio antes da porta – um passo macio que se detinha. Então a porta se abriu silenciosamente...

A sra. Harter se pôs de pé sem firmeza, balançando ligeiramente de um lado para outro, os olhos fixos no vão da porta. Algo escorregou de seus dedos e caiu na lareira.

Ela soltou um grito sufocado que morreu na garganta. Na penumbra da porta encontrava-se um vulto familiar com barba e costeletas castanhas e um antiquado casaco vitoriano.

Patrick viera buscá-la!

Seu coração deu um pulo apavorado e parou. Ela desmoronou no chão, amontoando-se sobre si mesma.

Ali Elizabeth a encontrou uma hora depois.

O dr. Meynell foi chamado sem demora, e Charles Ridgeway foi tirado às pressas do seu jogo de bridge. Mas nada pôde ser feito. A sra. Harter já não estava ao alcance da ajuda humana.

Foi só dois dias depois que Elizabeth se lembrou do bilhete dado a ela por sua patroa. O dr. Meynell o leu com grande interesse e o mostrou para Charles Ridgeway.

– Uma coincidência muito curiosa – ele disse. – Parece claro que a sua tia estava tendo alucinações sobre a voz do marido morto. Ela deve ter se tensionado a tal ponto que a emoção foi fatal e, quando chegou efetivamente a hora, morreu com o choque.

– Autossugestão? – perguntou Charles.

– Algo do tipo. Informarei o senhor sobre o resultado da autópsia tão logo for possível, embora eu mesmo não tenha nenhuma dúvida nesse aspecto. Dadas as circunstâncias, uma autópsia era desejável, mas como pura formalidade.

Charles assentiu compreensivo.

Na noite anterior, quando a criadagem já estava na cama, ele havia retirado certo fio que corria da parte de trás da estante do rádio até o seu quarto de dormir no andar de cima. Além disso, uma vez que a noite estava fria, tinha pedido a Elizabeth que acendesse um fogo em seu quarto e nesse fogo ele queimara uma barba castanha. Certas roupas vitorianas pertencentes ao seu falecido tio ele recolocara num baú com cheiro de cânfora no sótão.

Até onde conseguia ver, estava perfeitamente seguro. Seu plano, cujo esboço obscuro havia começado a se formar em seu cérebro quando o dr. Meynell lhe dissera que sua tia poderia viver por muitos anos com os devidos cuidados, tivera um admirável sucesso. Um choque repentino, afirmara o dr. Meynell. Charles, o jovem carinhoso amado pelas velhinhas, sorriu consigo mesmo.

Quando o médico partiu, Charles executou seus deveres de maneira mecânica. Alguns arranjos fúnebres precisavam ser finalmente resolvidos. Parentes de longe precisariam vir de trem. Alguns teriam de passar a noite. Charles cuidou de tudo de uma forma metódica e eficiente, com o acompanhamento de uma corrente subterrânea de seus próprios pensamentos.

Um golpe de mestre! Esse era o fardo de sua mente. Ninguém, muito menos sua tia morta, tomara conhecimento dos perigosos apuros nos quais Charles se metera. Suas atividades, cuidadosamente ocultadas do mundo, haviam lhe descortinado um cenário no qual a sombra de uma prisão assomava logo à frente.

A exposição e a ruína o encaravam de perto – a menos que ele conseguisse levantar em bem poucos meses uma considerável soma de dinheiro. Bem – tudo estava tranquilo agora. Charles sorriu consigo. Graças a uma... sim, dava para chamar aquilo de brincadeira... nada de criminoso... ele estava salvo. Era agora um homem muito rico. Não tinha nenhuma preocupação quanto a isso, pois a sra. Harter nunca fizera segredo de suas intenções.

Harmonizando-se muito apropriadamente com tais pensamentos, Elizabeth colocou a cabeça ao lado da porta e informou-lhe que o sr. Hopkinson aparecera e gostaria de vê-lo.

"Já era tempo", Charles pensou. Reprimindo um impulso de assobiar, o jovem assumiu no rosto uma expressão de adequada seriedade ao se dirigir à biblioteca. Chegando lá, cumprimentou o velho e cerimonioso cavalheiro que havia sido por mais de um quarto de século o consultor jurídico da falecida sra. Harter.

O advogado sentou-se a convite de Charles e, com uma breve tossida seca, passou a tratar de negócios.

– Não entendi muito bem a carta que me mandou, sr. Ridgeway. O senhor parecia ter a impressão de que o testamento da falecida sra. Harter estava em nossa posse...

Charles o encarou.

– Mas certamente... ouvi a minha tia dizer que estava.

– Ah! Claro, claro. Ele *estava* em nossa posse.

– *Estava?*

– Foi o que eu disse. A sra. Harter nos escreveu pedindo que o documento lhe fosse enviado na última terça-feira.

Um sentimento desconfortável trespassou Charles. Ele sentiu uma longínqua premonição de desgosto.

– Sem dúvida o documento vai vir à luz entre os papéis da falecida – continuou o advogado num tom suave.

Charles não disse nada. Temia confiar em sua língua. Já vasculhara os papéis da sra. Harter com muita meticulosidade, bem o bastante para ter plena certeza de que não havia testamento algum entre eles. Passado um minuto, quando conseguira recuperar o autocontrole, revelou sua certeza.

Sua voz soava irreal em seus próprios ouvidos, e ele tinha uma sensação de água fria escorrendo pelas costas.

– Alguém já verificou os objetos pessoais da sra. Harter? – perguntou o advogado.

Charles respondeu que a criada, Elizabeth, fizera isso. Por sugestão do sr. Hopkinson, Elizabeth foi chamada. Ela veio prontamente, soturna e aprumada, e respondeu às perguntas apresentadas.

Ela verificara todas as roupas e todos os pertences de sua patroa. Tinha plena certeza de que não havia entre eles nenhum documento legal tal como um testamento. Sabia como era o aspecto do testamento – a pobre patroa o tivera nas mãos justamente na manhã de sua morte.

– A senhora está certa disso? – perguntou com rispidez o advogado.

– Sim, senhor. Ela me falou. E me fez aceitar cinquenta libras em notas. O testamento estava num envelope azul comprido.

– Isso mesmo – disse o sr. Hopkinson.

– Agora que eu penso nisso – continuou Elizabeth –, aquele mesmo envelope azul estava em cima desta mesa na manhã seguinte... só que vazio. Eu o deixei na escrivaninha.

– Eu me lembro de tê-lo visto ali – disse Charles.

Ele se levantou e foi até a escrivaninha. Alguns instantes depois, voltou-se tendo na mão um envelope que repassou para o sr. Hopkinson. Este o examinou e fez um gesto afirmativo com a cabeça.

– Este é o envelope no qual eu despachei o testamento na última terça-feira.

Os dois homens olharam com dureza para Elizabeth.

– Mais alguma coisa, senhor? – ela indagou respeitosamente.

– De momento não, obrigado.

Elizabeth tomou o rumo da porta.

– Só um minuto – disse o advogado. – Havia fogo na lareira naquela noite?

– Sim, senhor, sempre havia fogo.

– Obrigado, isso basta.

Elizabeth saiu. Charles inclinou-se à frente, pousando a mão trêmula na mesa.

– O senhor está pensando no quê? Aonde está querendo chegar?

O sr. Hopkinson sacudiu a cabeça.

– Precisamos manter a esperança de que o testamento apareça. Se não aparecer...

– Bem, e se não aparecer?

– Receio que restará uma única conclusão possível. A sua tia pediu o envio do testamento com o propósito de destruí-lo. Não desejando que Elizabeth fosse prejudicada, ela lhe deu sua parcela do legado em dinheiro.

– Mas por quê? – Charles exclamou fora de si. – Por quê?

O sr. Hopkinson tossiu. Uma tosse seca.

– O senhor não teve nenhum... hã... desentendimento com a sua tia, sr. Ridgeway? – ele murmurou.

Charles engasgou.

– Não, de modo algum – exclamou com ardor. – O nosso relacionamento foi extremamente agradável e carinhoso até o fim.

– Ah! – o sr. Hopkinson falou sem olhar para ele.

Ocorreu a Charles, com um choque, que o advogado não acreditava nele. Quem poderia saber o que aquele velho quadrado não teria ouvido? Rumores dos atos de Charles poderiam ter lhe chegado aos ouvidos. O que seria mais natural do que uma suposição, por parte do velho, de que esses mesmos rumores tivessem chegado à sra. Harter e que tia e sobrinho tivessem brigado por causa do assunto?

Mas não era isso! Charles passava por um dos momentos mais amargos de sua carreira. Haviam acreditado em suas mentiras. Agora que ele estava falando a verdade, a crença era negada. A ironia da situação!

É claro que sua tia não queimara o testamento! É claro...

Seus pensamentos se interromperam de súbito. O que era aquela imagem se definindo perante seus olhos? Uma velha senhora com a mão grudada no coração... algo escorregando... um papel... caindo nas brasas incandescentes...

O rosto de Charles ficou lívido. Ele ouviu uma voz rouca – sua própria voz – perguntando:

– Se o testamento nunca for encontrado...?

– Há um testamento anterior da sra. Harter ainda existente. Datado de setembro de 1920. Nele a sra. Harter deixa tudo para sua sobrinha, Miriam Harter, agora Miriam Robinson.

O que é que o velho idiota estava dizendo? Miriam? Miriam, com seu marido insosso e seus quatro pirralhos chorões... A imensa sagacidade do plano – para Miriam!

O telefone tocou de modo brusco a seu lado. Ele pegou o receptor. Era a voz do médico, calorosa e afável.

– Ridgeway? Achei que o senhor gostaria de saber. A autópsia acabou de ser concluída. A causa da morte eu já tinha imaginado. Mas na realidade o problema cardíaco era bem mais sério do que eu suspeitei quando ela estava viva. Com o máximo cuidado, ela não teria vivido mais do que dois meses de jeito nenhum. Achei que o senhor gostaria de saber. Poderia consolá-lo, mais ou menos.

– Perdão – falou Charles –, o senhor se importaria de repetir o que disse?

– Ela não teria vivido mais do que dois meses – o doutor repetiu num tom ligeiramente mais alto. – Tudo acaba terminando da melhor forma, não é mesmo, meu caro amigo...

Mas Charles batera o receptor no gancho. Ele tinha consciência de que a voz do advogado falava de uma longa distância.

– Minha nossa, sr. Ridgeway, o senhor está passando mal?

Que fossem todos para o inferno! O advogado presunçoso. O imbecil peçonhento que era Meynell. Nenhuma esperança pela frente – apenas a sombra dos muros da prisão...

Ele sentiu que Alguém andara brincando com ele – brincando com ele como um gato com um rato. Alguém devia estar rindo...

6

O MISTÉRIO DO JARRO AZUL

"O mistério do jarro azul" foi publicado pela primeira vez na Grand Magazine, *em julho de 1924.*

Jack Hartington examinou com pesar sua desastrada tacada inicial. Parado junto à bola, voltou-se para olhar o ponto de saída, medindo a distância. Seu rosto exprimia com eloquência o desprezo repugnante que ele sentia. Com um suspiro, sacou seu taco de golfe, executou dois violentos golpes, aniquilando, nesta ordem, um dente-de-leão e um tufo de grama, e então se dedicou à bola com firmeza.

É difícil, quando você tem 24 anos de idade, e quando sua única ambição na vida é reduzir o seu handicap no golfe, ser forçado a conceder tempo e atenção ao problema de ganhar a vida. Dos sete dias da semana, cinco e meio Jack passava aprisionado numa espécie de túmulo de mogno na cidade. A tarde de sábado e o domingo eram religiosamente devotados ao verdadeiro objetivo de vida; num excesso de zelo, ele se alojara no pequeno hotel perto dos campos de Stourton Heath e se levantava diariamente às seis da manhã para ter uma hora de treino antes de pegar o trem das 8h46 rumo à cidade.

A única desvantagem nesse plano era que ele parecia fisicamente incapaz de acertar qualquer coisa àquela hora da manhã. Uma tacada longa incompetente era sucedida por uma recuperação fracassada. Suas tacadas de aproximação fugiam alegremente pela grama, e quatro tacadas finais pareciam ser o mínimo antes de qualquer buraco.

Jack suspirou, agarrou seu ferro com firmeza e repetiu consigo as palavras mágicas: "Braço esquerdo passando direto, e sem olhar para cima".

Ele projetou o taco para trás – e então parou, petrificado, enquanto um grito estridente rasgava o silêncio da manhã de verão.

– Assassinato – a voz clamava. – Socorro! Assassinato!

Era uma voz de mulher, que afinal se calou numa espécie de suspiro gorgolejante.

Jack jogou seu taco no chão e correu na direção do grito. O som viera de algum lugar bem próximo. Aquela parte específica do campo de golfe era bastante rural, e havia poucas casas em volta. Na verdade, havia uma única casa nas proximidades, um chalé pequeno e pitoresco em que Jack havia reparado várias vezes por seu ar de antiquada delicadeza. Foi para essa casinha que ele correu. O chalé ficava escondido por uma elevação coberta de urzes, mas ele circundou a elevação e em menos de um minuto deteve sua mão no pequeno portão trancado.

Havia uma jovem de pé no jardim, e no mesmo instante Jack chegou à natural conclusão de que se tratava da responsável pelo grito de socorro. Mas logo mudou de ideia.

Ela tinha um pequeno cesto na mão, cheio até a metade com ervas daninhas, e evidentemente acabara de endireitar o corpo após limpar uma extensa bordadura de amores-perfeitos. Seus olhos, Jack notou, eram também verdadeiros amores-perfeitos, aveludados, suaves e escuros, com um tom mais violeta do que azul. Sua figura como um todo, num vestido liso de linho, lembrava um amor-perfeito de cor púrpura.

A moça olhava para Jack com uma expressão entre o aborrecimento e a surpresa.

– Perdão – disse o jovem –, mas por acaso a senhorita deu um grito há pouco?

– Eu? De jeito nenhum.

Sua surpresa era tão genuína que Jack ficou confuso. A voz dela era muito bonita e suave, com uma leve inflexão estrangeira.

– Mas a senhorita deve ter escutado – ele exclamou. – O grito veio de algum lugar bem perto daqui.

Ela o encarou.

– Não escutei absolutamente nada.

Jack, por sua vez, encarou-a. Era simplesmente incrível que ela não tivesse escutado aquele agoniado apelo. Por outro lado, sua calma era tão evidente que ele não conseguia crer que a jovem estivesse mentindo.

– O grito veio de algum lugar nas proximidades – ele insistiu.

A moça o olhava de modo desconfiado agora.

– A pessoa gritou o quê? – ela perguntou.

– Assassinato... Socorro! Assassinato!

– Assassinato... socorro, assassinato... – repetiu a jovem. – Alguém aplicou uma peça no senhor. Quem poderia ser assassinado aqui, monsieur?

Jack olhou em volta – imaginando, confuso, que descobriria um cadáver no fundo de um jardim. Contudo, mantinha sua perfeita certeza de que o grito que ouvira era real, e não um produto da sua imaginação. Ele contemplou as janelas do chalé. Tudo parecia estar perfeitamente quieto e tranquilo.

– O senhor quer fazer uma busca na nossa casa? – a jovem perguntou com secura.

Ela se mostrava tão claramente cética que a confusão de Jack chegou ao auge. Ele começou a se afastar.

– Sinto muito – falou. – O grito deve ter vindo de um ponto mais alto nas matas.

Jack ergueu o boné e se retirou. Olhando para trás por sobre o ombro, observou que a jovem havia calmamente retomado sua atividade de extirpação de ervas daninhas.

Ele vasculhou as matas por algum tempo, mas não conseguiu encontrar nenhum sinal de que algo anormal tivesse ocorrido. Entretanto, mantinha-se tão seguro quanto antes de que realmente ouvira o grito. Por fim, abandonou a busca e correu para casa de modo a devorar seu café da manhã e pegar o trem das 8h46 com a costumeira margem de poucos segundos. Já sentado no trem, sentiu certa dor na consciência. Ele não deveria ter relatado aquele grito à polícia de imediato? O fato de não ter feito isso se devia exclusivamente à incredulidade da garota do amor-perfeito. Era claro que ela achara que ele estava fantasiando – e era possível que a polícia fizesse o mesmo. Ele *tinha* certeza absoluta de que ouvira o grito?

A essa altura já não sentia nem de longe a mesma certeza de antes – o resultado natural de tentar recapturar uma sensação perdida. Será que ele distorcera em sua mente o grito de algum pássaro distante, registrando aquilo como uma voz de mulher?

Mas Jack rejeitou com raiva essa sugestão. Era uma voz de mulher, e ele a escutara. Recordava-se de ter conferido seu relógio pouco antes de tê-la escutado. Na maior precisão possível, ele por certo ouvira o grito às 7h25. Tal fato poderia ser útil à polícia se... se alguma coisa fosse descoberta.

Indo para casa naquela noite, esquadrinhou os jornais da tarde, ansioso para ver se havia qualquer menção a um crime. Mas não havia nada, e ele não soube se devia ficar aliviado ou desapontado.

A manhã seguinte foi chuvosa – tão úmida que até o mais ardente golfista teria seu entusiasmo esfriado. Jack se levantou no último momento possível, engoliu o café da manhã, correu para pegar o trem e de novo esquadrinhou com avidez os jornais. Mais uma vez, nenhuma menção quanto a qualquer descoberta macabra. Os jornais da tarde contaram a mesma história.

– Esquisito – Jack disse consigo –, mas é isso. Provavelmente uns malditos meninos brincando de alguma coisa nas matas.

Ele saiu cedo na manhã seguinte. Passando pelo chalé, notou com o rabo do olho que a jovem estava no jardim, de novo arrancando ervas daninhas. Evidentemente um hábito. Jack executou uma tacada de aproximação particularmente boa e torceu para que ela o tivesse notado. Preparando a próxima tacada de abertura, conferiu seu relógio.

– Justamente 7h25 – murmurou. – Será que...

As palavras ficaram congeladas em seus lábios. Por trás dele, soou o mesmo grito que o deixara tão sobressaltado antes. Uma voz de mulher num sofrimento horrendo.

– Assassinato... Socorro! Assassinato!

Jack voltou a toda velocidade. A garota do amor-perfeito estava parada junto ao portão. Pareceu ficar assustada, e Jack correu até ela em triunfo, exclamando:

– Pelo menos desta vez a senhorita ouviu.

Os olhos da jovem ficaram arregalados com certa emoção insondável, mas Jack notou que ela recuava diante de sua aproximação, chegando até mesmo a virar a cabeça na direção da casa, como se estudasse a ideia de correr em busca de abrigo.

Ela balançou a cabeça, encarando seu interlocutor.

– Não ouvi absolutamente nada – falou assombrada.

Era como se ela lhe desse um soco no meio da cara. Sua sinceridade era tão evidente que ele não conseguiu deixar de acreditar. Contudo, não conseguia conceber... não conseguia... não conseguia...

Ouviu a voz dela falando com suavidade – quase compaixão.

– O senhor teve trauma de guerra, não?

Numa fração de segundo, Jack entendeu aquela expressão de medo, aquele olhar na direção da casa. A jovem pensava que ele estivesse tendo delírios...

E então, como uma ducha de água fria, ocorreu-lhe o terrível pensamento: ela estava certa? *Será* que ele estava tendo delírios? Obcecado pelo terror do pensamento, Jack se virou e se afastou aos tropeços sem dizer uma única palavra. A jovem observou-o se afastando, suspirou, sacudiu a cabeça e se agachou para continuar arrancando ervas daninhas.

Jack tentou raciocinar em termos lógicos.

– Se eu escutar de novo essa coisa infernal às 7h25 – disse consigo –, vai ficar claro que eu estou sofrendo algum tipo de alucinação. Mas não vou escutar.

Ficou nervoso durante o dia todo e foi se deitar cedo, determinado a colocar o assunto à prova na manhã seguinte.

Como seria talvez natural num caso assim, o jovem ficou acordado a metade da noite; quando afinal pegou no sono, dormiu demais. Eram 7h20 quando deixou o hotel e correu na direção dos campos. Ele constatou que não conseguiria chegar ao local fatídico às 7h25, mas, se a voz não passasse de uma alucinação pura e simples, sem dúvida poderia ouvi-la em qualquer lugar. Continuou correndo, seus olhos cravados nos ponteiros do relógio.

O ponteiro dos minutos marcou 25. De um ponto longínquo chegou o eco de uma voz feminina gritando. As palavras não puderam ser distinguidas, mas ele ficou convencido de que se tratava do mesmo grito que ouvira antes, proveniente do mesmo local, em algum lugar nas proximidades do chalé.

Por mais estranho que fosse, o fato tranquilizou-o. Aquilo poderia ser, afinal de contas, uma brincadeira. Ainda que a hipótese parecesse improvável, a própria jovem poderia estar lhe pregando uma peça. Jack firmou os ombros com resolução e tirou um taco da bolsa. Estava disposto a jogar os poucos buracos até o chalé.

A moça estava no jardim como de costume. Nessa manhã, levantou o rosto; quando ele a cumprimentou levantando o boné, disse bom dia de uma maneira um tanto tímida... Ela parecia, Jack pensou, mais adorável do que nunca.

– Belo dia, não é? – Jack exclamou alegremente, amaldiçoando a banalidade inevitável da observação.

– Sim, de fato, está adorável.

– Bom para o jardim, eu espero...

A jovem sorriu um pouco, revelando uma covinha fascinante.

– Ai de mim, não! A chuva é necessária para minhas flores. Veja, elas estão todas secas.

Jack aceitou o convite de seu gesto e se aproximou da sebe baixa que separava o jardim e o campo, olhando para dentro do jardim.

– Elas parecem estar ótimas – comentou sem jeito, ciente, enquanto falava, do olhar ligeiramente compassivo que a moça lhe dirigia.

– O sol é bom, não é? – ela disse. – Quanto às flores, a pessoa sempre pode regá-las. Mas o sol dá força e restaura a saúde. Monsieur está bem melhor hoje, posso ver.

O tom encorajador aborreceu Jack intensamente. “Que diabo”, ele pensou. “Acho que ela está tentando me curar por associação de ideias.”

– Eu estou perfeitamente bem – falou com irritação.

– Isso é bom, então – ela retrucou rapidamente, num tom tranquilizador.

Jack teve uma sensação irritante de que a jovem não acreditava nele.

Ele jogou mais alguns buracos e voltou às pressas para o café da manhã. Enquanto comia, percebeu, não pela primeira vez, a observação minuciosa de um homem que ficava na mesa ao lado. Era um homem de meia-idade com um rosto imponente, vigoroso. Tinha uma pequena barba escura e olhos cinzentos muito penetrantes, com uma postura desembaraçada e confiante que o situava nos mais elevados níveis das classes profissionais. Seu nome, Jack sabia, era Lavington, e ele ouvira vagos rumores de que se tratava de um renomado médico especialista, mas, como Jack não era um frequentador da Harley Street, o nome lhe dissera pouco ou nada.

Mas naquela manhã ele teve uma forte consciência da silenciosa observação sob a qual era mantido e ficou um pouco atemorizado. Será que ele tinha seu segredo escrito com todas as letras na testa para que todos o vissem? Por acaso aquele homem sabia, em função de sua profissão, que havia algo de errado na massa cinzenta oculta?

Jack estremeceu com o pensamento. Seria verdade? Ele estava mesmo ficando louco? Será que a coisa toda era uma alucinação? Ou era uma farsa gigantesca?

E de repente lhe ocorreu uma maneira muito simples de testar essa teoria. Até ali ele fizera sozinho sua ronda. E se alguém o acompanhasse? Aí por certo aconteceria uma de três coisas. A voz poderia ficar calada. Ambos poderiam ouvi-la. Ou... quem sabe só ele a escutasse.

Naquela noite, Jack tratou de colocar seu plano em ação. Lavington era o homem que ele queria consigo. Os dois entabularam uma conversa com muita facilidade – talvez o homem mais velho estivesse aguardando uma abertura como essa. Ficou claro, por alguma razão ou outra, que Jack o interessava. Lavington aceitou de um modo bastante fácil e natural a sugestão de que os dois pudessem jogar juntos antes do café da manhã. O jogo ficou combinado para a manhã seguinte.

Eles começaram um pouco antes das sete. O dia estava perfeito, calmo e sem nuvens, mas não muito quente. O médico jogava bem, e Jack, pessimamente. Sua mente se concentrava por inteiro na crise que estava por vir. Ele ficava conferindo sorrateiramente seu relógio. Os dois alcançaram o sétimo ponto de saída – em cujo percurso rumo ao buraco situava-se o chalé – por volta das 7h20.

A jovem, como de costume, pôde ser vista no jardim quando eles passaram. Não levantou o rosto enquanto passavam.

As duas bolas já estavam no fim do percurso, a de Jack perto do buraco e a do médico um pouco mais afastada.

– É comigo – disse Lavington. – Acho que eu devo tentar.

Ele se agachou, avaliando a linha que deveria tomar. Jack manteve-se rígido, os olhos grudados no relógio. Eram exatamente 7h25.

A bola correu em velocidade pela grama, parou na borda do buraco, hesitou e caiu.

– Boa tacada – disse Jack.

Sua voz soava rouca, como se não fosse sua... Ele empurrou seu relógio de pulso braço acima com um suspiro de imenso alívio. Nada tinha acontecido. O feitiço estava desfeito.

– Se o senhor não se importar de esperar um minuto – falou –, acho que vou fumar um pouco.

Eles fizeram uma pausa no oitavo ponto de saída. Jack encheu e acendeu o cachimbo com dedos que tremiam um pouco a contragosto. Um enorme peso parecia ter sido subtraído de sua mente.

– Deus, que belo dia – comentou, contemplando a paisagem acima com grande contentamento. – Vá em frente, Lavington, o lance é seu.

E então aconteceu. No exato instante em que o médico dava sua tacada.

Uma voz de mulher, alta e agoniada.

– Assassinato... Socorro! Assassinato!

O cachimbo caiu da mão desfalecida de Jack enquanto ele girava o corpo na direção do som – para logo depois, ao recordar, olhar sem fôlego seu companheiro.

Lavington contemplava o percurso, fazendo sombra nos olhos com a mão.

– Meio curta... mas escapei por pouco do poço de areia, creio eu.

O homem não ouvira nada.

O mundo pareceu rodopiar em torno de Jack. Ele deu um passo ou dois, cambaleando pesadamente. Quando voltou a si, estava deitado na relva baixa e Lavington se debruçava sobre ele.

– Pronto, não se agite agora, não se agite.

– O que foi que eu fiz?

– Desmaiou, meu jovem... ou fez uma bela tentativa.

– Meu Deus! – Jack exclamou, gemendo.

– Qual é o problema? Alguma inquietação?

– Eu lhe digo num minuto, mas gostaria de lhe perguntar algo primeiro.

O médico acendeu seu próprio cachimbo e se acomodou no banco.

– Pergunte o que quiser – ele falou confortavelmente.

– O senhor esteve me vigiando nos últimos dias. Por quê?

Os olhos de Lavington cintilaram de leve.

– Essa é uma pergunta um tanto estranha. Um gato pode olhar para um rei, ora essa.

– Não me venha com evasivas. Eu estou falando com a maior seriedade. Qual foi o motivo? Eu tenho uma razão fundamental para perguntar isso.

O rosto de Lavington ficou sério.

– Vou lhe responder com grande sinceridade. Reconheci em você todos os sinais de um homem sob profunda tensão e fiquei intrigado imaginando o que provocaria essa tensão.

– Posso lhe dizer com muita facilidade – Jack retrucou com amargura. – Eu estou ficando louco.

Ele se calou dramaticamente, mas, como sua declaração não parecia despertar o interesse ou a consternação que havia esperado, tratou de repeti-la.

– Garanto que estou ficando louco.

– Muito curioso – murmurou Lavington. – Muito curioso, de fato.

Jack ficou indignado.

– Creio que o senhor deve achar só isso mesmo. Os médicos são todos uns malditos insensíveis.

– Ora, ora, meu jovem amigo, você está falando de modo aleatório. Para começar, embora eu tenha um diploma, não pratico a medicina. Estritamente falando, não sou um médico... ou melhor, não sou um médico do corpo.

Jack olhou para ele com grande atenção.

– Ou da mente?

– Sim, em certo sentido, mas mais verdadeiramente eu me classifico como um médico da alma.

– Ah!

– Percebo a depreciação no seu tom, mas nós temos de usar alguma palavra para designar o princípio ativo que pode ser separado e existe independentemente de sua moradia carnal, o corpo. Você precisa chegar a um acordo com a alma, meu jovem; isso não é apenas um termo religioso inventado por clérigos. Mas vamos chamá-lo de mente, ou de eu subconsciente, ou qualquer termo que lhe convenha. Você se ofendeu com o meu tom agora, mas eu posso lhe assegurar que me pareceu de fato muito curioso que um jovem tão equilibrado e perfeitamente normal como você chegasse a sofrer a ilusão de que estivesse enlouquecendo.

– Eu estou enlouquecendo para valer. Absolutamente doido.

– Você vai me perdoar por dizer isso, mas eu não acredito.

– Eu tenho delírios.

– Depois do jantar?

– Não, na parte da manhã.

– Nada feito – disse o doutor enquanto reacendia seu cachimbo, que se apagara.

– Eu lhe garanto que ouço coisas que ninguém mais ouve.

– Um homem em mil consegue ver as luas de Júpiter. Mesmo que os outros 999 não consigam vê-las, não há razão para duvidar da existência das luas de Júpiter, e certamente não há razão para chamar o milésimo homem de louco.

– As luas de Júpiter são um fato científico comprovado.

– É bem possível que os delírios de hoje possam ser os fatos científicos comprovados de amanhã.

De modo relutante, Jack reconhecia que os argumentos práticos de Lavington exerciam seu efeito. Começou a se sentir imensamente calmo e animado. O médico observou-o com muita atenção por alguns instantes e depois assentiu com a cabeça.

– Assim está melhor – ele falou. – O problema com vocês, jovens, é que são tão convencidos de que nada pode existir fora da sua própria filosofia que acabam ficando apavorados quando ocorre algo que abala suas certezas. Vejamos quais são os seus fundamentos para crer que está ficando louco, e aí nós vamos decidir se devemos ou não o internar depois.

Com a maior fidelidade possível, Jack narrou toda a série de ocorrências.

– Mas o que eu não consigo entender – finalizou – é o motivo pelo qual tenha ocorrido hoje às sete e meia... com cinco minutos de atraso.

Lavington pensou por um minuto. Então:

– Que horas são agora no seu relógio? – perguntou.

– Quinze para as oito – Jack respondeu, consultando-o.

– É bastante simples, então. O meu está dando vinte para as oito. O seu relógio está cinco minutos adiantado. Esse é um ponto muito interessante e importante... para mim. Na verdade, é inestimável.

– De que maneira?

Jack estava começando a ficar interessado.

– Bem, a explicação óbvia é que na primeira manhã que você *de fato* ouviu certo grito assim... pode ter sido uma brincadeira, pode não ter sido. Nas manhãs seguintes, você se sugestionou a ouvi-lo exatamente no mesmo horário.

– Claro que não.

– Não foi consciente, é claro, mas o subconsciente nos prega certas peças engraçadas... De qualquer forma, essa explicação não faz sentido. Se fosse um caso de sugestão, você teria escutado esse grito às 7h25 de acordo com o seu relógio, e jamais o teria ouvido quando já tivesse passado, como você pensava, o horário.

– Bem, e então?

– Bem... é óbvio, não é? Esse grito de socorro ocupa um lugar e um tempo perfeitamente definidos no espaço. O lugar é a proximidade do chalé, e o tempo é 7h25.

– Sim, mas por que tenho de ser *eu* quem ouve? Não acredito em fantasmas e nessas coisas todas de assombração... espíritos fazendo ruídos e tudo mais. Por que eu deveria ouvir essa porcaria?

– Ah! Isso nós não podemos dizer de momento. É bem curioso que muitos dos melhores médiuns tivessem sido céticos convictos. Não são as pessoas interessadas nos fenômenos ocultos que vivenciam as manifestações. Algumas pessoas enxergam e escutam coisas que as outras não enxergam e escutam... não sabemos por que, e em nove de cada dez vezes elas não querem enxergar ou escutar nada, e se convencem de que estão tendo delírios... assim como se deu com você. É como a eletricidade. Certas substâncias são boas condutoras, outras não são condutoras, e por um longo tempo não sabíamos por que, tínhamos de nos contentar em simplesmente aceitar o fato. Hoje em dia nós sabemos por quê. Algum dia, sem dúvida, saberemos por que você ouve o tal grito e eu e a moça não ouvimos. Tudo é governado pelas leis naturais, claro... na verdade não existe essa coisa de sobrenatural. Descobrir quais são as leis que governam os assim chamados fenômenos psíquicos é um trabalho complicado... mas toda pequena ajuda é bem-vinda.

– Mas o que é que eu vou *fazer*? – Jack perguntou.

Lavington riu.

– Você quer resultados, estou vendo. Bem, meu jovem amigo, você vai tomar um bom café da manhã e vai pegar o rumo da cidade sem continuar preocupando a sua cabeça com coisas que você não entende. Eu, por outro lado, vou escarafunchar por aqui, vou ver o que consigo descobrir sobre aquele chalé. É lá que o mistério se concentra, eu me atrevo a garantir.

Jack se pôs de pé.

– Certo, senhor. Eu topo, mas devo dizer...

– Sim?

Jack corou embaraçado.

– Eu tenho certeza de que não é nada envolvendo a jovem – balbuciou.

Lavington pareceu achar graça.

– Você não me disse que a moça era bonita! Bem, anime-se, eu acho que o mistério começou antes dela.

Jack chegou em casa naquela noite numa verdadeira febre de curiosidade. Agora ele já confiava em Lavington cegamente. O médico aceitara o assunto de forma tão natural, reagira de uma maneira tão prática e imperturbável, que Jack ficou impressionado.

Encontrou seu novo amigo esperando por ele no saguão quando desceu para jantar, e o médico sugeriu que os dois jantassem na mesma mesa.

– Alguma novidade, senhor? – Jack perguntou com ânsia.

– Descobri a história completa de Heather Cottage. Os primeiros habitantes do chalé foram um jardineiro velho e sua esposa. O velho morreu e a velha foi morar com a filha. Então um construtor comprou a casa e a modernizou com grande sucesso, vendendo-a para um cavalheiro da cidade que a usava nos fins de semana. Cerca de um ano atrás, este a vendeu para um certo casal chamado Turner... sr. e sra. Turner. Eles parecem ter sido um casal bastante curioso, pelas informações que eu obtive. O homem era inglês; sua esposa era em parte russa, segundo todo mundo supunha, e uma mulher muito bonita, de aparência exótica. Os dois viviam muito discretamente, não recebiam ninguém e quase nunca iam além do jardim do chalé. Dizem os rumores locais que eles tinham medo de alguma coisa... mas acho que não devemos nos basear nisso. E certo dia, de uma hora para outra, os dois foram embora, desocuparam a casa bem cedo pela manhã e nunca mais voltaram. Os corretores aqui receberam uma carta do sr. Turner, enviada de Londres, determinando a venda do chalé o mais depressa possível. A mobília foi vendida em separado e a casa foi vendida para um certo sr. Mauleverer. Ele só morou efetivamente nela por duas semanas... e então tratou de alugá-la mobiliada. As pessoas que estão com ela agora são um professor francês tuberculoso e sua filha. Faz só dez dias que os dois estão ali.

Jack digeriu a informação em silêncio.

– Não me parece que isso vá nos levar muito em frente – falou afinal. – O senhor concorda?

– Eu bem que gostaria de saber mais sobre os Turner – Lavington retrucou com calma. – Eles saíram bem cedo de manhã, lembre-se. Pelas informações que eu coletei, ninguém efetivamente os viu indo embora. O sr. Turner foi visto desde então... mas não consigo encontrar ninguém que tenha visto a sra. Turner.

Jack empalideceu.

– Não pode ser... o senhor não está querendo dizer...

– Não fique alvoroçado, meu jovem. A influência de qualquer pessoa no momento da morte... e sobretudo numa morte violenta... no entorno é muito forte. Esse entorno poderia, concebivelmente, absorver essa influência, transmitindo-a por sua vez a um receptor devidamente sintonizado... neste caso, você.

– Mas por que eu? – Jack murmurou com rebeldia. – Por que não alguém que pudesse fazer algo de bom?

– Você está pensando numa força inteligente e

intencional, em vez de cega e mecânica. Eu mesmo não acredito em espíritos presos à terra que ficam assombrando um lugar com um propósito específico. Mas a coisa que eu vi várias e várias vezes, tanto que mal posso acreditar que seja pura coincidência, é uma espécie de tatear cego com um desejo de justiça... um movimento subterrâneo de forças cegas, sempre trabalhando obscuramente para chegar a esse fim...

Ele sacudiu o corpo, como que se despojando de uma obsessão, e se voltou para Jack com um sorriso instantâneo.

– Vamos banir esse assunto... hoje à noite, pelo menos – ele sugeriu.

Jack concordou com bastante prontidão, mas não achou tão fácil banir o assunto de sua própria mente.

Durante o fim de semana, fez vigorosas investigações pessoais, mas só conseguiu trazer à tona pouco mais do que o médico trouxera. Havia desistido definitivamente de jogar golfe antes do café.

O elo seguinte da corrente surgiu de uma fonte inesperada. Voltando para o hotel certo dia, Jack foi informado de que uma jovem o esperava. Para sua imensa surpresa, era a garota do jardim – a garota do amor-perfeito, como sempre a chamava em sua própria mente. A jovem estava muito nervosa e confusa.

– Perdoe-me, monsieur, por aparecer desse modo atrás do senhor. Mas preciso lhe contar uma coisa... eu...

Ela olhou ao redor, hesitante.

– Venha comigo – Jack disse prontamente, seguindo na frente, rumo à "Sala de Visitas para Damas" do hotel, naquele momento deserta, um recinto sombrio decorado com muito vermelho.

– Agora sente-se, senhorita, senhorita...

– Marchaud, monsieur. Felise Marchaud.

– Sente-se, mademoiselle Marchaud, e me conte tudo.

Felise sentou-se de modo obediente. Estava vestida de verde-escuro hoje, e a beleza e o encanto do rostinho orgulhoso estavam mais evidentes do que nunca. O coração de Jack bateu mais forte quando ele se sentou ao lado da jovem.

– É o seguinte – explicou Felise. – Chegamos aqui faz bem pouco tempo e desde o início ouvimos falar que a casa... a nossa casinha tão querida... é mal-assombrada. Nenhum criado quer ficar nela. Isso não importa muito... no meu caso, eu posso fazer o *ménage* e cozinhar com bastante facilidade.

"Anjo", pensou o jovem enfeitiçado. "Ela é maravilhosa."

Mas Jack manteve uma imagem de atenção metódica.

– Essa história de fantasmas, eu achava que era tudo tolice... isto é, até quatro dias atrás. Monsieur, quatro noites seguidas eu tive o mesmo sonho. Uma senhora está ali parada... ela é linda, alta e tem um cabelo muito claro. Nas mãos segura um jarro azul de porcelana. Está angustiada... muito angustiada, e continuamente estende o jarro para mim, como que me implorando para fazer algo com ele. Só que, infelizmente, ela não consegue falar, e eu... eu não sei o que ela pede. Esse foi o sonho nas duas primeiras noites... mas na noite de anteontem houve mais. Ela e o jarro azul desapareceram, e de repente ouvi a voz dela gritando... eu sei que é a voz dela, entenda... e, ah, monsieur, as palavras que ela diz são as palavras que o senhor me falou naquela manhã. "Assassinato... Socorro! Assassinato!" Eu acordei aterrorizada. Eu fico dizendo a mim mesma: "É um pesadelo, as palavras que você ouviu foram por acaso". Mas ontem à noite o sonho veio de novo. Monsieur, o que é isso? O senhor também ouviu. O que vamos fazer?

O rosto de Felise estava apavorado. Suas pequenas mãos se entrelaçaram e ela olhou para Jack com uma expressão suplicante. Este último afetou uma indiferença que não sentia.

– Está tudo bem, mademoiselle Marchaud. A senhorita não precisa se preocupar. Vou lhe dizer o que eu gostaria que fizesse, se não se importar. Repita essa história toda para um amigo meu que está hospedado aqui, o dr. Lavington.

Felise concordou em adotar tal procedimento; Jack saiu em busca de Lavington e voltou com ele alguns minutos depois.

Lavington analisou a garota com um olhar perspicaz enquanto agradecia pelas apresentações apressadas de Jack. Com algumas palavras reconfortantes, logo deixou a jovem à vontade e ouviu atentamente, por sua vez, a história.

– Muito curioso – comentou quando ela terminou. – A senhorita contou ao seu pai?

Felise balançou a cabeça.

– Eu não gostaria de preocupá-lo. Ele está muito doente ainda – seus olhos encheram-se de lágrimas –, eu escondo dele tudo que possa excitá-lo ou agitá-lo.

– Eu entendo – Lavington disse num tom afável. – E fico contente que tenha nos procurado, mademoiselle Marchaud. O nosso Hartington aqui, como a senhorita sabe, teve uma experiência um pouco semelhante à sua. Creio que podemos afirmar que estamos no caminho certo agora. Não há nada mais em que consiga pensar?

Felise fez um rápido movimento.

– Claro! Que estupidez da minha parte. É o ponto principal da história toda. Veja, monsieur, o que eu encontrei na parte de trás de um dos armários, para onde ele tinha escorregado por trás da prateleira.

Ela estendeu para os dois um pedaço sujo de papel de desenho no qual estava executado grosseiramente, em aquarela, o esboço de uma mulher. Era uma mera garatuja, mas a semelhança era provavelmente boa o bastante. Representava uma mulher alta de cabelos claros, com algo sutilmente não inglês no rosto. Ela estava de pé ao lado de uma mesa sobre a qual se via um jarro azul de porcelana.

– Eu só o encontrei nesta manhã – explicou Felise. – Monsieur le docteur, este é o rosto da mulher que eu vi no meu sonho, e este é o idêntico jarro azul.

– Extraordinário – Lavington comentou. – A chave para o mistério é, evidentemente, o jarro azul. Ele me parece ser um jarro chinês, provavelmente um jarro antigo. Tem um curioso padrão em relevo.

– É chinês – declarou Jack. – Eu vi um jarro exatamente igual na coleção do meu tio... ele é um grande colecionador de porcelana chinesa, e eu me lembro de ter notado um jarro como este pouco tempo atrás.

– O jarro chinês... – Lavington ponderou.

O médico ficou perdido em pensamentos por alguns instantes; em seguida, levantou a cabeça de súbito, com uma luz curiosa brilhando em seus olhos.

– Hartington, o seu tio está com esse jarro há quanto tempo?

– Quanto tempo? Eu realmente não sei.

– Pense. Ele o comprou recentemente?

– Eu não sei... sim, acredito que sim, pensando bem. Eu não me interesso muito por porcelana, mas recordo meu tio me mostrando suas "aquisições recentes", e essa foi uma delas.

– Menos de dois meses atrás? Os Turner deixaram Heather Cottage faz apenas dois meses.

– Sim, creio que sim.

– Seu tio frequenta vendas de garagem no campo às vezes?

– Ele está sempre circulando por elas.

– Então não é impossível presumirmos que ele comprou essa específica peça de porcelana na venda dos objetos dos Turner. Uma coincidência curiosa... ou quem sabe o que eu chamo de tatear da justiça cega. Hartington, você precisa descobrir com o seu tio, o quanto antes, onde foi que ele comprou esse jarro.

O semblante de Jack murchou.

– Receio que isso seja impossível. Tio George viajou, está no continente. Eu não sei nem mesmo um endereço para o qual escrever.

– Por quanto tempo ele vai ficar fora?

– De três semanas a um mês, no mínimo.

Houve um silêncio. Felise ficou olhando com ânsia de um homem para o outro.

– Não há nada que possamos fazer? – ela perguntou timidamente.

– Sim, há uma coisa – disse Lavington com um entusiasmo reprimido. – É incomum, talvez, mas acredito que teremos êxito. Hartington, você precisa ir atrás desse jarro. Traga-o para cá e, se mademoiselle permitir, passaremos uma noite em Heather Cottage, levando conosco o jarro azul.

Jack sentiu um arrepio desconfortável.

– O que o senhor acha que vai acontecer? – perguntou inquieto.

– Eu não faço a menor ideia... mas sinceramente acredito que o mistério será resolvido e o fantasma será conjurado. Possivelmente há um fundo falso no jarro e algo está escondido dentro nele. Se não ocorrer nenhum fenômeno, teremos de usar nossa própria engenhosidade.

Felise entrelaçou as mãos.

– É uma ideia maravilhosa – ela exclamou.

Seus olhos se iluminaram de entusiasmo. Jack não se sentia nem de perto tão entusiasmado – na verdade, estava morrendo de medo, mas nada o teria induzido a admitir esse fato diante de Felise. O médico agia como se a sua sugestão fosse a coisa mais natural do mundo.

– Quando o senhor consegue pegar o jarro? – Felise perguntou, voltando-se para Jack.

– Amanhã – disse o último a contragosto.

Ele teria de enfrentar aquilo agora, mas a memória do frenético grito de socorro que o assombrava todas as manhãs precisava ser implacavelmente combatida – essa presença em seus pensamentos precisava ser evitada na medida do possível.

Jack foi até a casa de seu tio na noite seguinte e pegou o jarro em questão. Ficou mais convencido do que nunca, ao voltar a vê-lo, de que se tratava do jarro retratado no esboço em aquarela, mas, por mais que o examinasse com grande cuidado, não conseguiu enxergar nenhum sinal de que contivesse um receptáculo secreto.

Eram onze horas quando ele chegou com Lavington a Heather Cottage. Felise ficara esperando na janela e abriu a porta suavemente antes que os dois tivessem tempo de bater.

– Entrem – ela sussurrou. – O meu pai está dormindo no andar de cima, e não devemos acordá-lo. Fiz café para vocês aqui.

Ela seguiu na frente até uma pequena e aconchegante sala de estar. Havia uma lâmpada a álcool sobre a lareira, e, inclinando-se por cima dela, ela preparou para os dois um café perfumado.

Então Jack desprendeu o jarro chinês de seus vários embrulhos. Felise perdeu o fôlego quando seu olhar incidiu no objeto.

– Sim, sim – ela exclamou com avidez. – É o jarro... eu o reconheceria em qualquer lugar.

Enquanto isso, Lavington fazia seus próprios preparativos. Retirou todos os ornamentos de uma pequena mesa e a colocou no meio da sala. Em volta, posicionou três cadeiras. Então, pegando das mãos de Jack o jarro azul, colocou-o no centro da mesa.

– Agora – falou – nós estamos prontos. Apaguem as luzes e vamos nos sentar em volta da mesa na escuridão.

Os outros obedeceram. A voz de Lavington soou de novo na escuridão.

– Não pensem em nada... ou pensem em tudo. Não forcem a mente. É possível que um de nós tenha poderes mediúnicos. Se for esse o caso, a pessoa vai entrar em transe. Lembrem-se, não há nada a temer. Expulsem o medo do coração, e flutuem... flutuem...

Sua voz se extinguiu e houve silêncio. Minuto após minuto, o silêncio parecia ficar mais farto de possibilidades. Era muito fácil para Lavington dizer "Expulsem o medo". O que Jack sentia não era medo – era pânico. E ele tinha quase certeza de que Felise se sentia da mesma maneira. De repente, ouviu a voz dela, baixa e aterrorizada:

– Alguma coisa terrível vai acontecer. Eu sinto isso.

– Expulsem o medo – disse Lavington. – Não tentem lutar contra a influência.

A escuridão parecia ficar mais intensa, e o silêncio, mais acentuado. E se tornava cada vez mais próxima uma indefinível sensação de perigo.

Jack se sentiu sufocado – asfixiado – o mal estava muito próximo...

E então o momento de conflito passou. Ele estava flutuando – flutuando rio abaixo – as pálpebras fechadas – paz – escuridão...

Jack se agitou ligeiramente. Sua cabeça estava pesada – pesada como chumbo. Onde ele estava?

Sol... pássaros... Estava deitado, olhando para o céu.

Então tudo lhe voltou. A sessão. A pequena sala. Felise e o médico. O que acontecera?

O jovem sentou-se, a cabeça latejando desagradavelmente, e olhou em torno de si. Estava num pequeno matagal não longe do chalé. Não havia ninguém por perto. Ele sacou o relógio. Para seu espanto, os ponteiros registravam meio-dia e meia.

Jack se pôs de pé com esforço e correu tão depressa quanto pôde na direção do chalé. Eles deviam ter se alarmado com a sua incapacidade de sair do transe, acabando por carregá-lo para o ar livre.

Tendo chegado ao chalé, bateu com força na porta. Mas não houve resposta, tampouco sinais de vida por perto. Eles deviam ter saído para buscar ajuda. Ou então – Jack sentiu um medo indefinível invadi-lo. O que acontecera na noite anterior?

Ele tratou de voltar para o hotel o mais rápido possível. Estava prestes a fazer algumas perguntas na recepção quando foi distraído por um colossal soco nas costelas que quase o tirou do chão. Virando-se com certa indignação, contemplou um velho cavalheiro de cabelos brancos que resfolegava de alegria.

– Não estava me esperando, meu garoto. Não estava me esperando, hein? – disse o indivíduo.

– Ora, tio George, eu achava que o senhor estivesse bem longe daqui... em algum canto da Itália.

– Ah! Mas eu não estava. Desembarquei em Dover ontem à noite. Pensei em subir até a cidade de carro e fazer uma parada no caminho para ver você. E eu me deparo com o quê? A noite toda na rua, hein? Vida boa...

– Tio George – Jack o interrompeu com firmeza. – Eu tenho a história mais extraordinária do mundo para lhe contar. Me arrisco a dizer que o senhor não vai acreditar.

– Me arrisco a dizer que não vou – riu o velho. – Mas faça o seu melhor, meu garoto.

– Mas eu preciso comer alguma coisa – Jack continuou. – Estou faminto.

Ele seguiu na frente até a sala de jantar e, diante de uma substancial refeição, narrou a história toda.

– E só Deus sabe o que aconteceu com eles – finalizou.

Seu tio parecia estar à beira de uma apoplexia.

– O jarro – ele conseguiu proferir afinal. – O JARRO AZUL! O que foi que aconteceu com ele?

Jack o encarou com perplexidade, mas, submerso na torrente de palavras que se seguiu, começou a entender.

As palavras saíram num jorro:

– Ming... único... joia da minha coleção... vale dez mil libras, pelo menos... oferta de Hoggenheimer, o milionário americano... único de seu tipo no mundo... Com os diabos, senhor, o que foi que você fez com o meu JARRO AZUL?

Jack saiu correndo da sala. Precisava encontrar Lavington. A jovem na recepção olhou para ele com frieza.

– O dr. Lavington saiu tarde da noite ontem... de carro. Deixou um bilhete para o senhor.

Jack rasgou o envelope. O bilhete, sucinto, ia direto ao ponto.

MEU CARO JOVEM AMIGO,

Os dias do sobrenatural já passaram? Não de todo – sobretudo quando aplicamos o truque com uma linguagem científica nova. Amáveis cumprimentos de Felise, do pai inválido e de mim. Temos doze horas de vantagem, o que deve nos servir de sobra.

Sempre seu,
AMBROSE LAVINGTON,
Médico da Alma

7

A canção das moedinhas

"A canção das moedinhas" foi publicado pela primeira vez em Holly Leaves *(publicado pela* Illustrated Sporting and Dramatic News*), em 2 de dezembro de 1929.*

Sir Edward Palliser, conselheiro real, morava no número 9 da Queen Anne's Close. Queen Anne's Close é um beco sem saída. No coração de Westminster, o lugar consegue ter uma atmosfera pacífica de Velho Mundo bem afastada do tumulto do século XX. Convinha admiravelmente a Sir Edward Palliser.

Sir Edward tinha sido um dos advogados criminais mais eminentes de sua época e, agora que já não atuava no ramo, ele divertia-se acumulando uma ótima biblioteca criminológica. Era também autor de um volume de Reminiscências de Criminosos Eminentes.

Nessa noite em particular, Sir Edward estava sentado diante da lareira em sua biblioteca, bebericando um excelente café preto e balançando a cabeça sobre um volume de Lombroso. Teorias tão engenhosas e tão completamente desatualizadas!

A porta se abriu quase sem ruído; seu bem treinado criado avançou pelo tapete grosso e felpudo para murmurar discretamente:

– Uma jovem dama deseja vê-lo, senhor.

– Uma jovem dama?

Sir Edward estava surpreso. Eis uma coisa muito incomum no curso normal dos acontecimentos. Então ele refletiu que poderia ser sua sobrinha, Ethel – mas não, nesse caso Armour o teria informado.

Ele perguntou com cautela:

– A dama não se apresentou?

– Não, senhor, mas ela disse ter certeza de que o senhor desejaria vê-la.

– Queira trazê-la – disse Sir Edward Palliser; ele se sentia prazerosamente intrigado.

Uma moça alta e morena de mais ou menos trinta anos, usando um bem talhado conjunto preto de saia e casaco e um pequeno chapéu preto, veio ao encontro de Sir Edward com a mão estendida e uma expressão de ávido reconhecimento no rosto. Armour se retirou, fechando a porta silenciosamente atrás de si.

– Sir Edward... o senhor de fato me conhece, não? Meu nome é Magdalen Vaughan.

– Ora, é claro – ele apertou com ardor a mão estendida.

Lembrava-se dela perfeitamente agora. Aquela viagem voltando da América no *Siluric*! A encantadora criança... pois na época ela era pouco mais do que uma criança. Ele a seduzira, recordava-se, de uma maneira discreta, típica de um homem mais velho e experiente. Ela era tão adoravelmente jovem – tão ávida – tão cheia de admiração e idolatria – qualidades infalíveis para cativar o coração de um homem com quase sessenta anos. A lembrança conferiu um calor adicional à pressão que ele fazia na mão da moça.

– É muitíssimo amável da sua parte. Sente-se, por favor.

Sir Edward arranjou uma poltrona para ela, falando com calma e à vontade, perguntando-se o tempo todo por que razão ela viera. Quando por fim encerrou o fluxo tranquilo da conversa, houve um silêncio.

A mão de Magdalen Vaughan se fechava e se abria no braço da poltrona, e ela umedeceu os lábios. De súbito ela falou – abruptamente:

– Sir Edward... eu preciso que o senhor me ajude.

Ele ficou surpreso e murmurou de maneira mecânica:

– Pois não?

Ela continuou, falando mais intensamente:

– O senhor disse que se algum dia eu precisasse de ajuda... que se houvesse qualquer coisa no mundo que pudesse fazer por mim... o senhor faria.

Sim, ele *dissera* isso. Era o tipo de coisa que qualquer um diria – ainda mais no momento da despedida. Ele se lembrava do entrave em sua própria voz – de como havia tocado a mão dela com os lábios.

– *Se algum dia eu puder fazer qualquer coisa... lembre-se, eu estou falando sério...*

Sim, todo mundo dizia esse tipo de coisa... Mas muito, muito raramente alguém precisava cumprir suas palavras! E certamente não depois de – quantos? – nove ou dez anos. Sir Edward lançou um rápido olhar para ela – ainda era uma moça muito bonita, mas perdera o que havia sido para ele seu charme – aquele aspecto de juventude intocada e tenra. Era um rosto mais interessante agora, talvez – um homem mais jovem poderia ter pensado isso –, mas Sir Edward estava longe de sentir a onda de calor e emoção que lhe ocorrera no final daquela viagem atlântica.

Seu rosto assumiu uma expressão jurídica e cautelosa. Ele falou de uma forma bastante enérgica:

– Sem dúvida, minha cara jovem, ficarei encantado em fazer qualquer coisa ao meu alcance... embora duvide que eu possa ser muito útil para qualquer pessoa nos dias de hoje.

Se estava preparando uma maneira de se esquivar, a jovem não o percebeu. Ela era do tipo que só consegue enxergar uma coisa de cada vez, e o que estava enxergando naquele momento era sua própria necessidade. Ela dava como certa a vontade de Sir Edward de ajudar.

– Nós estamos num apuro terrível, Sir Edward.

– *Nós*? A senhorita é casada?

– Não... eu quis dizer o meu irmão e eu. Ah, e William e Emily também, aliás. Mas eu preciso explicar. Eu tenho... eu tive uma tia... a srta. Crabtree. Talvez o senhor tenha lido a respeito dela nos jornais... Foi horrível. Ela foi morta... assassinada.

– Ah! – um lampejo de interesse iluminou o rosto de Sir Edward. – Mais ou menos um mês atrás, não foi?

A jovem assentiu com a cabeça.

– Um pouco menos do que isso... três semanas.

– Sim, eu me lembro. Ela foi golpeada na cabeça em sua própria casa. Não pegaram o sujeito que cometeu o crime.

Magdalen Vaughan assentiu de novo.

– Não pegaram o homem... e eu acredito que não vão conseguir pegá-lo. É que... pode não existir homem nenhum para pegar.

– O quê?

– Sim... é terrível. Não saiu nada sobre isso nos jornais. Mas é o que a polícia pensa. Eles *sabem* que ninguém entrou na casa naquela noite.

– A senhorita está querendo dizer...

– Que é um de nós quatro. *Só pode* ser. Eles não sabem qual... e *nós* não sabemos qual... *Nós não sabemos.* E ficamos lá, todos os dias, olhando uns para os outros de maneira furtiva e especulando. Ah! Se ao menos pudesse ter sido alguém de fora... mas eu não vejo como...

Sir Edward encarou-a, seu interesse aumentando.

– A senhorita quer dizer que os membros da família estão sob suspeita?

– Sim, isso é o que eu quero dizer. A polícia não afirmou isso, é claro. Eles foram muito educados e simpáticos. Mas revistaram a casa, nos interrogaram várias vezes, e Martha também... E, porque não sabem quem foi, ficam de mãos atadas. Eu estou tão assustada... tão terrivelmente assustada...

– Minha querida criança. Ora, certamente a senhorita está exagerando.

– Não estou. É um de nós quatro... só pode ser.

– Quem são os quatro aos quais a senhorita se refere?

Magdalen se aprumou em seu assento e falou com maior compostura.

– Primeiro, eu e Matthew. Tia Lily era nossa tia-avó. Era irmã da minha vó. Nós moramos com ela desde os nossos catorze anos (é que somos gêmeos). Depois William Crabtree. Era sobrinho dela... filho do irmão dela. Ele morava lá também, com sua esposa, Emily.

– Ela sustentava os dois?

– Mais ou menos. Ele tem um pouco de dinheiro, mas não é forte, precisa viver em casa. É um tipo calmo e sonhador. Eu tenho certeza de que teria sido impossível para ele ter... ah, é horrível da minha parte sequer pensar nisso!

– Eu ainda estou muito longe de entender a situação. Talvez a senhorita não se importe de resumir os fatos... se isso não for perturbá-la demais.

– Não, de modo algum! Eu quero lhe contar. Está tudo bem claro na minha mente ainda... terrivelmente claro. Nós tínhamos tomado chá, o senhor entende, e tínhamos todos nos dispersado para fazer coisas pessoais. Eu, para costurar um pouco; Matthew, para datilografar um artigo... ele faz alguns trabalhos de jornalismo; William foi cuidar dos selos dele. Emily não havia descido para o chá. Ela tinha tomado um pó para dor de cabeça e estava deitada. Então lá estávamos nós, todos nós, ocupados com nossas atividades. E, quando Martha entrou para servir o jantar às sete e meia, lá estava tia Lily... morta. Sua cabeça... ah, é horrível, toda esmagada!

– A arma foi encontrada, eu creio...

– Sim. Um peso de papel muito pesado que sempre ficava na mesa junto à porta. A polícia o analisou em busca de impressões digitais, mas não havia nenhuma. Alguém o limpara.

– E a sua primeira suposição?

– Nós pensamos, é claro, que fosse um ladrão. Havia duas ou três gavetas da cômoda puxadas para fora, como se um ladrão tivesse procurado alguma coisa. Claro que eu pensei que fosse um ladrão! E então a polícia chegou... e eles disseram que a minha tia estava morta fazia pelo menos uma hora, e perguntaram para Martha quem havia estado na casa, e Martha disse que ninguém. E todas as janelas estavam trancadas por dentro, e não havia sinal de algo ter sido adulterado. E então eles começaram a nos fazer perguntas...

Ela parou. Seu peito arfava. Seus olhos, assustados e suplicantes, procuravam os de Sir Edward em busca de segurança.

– Quem se beneficiou com a morte da sua tia?

– Isso é simples. Nós todos nos beneficiamos igualmente. Ela deixou seu dinheiro para ser dividido em partes iguais entre nós quatro.

– E qual era o valor do patrimônio dela?

– O advogado nos disse que vai chegar a cerca de oitenta mil libras após o pagamento dos impostos sucessórios.

Sir Edward abriu os olhos com uma leve surpresa.

– Essa é uma soma considerável. A senhorita tinha conhecimento, eu suponho, sobre o total da fortuna de sua tia...

Magdalen balançou a cabeça.

– Não... foi uma surpresa e tanto para nós. Tia Lily sempre foi tremendamente cuidadosa com dinheiro. Ela tinha uma só empregada e sempre falava bastante sobre economia...

Sir Edward assentiu com a cabeça pensativo. Magdalen inclinou-se um pouco em sua cadeira.

– O senhor vai me ajudar... não vai?

Suas palavras provocaram em Sir Edward um choque desagradável – bem no momento em que ele estava ficando interessado na história por seu próprio caráter inusitado.

– Minha querida jovem... o que é que eu poderia fazer? Se a senhorita quiser um bom aconselhamento legal, eu posso lhe dar o nome...

Ela o interrompeu:

– Ah, eu não quero esse tipo de coisa! Eu quero que o senhor me ajude pessoalmente... como amigo.

– Isso é muito encantador da sua parte, mas...

– Eu quero que o senhor venha até a nossa casa. Quero que faça perguntas. Quero que tente julgar por si mesmo.

– Mas minha querida jovem...

– Lembre-se, o senhor prometeu. Em qualquer lugar, a qualquer momento... o senhor disse que, se eu precisasse de ajuda...

Seus olhos, ao mesmo tempo suplicantes e confiantes, fixavam-se nos dele. Sir Edward ficou envergonhado e estranhamente comovido. A fantástica sinceridade da jovem, sua crença absoluta numa promessa vã de dez anos antes como um vínculo sagrado... Quantos homens já não haviam dito aquelas palavras... quase um clichê!... e quão poucos deles jamais haviam sido chamados a cumpri-las...

Ele disse um tanto fracamente:

– Eu tenho certeza de que existem muitas pessoas que poderiam aconselhá-la melhor do que eu.

– Eu tenho vários amigos... naturalmente. – (Sir Edward achou graça da autoconfiança ingênua dessa afirmação.) – Mas nenhum deles, entenda, é inteligente. Não se comparam ao senhor. O senhor está acostumado a questionar as pessoas. Além disso, com toda a sua experiência, o senhor decerto vai *saber*.

– Saber o quê?

– Se eles são inocentes ou culpados.

Sir Edward sorriu consigo mesmo com certa melancolia. Ele se gabava de que, de um modo geral, quase sempre *soubera*! No entanto, em muitas ocasiões, sua opinião particular não tinha sido a opinião do júri.

Magdalen empurrou seu chapéu para cima da testa com um gesto nervoso, olhou em volta pela sala e disse:

– Como é silencioso aqui... O senhor não sente a necessidade de um pouco de barulho às vezes?

O beco sem saída! Muito involuntariamente as palavras dela, ditas ao acaso, tocaram um ponto sensível. Um beco sem saída. Sim, mas sempre havia uma saída – o caminho pelo qual você entrara – o caminho de volta para o mundo... Algo impetuoso e juvenil se agitou em seu íntimo. A confiança pura de Magdalen atraía o melhor lado de sua natureza – e as condições do problema atraíam outra coisa nele – o criminologista inato. Ele queria ver essas pessoas de quem Magdalen falava. Queria formar o seu próprio juízo.

Ele falou:

– Se a senhorita está realmente convencida de que eu posso ser de alguma utilidade... Tenha em mente que eu não garanto nada.

Sir Edward esperava que ela fosse manifestar o mais intenso deleite, mas a moça reagiu com muita calma.

– Eu sabia que o senhor aceitaria. Eu sempre o considerei um verdadeiro amigo. O senhor vai voltar comigo agora?

– Não. Acho que será mais satisfatório se eu lhe fizer uma visita amanhã. A senhorita poderia me dar o nome e o endereço do advogado da srta. Crabtree? Talvez eu precise lhe fazer algumas perguntas.

Magdalen escreveu os dados e os passou para ele. Então se levantou e disse com bastante timidez:

– Eu... eu realmente nem sei como agradecer. Até logo.

– E o *seu* endereço?

– Que estupidez a minha. Palatine Walk, 18, Chelsea.

Eram três horas da tarde do dia seguinte quando Sir Edward Palliser se aproximou do número 18 da Palatine Walk com um passo sóbrio e cadenciado. Nesse meio-tempo, descobrira várias coisas. Fizera uma visita naquela manhã à Scotland Yard, cujo comissário-assistente era um velho amigo seu, e também entrevistara o advogado da falecida srta. Crabtree. Como resultado, obtivera uma visão mais clara das circunstâncias. Os arranjos da srta. Crabtree em relação ao dinheiro tinham sido um tanto peculiares. Ela nunca fizera uso de um talão de cheques. Em vez disso, tinha o hábito de escrever para seu advogado e pedir que certa quantia em notas de cinco libras lhe fosse disponibilizada. Era quase sempre a mesma soma. Trezentas libras quatro vezes por ano. Ela mesma ia buscá-la num carro alugado, que considerava o único meio seguro de transporte. Fora isso, nunca saía de casa.

Na Scotland Yard, Sir Edward constatou que a questão das finanças tinha sido muito cuidadosamente analisada. A srta. Crabtree morrera pouco antes de retirar sua próxima parcela de dinheiro. Segundo se podia presumir, as trezentas libras anteriores deviam ter sido gastas – ou quase gastas. Mas esse era exatamente o ponto que não se pudera determinar com facilidade. No exame das despesas da casa, logo ficava evidente que as despesas trimestrais da srta. Crabtree eram bem inferiores a trezentas libras. Por outro lado, ela tinha o hábito de mandar notas de cinco libras para os amigos e parentes necessitados. Se havia muito ou pouco dinheiro na casa no momento do assassinato, esse era um ponto discutível. Nenhuma cédula tinha sido encontrada.

Era esse ponto em particular que Sir Edward revolvia em sua mente quando se aproximou da Palatine Walk.

A porta da casa (que não tinha porão) foi aberta por uma pequena mulher idosa com expressão alerta. Ele foi conduzido a um salão duplo à esquerda do pequeno vestíbulo e ali Magdalen o recebeu. Com mais clareza do que antes, ele pôde ver os traços de tensão nervosa no rosto dela.

– A senhorita me pediu para fazer perguntas, e eu vim para fazê-las – Sir Edward disse, sorrindo, ao apertar a mão da jovem. – Em primeiro lugar, quero saber quem viu a sua tia pela última vez e exatamente que horas eram.

– Foi depois do chá... às cinco horas. Martha foi a última pessoa em companhia dela. Ela tinha feito alguns pagamentos naquela tarde e trouxe o troco e as contas para tia Lily.

– A senhorita confia em Martha?

– Ah, totalmente. Ela ficou com tia Lily por... ah, trinta anos, eu acho. Não existe pessoa mais honesta.

Sir Edward assentiu.

– Outra pergunta. Por que motivo a sua prima, a sra. Crabtree, tomou um pó para dor de cabeça?

– Bem, porque ela estava com dor de cabeça.

– Naturalmente, mas havia alguma razão específica para que ela *tivesse* uma dor de cabeça?

– Bem, de certa forma. Houve uma cena e tanto na hora do almoço. Emily é muito emotiva e hipersensível. Ela e tia Lily costumavam ter discussões às vezes.

– E elas tiveram uma no almoço?

– Sim. Tia Lily era muito exasperante com pequenas coisas. Tudo começou do nada... E de repente as duas já estavam com pedras e tijolos nas mãos... Emily dizendo todos os tipos de coisas que de modo algum ela poderia desejar de verdade... que iria sair de casa e nunca mais voltar... que cada pedaço de comida que ela comia era ressentido... ah, todos os tipos de tolice. E tia Lily disse que o quanto antes ela e o marido fizessem as malas e saíssem, tanto melhor. Mas nada do que as duas disseram foi a sério, na verdade.

– Porque o sr. e a sra. Crabtree não tinham condições financeiras para fazer as malas e partir?

– Ah, não só por isso. William gostava da tia Lily. Gostava mesmo.

– Não foi um dia de brigas, por acaso?

Magdalen ficou corada.

– O senhor está se referindo a mim? A confusão por eu querer ser manequim?

– Sua tia não concordava?

– Não.

– Por que você queria ser manequim, srta. Magdalen? Essa vida lhe parece muito atraente?

– Não, mas qualquer coisa seria melhor do que continuar vivendo aqui.

– Antes, sim. Mas a senhorita vai ter uma renda confortável agora, não vai?

– Ah, sim, é bem diferente agora.

Ela admitia isso com a máxima simplicidade.

Sir Edward sorriu, mas não insistiu no assunto. Em vez disso, falou:

– E o seu irmão? Ele teve uma briga também?

– Matthew? Ah, não...

– Então ninguém pode dizer que ele tinha um motivo para querer tirar a tia do caminho?

Sir Edward foi rápido em captar o desalento momentâneo que transpareceu no rosto dela.

– Eu tinha esquecido – ele disse casualmente. – O seu irmão devia uma boa quantia de dinheiro, não devia?

– Sim, o pobre Matthew.

– Seja como for, isso vai se resolver agora.

– Sim – ela suspirou. – Isso *é* um alívio.

E mesmo assim ela não via nada! Sir Edward mudou de assunto sem demora.

– Os seus primos e o seu irmão estão em casa?

– Sim, eu lhes contei que o senhor viria. Estão todos tão ansiosos por ajudar... Ah, Sir Edward... eu sinto, de alguma forma, que o senhor vai descobrir que está tudo bem... que nenhum de nós teve qualquer coisa a ver com isso... que o criminoso, no fim das contas, *foi* um intruso.

– Eu não posso fazer milagres. Posso tentar descobrir a verdade, mas não posso fazer com que a verdade seja o que a senhorita quer que ela seja.

– Não pode? Eu sinto que o senhor poderia fazer qualquer coisa... qualquer coisa.

Magdalen saiu da sala. Ele pensou, perturbado: "O que ela quis dizer com isso? Ela quer que eu lhe sugira uma linha de defesa? Para quem?"

Suas elucubrações foram interrompidas pela entrada de um homem com cerca de cinquenta anos de idade. Ele tinha uma constituição naturalmente poderosa, mas andava um pouco curvado. Suas roupas eram desalinhadas e seu cabelo estava penteado de um modo desleixado. Parecia ser um homem afável, mas confuso.

– Sir Edward Palliser? Ah, como vai? Magdalen me pediu para falar com o senhor. É muito bondoso da sua parte querer nos ajudar, muito embora eu ache que ninguém jamais será realmente descoberto. Quero dizer, eles não vão pegar o sujeito.

– O senhor acha que foi um ladrão, então... alguém de fora?

– Bem, deve ter sido. Não poderia ser alguém da família. Esses sujeitos são muito espertos hoje em dia, eles escalam como gatos e entram e saem como bem querem.

– Onde estava, sr. Crabtree, quando a tragédia ocorreu?

– Eu estava ocupado com os meus selos... na minha pequena sala de estar lá em cima.

– O senhor não ouviu nada?

– Não... mas também eu nunca ouço nada quando estou absorto. Muito tolo da minha parte, mas o fato é esse.

– A sala de estar à qual o senhor se refere fica em cima desta sala?

– Não, fica nos fundos.

Outra vez a porta se abriu. Entrou uma mulher pequena de cabelos claros. Suas mãos se contraíam com nervosismo. Ela parecia irritada e agitada.

– William, por que você não esperou por mim? Eu disse 'espere'.

– Desculpe, minha querida, eu me esqueci. Sir Edward Palliser... minha esposa.

– Como vai, sra. Crabtree? Espero que a senhora não se importe com a minha presença aqui para fazer algumas perguntas. Eu sei o quanto vocês todos devem estar ansiosos para ver as coisas esclarecidas.

– Naturalmente. Mas eu não posso lhe dizer nada... posso, William? Eu estava dormindo... na minha cama... eu só acordei quando Martha gritou.

Suas mãos continuavam a se contrair.

– Onde fica o seu quarto, sra. Crabtree?

– Em cima desta sala. Mas eu não ouvi nada... como poderia? Eu estava dormindo.

Sir Edward não conseguiu obter nada além disso da sra. Crabtree. Ela não sabia nada... não ouvira nada... estivera dormindo. Reiterava tudo isso com a obstinação de uma mulher assustada. Mesmo assim, Sir Edward sabia muito bem que essa poderia ser facilmente – e com certeza era – a pura verdade.

Ele afinal lhes pediu licença – disse que gostaria de fazer algumas perguntas para Martha. William Crabtree se ofereceu para levá-lo até a cozinha. No vestíbulo, Sir Edward quase colidiu com um jovem alto e moreno que caminhava rumo à porta da frente.

– Sr. Matthew Vaughan?

– Sim... mas ouça, não posso ficar. Eu tenho um compromisso.

– Matthew! – soou a voz de sua irmã da escada. – Ah, Matthew, você prometeu...

– Eu sei, mana. Mas não posso. Preciso encontrar um camarada. E, de qualquer forma, qual é o proveito de ficar falando sem parar sobre essa porcaria? A polícia já nos enche bastante com isso. Não aguento mais essa palhaçada toda.

A porta da frente bateu com força. O sr. Matthew Vaughan saíra de cena.

Sir Edward foi conduzido à cozinha. Martha estava passando roupas. Ela parou com o ferro na mão. Sir Edward fechou a porta atrás de si.

– A srta. Vaughan me pediu ajuda – ele disse. – Espero que você não tenha objeção em me responder algumas perguntas.

Ela o encarou e então balançou a cabeça.

– Nenhum deles fez isso, senhor. Eu sei o que o senhor está pensando, mas não foi nada disso. Um belo grupo de damas e cavalheiros como nunca se viu.

– Eu não tenho nenhuma dúvida disso. Mas a qualidade deles não é o que nós chamamos de evidência, claro.

– Talvez não, senhor. A lei é uma coisa engraçada. Mas tem uma evidência... como diz o senhor. Nenhum deles poderia ter cometido esse crime sem o *meu* conhecimento...

– Mas certamente...

– Eu sei do que estou falando, senhor. Pois ouça isso...

"Isso" era um rangido acima de suas cabeças.

– A escada, senhor. Toda vez que alguém sobe ou desce, a escada range de um jeito pavoroso. Não importa o quanto você vá devagar. A sra. Crabtree, ela estava deitada na cama, e o sr. Crabtree estava mexendo lá com aqueles selos imprestáveis dele, e a srta. Magdalen estava lá em cima trabalhando na máquina de costura, e se algum daqueles três tivesse descido a escada eu teria escutado. E eles não desceram!

Martha falava com uma segurança inabalável que impressionou o advogado. Ele pensou: "Uma boa testemunha. Seria um depoimento de peso".

– Você poderia não ter percebido.

– Sim, eu teria. Eu teria percebido sem perceber, por assim dizer. Como a gente percebe quando uma porta se fecha e alguém sai.

Sir Edward mudou de estratégia.

– Com isso temos três deles contabilizados, mas há uma quarta pessoa. O sr. Matthew Vaughan estava no andar de cima também?

– Não, mas ele estava no quartinho do andar de baixo. Aqui do lado. Ele estava escrevendo à máquina. Dá para ouvir muito bem daqui. A máquina dele não parou nem por um instante. Nem por um instante, senhor. Posso jurar. O barulho infernal de taque-taque é irritante, ainda por cima.

Sir Edward fez uma breve pausa.

– Foi você quem a encontrou, não foi?

– Sim, senhor, fui eu. Deitada lá com sangue no pobre cabelo dela. E ninguém ouvindo coisa nenhuma por causa do taque-taque da máquina de escrever do sr. Matthew.

– Você reafirma, então, a certeza de que ninguém entrou na casa?

– Como poderia ter entrado, senhor, sem o meu conhecimento? A campainha toca aqui na cozinha. E só tem uma porta.

Sir Edward a encarou fixamente.

– Você era muito apegada à srta. Crabtree?

Um brilho incandescente – genuíno – inconfundível – tomou conta do rosto dela.

– Sim, eu era de verdade, senhor. Se não fosse a srta. Crabtree... Bem, já estou ficando velha e não me importo de falar disso agora. Eu me meti num apuro, senhor, quando era moça, e a srta. Crabtree ficou do meu lado... me aceitou de volta no serviço, foi, sim, depois que tudo passou. Eu teria morrido por ela... teria mesmo.

Sir Edward sabia reconhecer a sinceridade quando se deparava com ela. Martha era sincera.

– Até onde você sabe, ninguém apareceu na porta...

– Ninguém poderia ter aparecido.

– Eu disse *até onde você* sabe. Mas se a srta. Crabtree estivesse esperando alguém... se ela mesma abriu a porta para esse alguém...

– Ah! – Martha pareceu desconcertada.

– Isso é possível, não é? – Sir Edward instou.

– É possível... sim... mas não é muito provável. Eu quero dizer...

Ela estava claramente desconcertada. Não podia negar o fato, e mesmo assim queria fazê-lo. Por quê? Porque sabia que a verdade estava em outro lugar. Seria isso? As quatro pessoas na casa... uma delas culpada? Será que Martha desejava proteger essa parte culpada? Será que as escadas *haviam* rangido? Alguém descera furtivamente e Martha sabia quem era esse alguém?

Ela era honesta – Sir Edward estava convencido disso.

Ele insistiu nesse ponto, observando-a.

– A srta. Crabtree poderia ter feito isso, creio eu... A janela daquela sala dá direto na rua. Ela poderia ter visto quem quer que estivesse esperando na janela e ter saído para o vestíbulo e o... ou a... deixado entrar. Poderia inclusive ter desejado que ninguém visse a pessoa.

Martha parecia estar perturbada. Ela disse por fim, com relutância:

– Sim, o senhor pode estar certo. Eu não tinha pensado nisso. Que ela estivesse esperando um cavalheiro... sim, poderia muito bem ser isso.

Era como se ela começasse a perceber vantagens na ideia.

– Você foi a última pessoa a vê-la, não foi?

– Sim, senhor. Quando eu já tinha tirado a mesa do chá. Levei os recibos das despesas para ela e o troco do dinheiro que ela tinha dado para mim.

– Ela lhe deu dinheiro em notas de cinco libras?

– Uma nota de cinco libras, senhor – Martha retrucou com uma voz chocada. – As despesas nunca chegavam perto de cinco libras. Eu sou muito cuidadosa.

– Onde ela guardava o dinheiro?

– Eu não sei ao certo, senhor. Eu diria que ela o carregava por aí consigo... na sua bolsa de veludo preto. Mas é claro que podia ter guardado numa das gavetas do quarto que ela deixava chaveadas. Ela gostava muito de trancar as coisas, mas perdia suas chaves toda hora.

Sir Edward assentiu com a cabeça.

– Você não sabe quanto dinheiro ela tinha... em notas de cinco libras, eu quero dizer?

– Não, senhor, eu não saberia dizer a exata quantia.

– E a srta. Crabtree não lhe disse nada que pudesse fazê-la imaginar que ela estava esperando alguém?

– Não, senhor.

– Você tem certeza? O que foi exatamente que ela disse?

– Bem – Martha ponderou –, ela disse que o açougueiro não passava de um patife trapaceiro, e ela disse que eu tinha comprado mais chá do que devia, cem gramas a mais, e ela disse que a sra. Crabtree era uma desatinada por não gostar de comer margarina, e ela não gostou de uma das moedinhas de seis pence que eu lhe trouxe de volta... uma dessas novas com folhas de carvalho... disse que não valia nada, e eu passei muito trabalho para convencê-la. E ela disse... ah, que o peixeiro tinha mandado hadoques em vez de pescadas, e por acaso eu tinha mencionado isso, e eu disse que tinha... e realmente acho que isso é tudo, senhor.

A fala de Martha fizera com que a dama falecida se tornasse nítida para Sir Edward como uma descrição detalhada nunca teria feito. Ele disse de modo casual:

– Uma patroa um tanto difícil de agradar, não?

– Um pouco exigente, mas vá lá, pobre coitada, ela não saía muito e, ficando confinada, precisava ter algo para se divertir. Ela era complicada mas era bondosa... nunca um mendigo na porta era mandado embora sem alguma coisa. Exigente ela pode ter sido, mas uma dama das mais caridosas.

– Fico contente, Martha, que a srta. Crabtree tenha deixado uma pessoa para sentir falta dela.

A velha criada prendeu a respiração.

– O senhor quer dizer... ah, mas todos eles gostavam dela... de verdade... no fundo. Todos levantavam a voz com ela de vez em quando, mas isso não queria dizer nada.

Sir Edward ergueu a cabeça. Houve um rangido acima.

– É a srta. Magdalen descendo.

– Como você sabe? – ele disparou.

A velha corou.

– Conheço os passos dela – murmurou.

Sir Edward deixou a cozinha rapidamente. Martha tinha razão. Magdalen acabara de chegar ao último degrau. Ela o encarou esperançosa.

– Nenhum grande avanço ainda – Sir Edward falou, respondendo ao olhar da jovem, e acrescentou: – Por acaso a senhorita sabe quais cartas a sua tia recebeu no dia do assassinato?

– Estão reunidas. A polícia examinou todas elas, é claro.

Ela seguiu na frente até a sala de visitas dupla e, deschaveando uma gaveta, tirou dali uma grande bolsa preta de veludo com um antiquado fecho de prata.

– Essa é a bolsa da minha tia. Está tudo aqui bem como estava no dia de sua morte. Não tirei nada.

Sir Edward agradeceu-lhe e tratou de despejar o conteúdo da bolsa sobre a mesa. Aquele era, ele imaginou, uma típica bolsa de uma idosa excêntrica.

Havia um trocado em moedinhas de prata, dois pedaços de gengibre, três recortes de jornal sobre a caixa de Joanna Southcott, um panfleto com um poema ordinário sobre os desempregados, um almanaque astrológico, um grande pedaço de cânfora, um par de óculos e três cartas: uma com caligrafia afilada de uma pessoa chamada "Prima Lucy", uma cobrança pelo conserto de um relógio e um pedido de uma instituição de caridade.

Sir Edward passou os olhos por tudo com muito cuidado; em seguida, recolocou na bolsa e a entregou para Magdalen com um suspiro.

– Obrigado, srta. Magdalen. Receio não haver grande coisa na bolsa.

Ele se levantou, observou que a janela proporcionava uma boa visão dos degraus da porta da frente e então pegou a mão de Magdalen.

– O senhor está indo?

– Sim.

– Mas vai... vai ficar tudo bem?

– Alguém ligado à lei jamais se compromete com uma declaração precipitada como essa – Sir Edward falou solenemente antes de escapar.

Ele foi caminhando rua abaixo, perdido em pensamentos. O enigma estava ali, em suas mãos – e ele não o solucionara. Alguma coisa estava faltando – uma coisa pequena. Só para indicar o caminho.

Uma mão pousou em seu ombro e ele se sobressaltou. Era Matthew Vaughan, um pouco sem fôlego.

– Eu estava correndo atrás do senhor, Sir Edward. Quero pedir desculpas. Por meus modos detestáveis de meia hora atrás. Mas eu receio não ter o melhor temperamento do mundo. É uma tremenda bondade sua se preocupar com esse negócio. Pergunte-me o que quiser, por favor. Se houver algo que eu possa fazer para ajudar...

De súbito, Sir Edward enrijeceu. Seu olhar se fixara – não em Matthew – mas no outro lado da rua. Um tanto perplexo, Matthew repetiu:

– Se houver algo que eu possa fazer para ajudar...

– O senhor já fez, meu caro jovem – disse Sir Edward –, parando-me neste específico lugar e, dessa maneira, fixando a minha atenção em algo que de outra forma poderia ter passado despercebido.

Ele apontou para um pequeno restaurante do outro lado da rua.

– *Os Vinte e Quatro Melros?* – Matthew perguntou num tom intrigado.

– Exatamente.

– É um nome esquisito... mas eles servem uma comida bem decente, eu creio.

– Não vou correr o risco de experimentar – disse Sir Edward. – Estando mais longe da minha infância do que o senhor, meu caro amigo, provavelmente eu me lembro melhor das minhas cantigas infantis. Há uma cantiga clássica que é assim, se eu me lembro bem: *Duas, quatro, seis moedinhas, mão enfarinhada, Vinte e quatro melros assados numa empada...* e assim por diante. O resto não é relevante para nós.

Ele girou o corpo bruscamente.

– Para onde o senhor vai? – perguntou Matthew Vaughan.

– De volta para sua casa, meu amigo.

Os dois caminharam até lá em silêncio, com Matthew Vaughan disparando olhares intrigados para o companheiro. Sir Edward entrou, foi até uma gaveta, retirou uma bolsa de veludo e abriu-a. Olhou para Matthew e o jovem saiu da sala com relutância.

Sir Edward entornou o troco de prata sobre a mesa. Então fez um gesto afirmativo com a cabeça. Sua memória não falhara.

Ele se levantou e tocou a sineta, escondendo algo na palma da mão ao mesmo tempo.

Martha respondeu à sineta.

– Você me contou, Martha, se eu me recordo bem, que teve um ligeiro desentendimento com a sua falecida patroa por causa de uma das novas moedas de seis pence.

– Sim, senhor.

– Ah! Mas o curioso, Martha, é que entre esse troco solto não há nenhuma moeda nova de seis pence. Há duas moedinhas de seis pence, mas ambas são velhas.

Ela o fitou de modo intrigado.

– Você percebe o que isso quer dizer? *Alguém de fato entrou na casa naquela noite... alguém para quem a sua patroa deu seis pence...* acho que ela deu a moeda em troca disso aqui...

Ele projetou sua mão com um movimento ágil, exibindo os versos ruins sobre o desemprego.

Observar o rosto dela por um segundo foi suficiente.

– O jogo acabou, Martha... entenda, eu sei tudo. É melhor você me contar.

Ela desabou numa cadeira – as lágrimas lhe correram pelo rosto.

– É verdade... é verdade... a campainha não tocou direito... não tive certeza, e aí achei melhor ir ver. Cheguei na porta bem quando ele derrubou a srta. Crabtree. O rolo de notas de cinco libras estava na mesa na frente dela... foi a visão das notas que o levou a fazer aquilo... isso e pensar que ela estava sozinha na casa porque ela tinha o deixado entrar. Eu não consegui gritar. Eu fiquei totalmente paralisada e aí ele se virou... e eu vi que era o meu menino... Ah, ele nunca prestou. Eu lhe dava tanto dinheiro quanto eu conseguia. Ele já esteve na cadeia duas vezes. Devia ter vindo me ver e aí a srta. Crabtree, vendo que eu não atendi a porta, foi atender ela mesma, e ele ficou surpreso e mostrou um desses folhetos de desemprego, e a patroa, sendo meio caridosa, pediu que ele entrasse e pegou uma moeda de seis pence. E o tempo inteiro aquele rolo de notas ficou parado na mesa onde tinha estado quando eu dei o troco para ela. E o diabo possuiu o meu Ben e ele chegou por trás e a derrubou.

– E depois? – Sir Edward perguntou.

– Ah, senhor, o que é que eu poderia fazer? Sangue do meu sangue. O pai dele não prestava, e o Ben puxou a ele... mas era o meu filho. Eu o enxotei, voltei até a cozinha e fui servir a ceia na hora de sempre. O senhor acha que foi muita maldade minha, senhor? Eu tentei não lhe contar mentiras quando o senhor estava me fazendo perguntas.

Sir Edward levantou-se.

– Minha pobre mulher – ele falou com voz comovida –, eu lamento muito por você. Mesmo assim, a lei terá de seguir o seu curso...

– Ele fugiu do país, senhor. Não sei onde ele está.

– Há uma chance, então, de que ele possa escapar da forca, mas não conte com isso. Você poderia chamar a srta. Magdalen para mim?

– Ah, Sir Edward. É tão maravilhoso da sua parte... o senhor é tão maravilhoso... – Magdalen disse quando ele terminara sua breve narrativa. – O senhor nos salvou a todos. Como poderei lhe agradecer?

Sir Edward sorriu para ela e lhe deu uma palmadinha na mão. Ele era o modelo de um grande homem.

A pequena Magdalen tinha sido encantadora no *Siluric*. Aquele viço dos dezessete anos... maravilhoso! Ela o perdera completamente agora, é claro.

– Quando a senhorita precisar de um amigo de novo... – ele disse.

– Vou direto ao seu encontro.

– Não, não – Sir Edward exclamou alarmado. – Isso é justamente o que eu não quero que a senhorita faça. Procure um homem mais jovem.

Ele se desembaraçou com destreza da grata família e, tendo chamado um táxi, acomodou-se no banco de trás com um suspiro de alívio. Até o tenro encanto de uma jovem de dezessete anos parecia duvidoso.

Não podia realmente se comparar com uma realmente bem equipada biblioteca de criminologia.

O táxi entrou na Queen Anne's Close.

Seu beco sem saída.

8

A aventura do sr. Eastwood

"A aventura do sr. Eastwood" foi publicado pela primeira vez como "O mistério do segundo pepino" em The Novel Magazine, *em agosto de 1924. Também apareceu mais tarde como "O mistério do xale espanhol".*

O sr. Eastwood olhou para o teto. Depois olhou para o chão. Do chão, seu olhar escalou lentamente a parede da direita. Então, com um esforço súbito e compenetrado, ele focou seu olhar outra vez na máquina de escrever diante de si.

O branco virgem da folha de papel era desfigurado por um título escrito em letras maiúsculas.

"O MISTÉRIO DO SEGUNDO PEPINO" era o que se lia. Um título satisfatório. Anthony Eastwood sentia que qualquer um que lesse esse título ficaria imediatamente intrigado e fisgado. "O mistério do segundo pepino", a pessoa diria. "Sobre o que *poderá* ser isso? Um *pepino*? O segundo *pepino*? Eu certamente preciso ler essa história." E a pessoa ficaria entusiasmada e encantada pela consumada destreza com a qual aquele mestre da ficção policial tecera uma trama emocionante em torno de um simples legume.

Tudo muito bem nesse aspecto. Anthony Eastwood sabia tão bem quanto qualquer um como deveria ser a história; o chato era que de uma forma ou de outra ele não estava conseguindo avançar. Os dois ingredientes essenciais para uma história eram um título e uma trama – o resto era mero trabalho braçal – algumas vezes o título gerava por si mesmo uma trama, por assim dizer, e depois tudo avançava de vento em popa – mas no caso presente o título continuava adornando o topo da página sem que nenhum vestígio de trama surgisse no horizonte.

Outra vez os olhos de Anthony Eastwood procuraram inspiração no teto, no chão e no papel da parede, e de novo nada se materializou.

– Vou chamar a heroína de Sonia – Anthony disse para se exortar –, Sonia ou, quem sabe, Dolores... ela terá uma pele branca como marfim... do tipo que não se deve a problemas de saúde, e olhos como lagoas insondáveis. O herói vai se chamar George, ou quem sabe John... algo curto e britânico. Depois o jardineiro... suponho que terá de haver um jardineiro, precisamos introduzir a porcaria desse pepino de uma forma ou de outra... o jardineiro poderia ser escocês, um sujeito comicamente pessimista em relação à geada precoce...

Esse método às vezes funcionava, mas não parecia estar funcionando naquela manhã. Embora Anthony conseguisse enxergar Sonia, George e o cômico jardineiro com muita clareza, eles não demonstravam nenhuma disposição de ser ativos e de fazer coisas.

"Eu poderia transformar o pepino numa banana, é claro", Anthony pensou com desespero. "Ou numa alface, ou numa couve-de-bruxelas... couve-de-bruxelas, então, que tal? Quem sabe um criptograma para *Bruxelas*... ladrão bruxelense... sinistro barão belga..."

Por um momento, pareceu surgir um raio de luz, mas o raio logo se extinguiu. O barão belga não se materializou, e Anthony recordou subitamente que geadas precoces e pepinos eram incompatíveis, o que pareceu jogar uma pá de cal nos divertidos comentários do jardineiro escocês.

– Ah, droga! – falou o sr. Eastwood.

Ele se levantou e pegou o *Daily Mail*. Era bem possível que uma pessoa qualquer tivesse topado com a morte numa circunstância que proporcionasse inspiração para um autor transpirante. Mas as notícias da manhã tratavam principalmente de política e de assuntos internacionais. O sr. Eastwood largou o jornal com desgosto.

Em seguida, pegando um romance na mesa, fechou os olhos e lançou o dedo ao acaso numa das páginas. A palavra assim indicada pelo Destino era "ovelhas". Imediatamente, com espantoso esplendor, uma história inteira se desenrolou no cérebro do sr. Eastwood. Uma jovem adorável, namorado morto na guerra, ela fica fora de si e vai cuidar de um rebanho de ovelhas nas montanhas escocesas – reencontro místico com namorado morto, efeito final com ovelhas e luar como uma pintura de academia, com a jovem caída morta na neve e *duas trilhas de pegadas...*

Era uma bela história. Anthony despertou de seu devaneio com um suspiro, balançando a cabeça. Sabia muito bem que o editor em questão não queria esse tipo de história – por mais bela que fosse. O tipo de história que ele queria e insistia em pedir (e pelo qual às vezes pagava generosamente) só girava em torno de morenas misteriosas apunhaladas no coração, um jovem herói injustamente sob suspeita, com o súbito esclarecimento do mistério e a culpa recaindo na pessoa mais improvável por meio de indícios muitíssimo inadequados... ou seja, "O MISTÉRIO DO SEGUNDO PEPINO".

"No entanto", Anthony refletiu, "aposto dez contra um que ele vai trocar o título e optar por alguma coisa infame como 'Um crime sangrento' sem sequer me consultar! Ah, que diabo esse telefone!"

Ele foi até o aparelho, irado, e puxou o receptor. Já tinha sido chamado pelo telefone duas vezes na última hora – em uma por engano e na outra para ser coagido a aceitar um convite para jantar de uma dama leviana da sociedade que ele detestava com todas as forças, mas cuja extrema pertinácia o derrotara.

– Alô! – ele rosnou no receptor.

Uma voz de mulher lhe respondeu, uma voz suave, acariciante, com um traço de sotaque estrangeiro.

– É você, meu amado? – a voz perguntou com suavidade.

– Bem... hã... eu não sei – disse o sr. Eastwood com cautela. – Quem está falando?

– Sou eu. Carmem. Ouça, meu amado. Estou sendo perseguida... em perigo... você precisa vir o quanto antes! É vida ou morte agora!

– Perdão – o sr. Eastwood falou com cortesia. – Receio que eu não seja...

A mulher interveio antes que ele pudesse completar a frase:

– *Madre de Dios!* Eles estão chegando. Se descobrirem o que eu estou fazendo, vão me matar. Não me abandone. Venha o quanto antes. Vou morrer se você não aparecer. Você sabe, Kirk Street, 320. A senha é pepino... Cuidado...

Ele ouviu o clique fraco quando ela pendurou o receptor na outra ponta.

– Ora, que diabo foi isso? – disse o sr. Eastwood atônito.

Ele se dirigiu até o pote de tabaco e encheu cuidadosamente seu cachimbo.

– Suponho – ponderou – que isso tenha sido algum efeito curioso do meu subconsciente. Ela não pode ter *dito* pepino. A coisa toda é extraordinária demais. Ela disse ou não disse pepino?

Ficou andando de um lado para o outro, irresoluto.

– Kirk Street, 320. O que pode ser essa história? Ela vai ficar esperando que o outro homem apareça. Eu gostaria de ter explicado. Kirk Street, 320. A senha é pepino... ah, impossível, absurdo... alucinação do meu cérebro agitado.

Anthony lançou um olhar malévolo para sua máquina de escrever.

– Eu gostaria de saber: você serve para quê? Fiquei olhando para você a manhã inteira, e que grande proveito eu tirei disso... Um autor deveria tirar sua trama da vida... da vida, você está ouvindo? Vou sair agora mesmo em busca de uma.

Ele enfiou um chapéu na cabeça, contemplou com afeto sua inestimável coleção de antigas peças esmaltadas e saiu do apartamento.

A Kirk Street, como sabem quase todos os londrinos, é uma rua pública longa e afastada, dedicada sobretudo aos antiquários, onde todas as espécies de mercadorias espúrias são oferecidas a preços extravagantes. Há também lojas de peças antigas de metal, de vidro, lojas decadentes de artigos de segunda mão e negociantes de roupas usadas.

O número 320 era uma loja de vidros antigos. Objetos de vidro de todos os tipos abarrotavam o estabelecimento. Anthony precisou se mover com grande cautela enquanto avançava por um corredor central ladeado por copos de vinho, com lustres e candelabros que balançavam e cintilavam acima de sua cabeça. Uma senhora muito idosa estava sentada nos fundos da loja. Ostentava um bigode nascente que muitos estudantes teriam invejado e uma expressão truculenta.

Ela olhou para Anthony e falou “Pois não?” com uma voz ameaçadora.

Anthony era um jovem que se desconcertava com bastante facilidade. No mesmo instante, ele perguntou o preço dos copos para vinho branco.

– Quarenta e cinco xelins a meia dúzia.

– Ah, não diga... – disse Anthony. – São bem bonitos, não são? Quanto custam estes objetos aqui?

– São lindos, Waterford antigo. O senhor pode levar o par por dezoito guinéus.

O sr. Eastwood sentiu que estava entrando em apuros. Dentro de um minuto já estaria comprando alguma coisa, hipnotizado pelo olhar feroz da mulher. Mesmo assim, não conseguia criar coragem para ir embora.

– E aquilo ali? – ele perguntou, apontando para um candelabro.

– Trinta e cinco guinéus.

– Ah! – retrucou o sr. Eastwood pesaroso. – Isso é bem mais do que eu posso bancar.

– O senhor quer o quê? – perguntou a velha. – Algo para um presente de casamento?

– Isso mesmo – disse Anthony, arrebatando a explicação. – Mas eles têm um gosto muito difícil.

– Ah, pois bem – disse a velha, levantando-se com um ar de determinação. – Uma boa peça de vidro antigo não dá errado com ninguém. Tenho alguns decantadores de vinho antigos aqui... e há um belo conjuntinho para licor, perfeito para uma noiva...

Pelos dez minutos seguintes, Anthony suportou verdadeiras agonias. A mulher o tinha na palma da mão. Todos os espécimes concebíveis da arte vidreira desfilavam diante dos olhos de Anthony Eastwood. Ele ficou desesperado.

– Belíssimo, belíssimo – ele exclamou perfunctoriamente, devolvendo a seu lugar um grande cálice para o qual sua atenção era forçada.

Então falou sem pensar:

– Por acaso vocês têm um telefone aqui?

– Não, não temos. Há uma cabine telefônica na agência dos correios bem ali na frente. Bem, o que o senhor me diz do cálice, ou desses ótimos copos grandes antigos?

Não sendo uma mulher, Anthony não era nem um pouco versado na arte sutil de sair de uma loja sem comprar nada.

– É melhor eu ficar com o conjunto para licor – falou melancólico.

Parecia ser a menor opção. Causava-lhe terror a perspectiva de acabar tendo de levar o candelabro.

Com amargura no coração, pagou por sua compra. E então, enquanto a velha embrulhava o pacote, a coragem subitamente lhe retornou. Afinal de contas, ela só iria considerá-lo excêntrico, e, de qualquer forma, que diabos importava o que ela pensasse?

– Pepino – ele disse com clareza e firmeza.

A velhinha fez uma pausa abrupta em suas operações de embrulho.

– Hein? O que foi que o senhor disse?

– Nada – Anthony mentiu desafiador.

– Ah! Eu achei que o senhor tivesse dito pepino.

– Foi o que eu disse – retrucou Anthony desafiador.

– Bem – falou a idosa. – Por que é que o senhor não disse antes? Desperdiçou o meu tempo. Passando aquela porta ali e subindo a escada. Ela está esperando pelo senhor.

Como num sonho, Anthony passou pela porta indicada e subiu os degraus de uma escada extremamente suja. No patamar superior havia uma porta escancarada que dava para uma minúscula sala de estar.

Sentada numa cadeira, com os olhos fixos na porta e uma expressão de ávida expectativa no rosto, havia uma jovem.

Que jovem! Ela tinha realmente a palidez de mármore sobre a qual Anthony tantas vezes escrevera. E seus olhos! Que olhos! Ela não era inglesa, isso podia ser percebido num vislumbre. Possuía uma qualidade estrangeira e exótica que se mostrava inclusive na dispendiosa simplicidade do vestido.

Anthony parou no vão da porta um tanto embaraçado. O momento das explicações parecia ter chegado. Contudo, com um grito de deleite, a jovem se levantou e se jogou em seus braços.

– Você veio – ela exclamou. – Você veio. Ah, os santos e Nossa Senhora sejam louvados.

Anthony, que nunca perdia oportunidades, retribuiu seu abraço com fervor. Ela se afastou afinal, encarando-o com uma encantadora timidez.

– Eu nunca o teria reconhecido – ela declarou. – Não teria de modo algum.

– Não? – Anthony falou com voz fraca.

– Não, até os seus olhos parecem diferentes... e você está dez vezes mais bonito do que eu jamais pensei que estaria.

– Estou?

Anthony dizia consigo: "Fique calmo, meu garoto, fique calmo. A situação está se desenvolvendo de uma maneira ótima, mas trate de não perder a cabeça".

– Posso beijá-lo de novo?

– É claro que você pode – Anthony respondeu vivamente. – Quantas vezes você quiser.

Aqui houve um interlúdio muito agradável.

"Quem diabos eu sou?", Anthony pensou. "Espero com todas as forças que o sujeito verdadeiro não apareça. Que perfeita gracinha ela é."

De súbito a jovem se afastou dele, e um terror momentâneo ficou estampado em seu rosto.

– Você não foi seguido até aqui?

– Garanto que não.

– Ah, mas eles são muito astutos. Você não os conhece tão bem quanto eu. Boris é um demônio.

– Eu logo darei um jeito em Boris para você.

– Você é um leão... sim, nada menos que um leão. Quanto a eles, são *canaille*... todos eles. Ouça, está comigo! Eles teriam me matado, se soubessem. Eu estava com medo... não sabia o que fazer, e aí pensei em você... Silêncio! O que foi isso?

Era um ruído na loja embaixo. Fazendo-lhe menção para ficar onde estava, ela foi até a escada na ponta dos pés. Retornou com um rosto pálido e olhos arregalados.

– *Madre de Dios*! É a polícia. Eles estão subindo para cá. Você tem uma faca? Um revólver? Qual dos dois?

– Minha querida garota, você não está esperando seriamente que eu mate um policial...

– Ah, mas você está louco... louco! Eles vão levá-lo e condená-lo à morte por enforcamento.

– Eles vão *o quê*? – falou o sr. Eastwood com um sentimento muito desagradável subindo e descendo pela espinha.

Passos soaram na escada.

– Aqui vêm eles – sussurrou a garota. – Negue tudo. É a única esperança.

– Isso é bem mais fácil – admitiu o sr. Eastwood em voz baixa.

Dentro de um minuto, dois homens haviam entrado na sala. Estavam vestidos à paisana, mas transpareciam uma postura oficial que revelava longo treinamento. O menor dos dois, um pequeno homem moreno com olhos cinzentos muito tranquilos, foi o porta-voz.

– Estou aqui para prendê-lo, Conrad Fleckman, pelo assassinato de Anna Rosenburg. Qualquer coisa que disser será usada como prova contra o senhor. Eis aqui o meu mandado, e o senhor fará bem nos acompanhando com calma.

Um grito meio sufocado irrompeu dos lábios da jovem. Anthony deu um passo à frente com um sorriso sereno.

– O senhor está cometendo um equívoco, inspetor – ele falou num tom afável. – O meu nome é Anthony Eastwood.

Os dois detetives não pareceram ficar nem um pouco impressionados com a declaração.

– Isso nós vamos ver mais tarde – disse um deles, aquele que ainda não falara. – Enquanto isso, o senhor vem conosco.

– Conrad – gemeu a jovem. – Conrad, não deixe que eles o levem.

Anthony olhou para os detetives.

– Vocês vão permitir, eu tenho certeza, que eu me despeça dessa jovem dama...

Com maior decência de sentimentos do que ele havia esperado, os dois homens se dirigiram até a porta. Anthony arrastou a jovem para um canto junto à janela e falou num meio-tom:

– Ouça uma coisa. O que eu disse é verdade. Não sou Conrad Fleckman. Quando você ligou nesta manhã, alguém decerto lhe passou o número errado. O meu nome é Anthony Eastwood. Eu vim atendendo à sua súplica porque... bem, eu vim.

Ela o encarou incrédula.

– Você não é Conrad Fleckman?

– Não.

– Ah! – ela exclamou com um toque acentuado de perturbação. – E eu beijei você!

– Não tem problema – o sr. Eastwood lhe garantiu. – Os cristãos primitivos faziam desse tipo de coisa uma prática. Bem sensato. Agora me ouça, eu vou pegar uma carona com esse pessoal. Logo provarei a minha identidade. Nesse meio-tempo, eles não vão incomodá-la, e você pode avisar o seu precioso Conrad. Depois...

– Sim?

– Bem... é só isso. O meu número de telefone é North-western, 1743... e tome cuidado para não pegar o número errado.

Ela lançou-lhe um olhar encantador, sorrindo entre lágrimas.

– Eu não vou esquecer... não vou esquecer de modo algum.

– Está ótimo então. Adeus. Ouça...

– Sim?

– Por falar nos cristãos primitivos... mais uma vez não teria importância, teria?

Ela jogou os braços em volta do pescoço de Anthony. Seus lábios tocaram os dele.

– Eu gosto mesmo de você... sim, eu gosto mesmo de você. Você vai se lembrar disso, aconteça o que acontecer, não vai?

Anthony soltou-se dos braços dela relutante e foi atrás de seus captores.

– Estou pronto para acompanhá-los. Não vão querer deter a jovem dama, eu suponho...

– Não, senhor, não haverá problema nenhum quanto a isso – falou com cortesia o homem pequeno.

"Sujeitos decentes, esses homens da Scotland Yard", Anthony pensou consigo, seguindo atrás deles pela escada estreita.

Não se via sinal da velha senhora na loja, mas Anthony captou uma respiração pesada por trás de uma porta nos fundos e presumiu que a mulher estivesse ali, observando os acontecimentos com cautela.

Tendo chegado à imundície da Kirk Street, Anthony respirou fundo e se dirigiu ao menor dos dois homens:

– Pois então, inspetor... o senhor é um inspetor, estou certo?

– Sim, senhor. Inspetor-detetive Verrall. Este é o sargento-detetive Carter.

– Bem, inspetor Verrall, chegou a hora de termos uma conversa sensata... e de prestar atenção também. Eu não sou esse Conrad Sei-lá-quem. O meu nome é Anthony Eastwood, como eu lhes disse, e sou um escritor profissional. Se vocês quiserem me acompanhar até o meu apartamento, creio que terei condições de convencê-los quanto à minha identidade.

Algo no tom prático com que Anthony falava pareceu impressionar os detetives. Pela primeira vez uma expressão de dúvida tomou conta do rosto de Verrall.

Carter, aparentemente, era mais difícil de persuadir.

– Não duvido – ele zombou. – Mas o senhor há de lembrar que a jovem o chamava de Conrad com grande naturalidade.

– Ah! Essa é outra questão. Não me importo de admitir a vocês dois que por... hã... razões minhas, eu estava me passando diante daquela dama por alguém chamado Conrad. Um assunto privado, vocês entendem.

– Uma história bem provável, não? – comentou Carter. – Nada disso, o senhor vem conosco. Chame aquele táxi, Joe.

Um táxi que passava foi parado e os três homens entraram. Anthony fez uma última tentativa, dirigindo-se a Verrall por ser este o mais fácil de convencer dos dois.

– Ouça uma coisa, meu caro inspetor, que mal lhes faria se vocês fossem comigo até o meu apartamento para ver se eu estou falando a verdade? Deixem o táxi esperando por minha conta se quiserem... eis uma oferta generosa! Não vai dar cinco minutos de diferença de qualquer maneira.

Verrall o observou, perscrutador.

– Eu topo – ele falou de súbito. – Por mais estranho que pareça, acredito que o senhor esteja falando a verdade. Não queremos fazer papel de bobos na delegacia prendendo o homem errado. Qual é o endereço?

– Brandenburg Mansions, 48.

Verrall se inclinou e gritou o endereço para o motorista. Os três ficaram em silêncio até chegar ao destino, quando Carter saltou e Verrall gesticulou para que Anthony o seguisse.

– Não precisamos de nenhum escândalo – ele explicou ao descer também. – Vamos entrar de modo amigável, como se o sr. Eastwood estivesse trazendo dois camaradas para casa.

Anthony ficou extremamente grato pela sugestão, e a sua opinião sobre o Departamento de Investigações Criminais ia melhorando a cada minuto.

No saguão, tiveram a sorte de encontrar Rogers, o porteiro. Anthony parou.

– Ah! Boa tarde, Rogers – comentou em tom casual.

– Boa tarde, sr. Eastwood – respondeu respeitosamente o porteiro.

Ele gostava de Anthony, que era um exemplo de generosidade nem sempre seguido por seus vizinhos.

Anthony, com o pé no primeiro degrau das escadas, fez uma pausa.

– A propósito, Rogers – falou casualmente –, há quanto tempo eu moro aqui? Eu estava justamente desenvolvendo uma pequena discussão a respeito com estes dois amigos meus.

– Deixe-me ver, senhor, deve estar chegando perto de quatro anos agora.

– Bem o que eu pensava.

Anthony lançou um olhar de triunfo para os dois detetives. Carter grunhiu, mas Verrall sorria de um lado ao outro do rosto.

– Bom, mas não o suficiente ainda, senhor – ele comentou. – Vamos subir?

Anthony abriu a porta do apartamento com sua chave. Ficou grato por lembrar que Seamark, seu criado, havia saído. Quanto menos testemunhas para essa catástrofe, tanto melhor.

A máquina de escrever estava como ele a deixara. Carter avançou até a mesa e leu o título no papel:

– "O MISTÉRIO DO SEGUNDO PEPINO" – ele disse numa voz sombria.

– Uma história minha – Anthony explicou com indiferença.

– Esse é outro bom indício, senhor – disse Verrall, assentindo com a cabeça e piscando os olhos. – A propósito, senhor, a história trata do quê? Qual *era* o mistério do segundo pepino?

– Ah, aí o senhor me pegou – disse Anthony. – O segundo pepino foi o que esteve na origem de toda essa confusão.

Carter olhava para ele com grande atenção. De repente, balançou a cabeça e deu um tapa na testa num gesto significativo.

– É maluco, o pobre rapaz – murmurou de lado, mas em voz audível.

– Pois bem, cavalheiros – falou o sr. Eastwood num tom enérgico. – Vamos ao trabalho. Eis aqui cartas endereçadas a mim, meu talão de cheques, mensagens dos meus editores. O que mais vocês querem?

Verrall examinou os papéis que Anthony empurrou para ele.

– Falando por mim, senhor – ele disse respeitosamente –, não preciso de mais nada. Estou mais do que convencido. Mas não posso assumir a responsabilidade pessoal de libertá-lo. Entenda: embora pareça evidente que o senhor esteve morando aqui sob o nome Eastwood por alguns anos, mesmo assim é possível que Conrad Fleckman e Anthony Eastwood sejam a mesma pessoa. Preciso fazer uma busca minuciosa no apartamento, colher as suas impressões digitais e telefonar para o departamento.

– Isso me parece um plano abrangente – observou Anthony. – Eu lhes garanto que vocês têm plena liberdade para tentar localizar quaisquer segredos criminosos meus.

O inspetor abriu um sorriso largo. Para um detetive, ele era uma pessoa singularmente humana.

– O senhor poderia ficar no pequeno quarto ao fim do corredor, acompanhado por Carter, enquanto eu ponho mãos à obra?

– Certo – Anthony retrucou de má vontade. – Imagino que não poderia ser o inverso, ou poderia?

– Como assim?

– Eu e o senhor e alguns uísques com soda poderíamos ocupar o quartinho enquanto nosso amigo, o sargento, se ocupa com o trabalho pesado.

– Se o senhor prefere assim...

– Prefiro mesmo.

Os dois deixaram Carter investigando com metódica destreza o conteúdo da escrivaninha. Saindo da sala, ouviram-no pegar o telefone e ligar para a Scotland Yard.

– Isso não é tão ruim assim – falou Anthony, acomodando-se ao lado de um uísque com soda e tendo atendido às necessidades do inspetor Verrall com grande hospitalidade. – Devo beber primeiro, só para lhe mostrar que o uísque não está envenenado?

O inspetor sorriu.

– É muito fora do comum tudo isso – ele comentou. – Mas sabemos uma ou outra coisa na nossa profissão. Percebi desde o começo que havíamos cometido um engano. Mas, é claro, você precisa observar todas as formalidades habituais. Não podemos fugir da burocracia, podemos, senhor?

– Acho que não – Anthony respondeu com pesar. – Mas o sargento ainda não me parece muito amigável, o senhor concorda?

– Ah, ele é um ótimo homem, o sargento-detetive Carter. O senhor teria bastante dificuldade para ludibriá-lo.

– Pude perceber isso – disse Anthony. – A propósito, inspetor – ele acrescentou –, o senhor teria qualquer objeção a me contar algo a meu próprio respeito?

– Como assim, senhor?

– Ora, o senhor não percebe que eu estou sendo devorado pela curiosidade? Quem era Anna Rosenburg, e por que eu a matei?

– O senhor vai ler tudo a respeito nos jornais de amanhã.

– Talvez amanhã eu seja eu mesmo com os dez mil anos de ontem – Anthony citou. – Eu realmente acho que o senhor poderia saciar a minha perfeitamente legítima curiosidade, inspetor. Deixe de lado a reticência oficial e me conte tudo.

– Isso não é nada comum, senhor.

– Meu caro inspetor, logo agora que estamos nos tornando quase íntimos?

– Bem, senhor, Anna Rosenburg era uma judia alemã que morava em Hampstead. Sem nenhum meio visível de subsistência, a cada ano ela ficava mais e mais rica.

– Comigo é justamente o contrário – Anthony comentou. – Eu tenho um meio visível de subsistência e a cada ano fico mais e mais pobre. Talvez eu me saísse melhor se morasse em Hampstead. Sempre ouvi falar que Hampstead é muito estimulante.

– A certa altura – continuou Verrall –, ela foi negociante de roupas de segunda mão...

– Então está explicado – interrompeu Anthony. – Eu me lembro de quando vendi o meu uniforme depois da guerra... não o cáqui, o outro. O apartamento todo estava cheio de calças vermelhas e galões dourados, dispostos para chamar atenção. Um homem gordo de terno xadrez chegou num Rolls-Royce acompanhado por um ajudante com mala e tudo. Ofereceu uma libra e dez pelo lote. No fim eu juntei um casaco de caça e os meus binóculos Zeiss para fechar duas libras; mediante um sinal, o ajudante abriu a mala e enfiou para dentro as mercadorias, e o homem gordo me estendeu uma nota de dez libras e me pediu o troco.

– Cerca de dez anos atrás – o inspetor continuou –, havia diversos refugiados políticos espanhóis em Londres, entre eles um certo Don Fernando Ferrarez com sua jovem esposa e uma filha. Eram muito pobres, e a mulher era doente. Anna Rosenburg foi ao lugar onde estavam alojados e perguntou se tinham alguma coisa para vender. Don Fernando não estava em casa, e sua esposa decidiu se desfazer de um magnífico xale espanhol, bordado de uma maneira maravilhosa, que havia sido um dos últimos presentes que ela ganhara do marido antes da fuga da Espanha. Quando Don Fernando voltou, explodiu num ataque de fúria sabendo que o xale tinha sido vendido e tentou em vão recuperá-lo. Quando por fim conseguiu encontrar a tal mulher das roupas de segunda mão, ela declarou que revendera o xale para uma pessoa cujo nome não sabia. Don Fernando entrou em desespero. Dois meses mais tarde, ele foi esfaqueado na rua e morreu em consequência dos ferimentos. Dessa época em diante, Anna Rosenburg pareceu suspeitosamente nadar em dinheiro. Nos anos que se seguiram, sua casa foi arrombada não menos do que oito vezes. Quatro das tentativas foram frustradas e nada foi levado; nas outras quatro ocasiões, um xale bordado de certo tipo constou do butim.

O inspetor fez uma pausa e então prosseguiu, obedecendo a um gesto de urgência de Anthony:

– Uma semana atrás, Carmen Ferrarez, a jovem filha de Don Fernando, chegou ao país vindo de um convento na França. Seu primeiro ato foi procurar Anna Rosenburg em Hampstead. Ali, segundo se diz, houve uma cena violenta entre ela e a velha senhora, e suas palavras na saída foram ouvidas de longe por um dos criados. "A senhora está com ele ainda", ela exclamou. "Ao longo de todos esses anos a senhora ficou rica com ele... mas eu lhe digo solenemente que no final ele lhe trará má sorte. A senhora não tem nenhum direito moral para tê-lo, e chegará o dia em que desejará jamais ter visto o Xale das Mil Flores." Três dias depois, Carmen Ferrarez desapareceu misteriosamente do hotel em que estava hospedada. Em seu quarto foram encontrados um nome e um endereço... o nome de Conrad Fleckman e também um bilhete de um homem alegando ser negociante de antiguidades e perguntando se ela estava disposta a se desfazer de certo xale bordado que, segundo ele acreditava, encontrava-se em posse dela. O endereço indicado no bilhete era falso. É claro que o xale é o centro do mistério todo. Ontem pela manhã, Conrad Fleckman visitou Anna Rosenburg. Ela ficou trancada com o homem por uma hora ou mais e, quando Fleckman saiu, precisou se deitar, tão branca e abalada ficara com a conversa. Mas deixou ordens de que, caso ele aparecesse de novo para falar com ela, devia ser admitido a qualquer momento. Ontem à noite, Anna Rosenburg se levantou e saiu por volta das nove da noite e não retornou. Foi encontrada nesta manhã na casa ocupada por Conrad Fleckman, apunhalada no coração. No chão, ao lado do corpo, havia... o que o senhor acha?

– O xale? – arquejou Anthony. – O Xale das Mil Flores.

– Algo bem mais horripilante do que isso. Algo que explicou todo aquele negócio misterioso do xale e esclareceu seu valor oculto... Perdão, imagino que seja o chefe...

Soara, de fato, um toque na campainha. Anthony conteve sua impaciência na medida do possível e esperou pelo retorno do inspetor. Sentia-se bastante à vontade sobre sua situação no momento. Assim que colhessem as impressões digitais, perceberiam o equívoco.

E depois, talvez, Carmen ligasse...

O Xale das Mil Flores! Que história estranha... justamente o tipo de história que formaria o cenário apropriado para aquela beleza morena e exótica da jovem.

Carmen Ferrarez...

Anthony se sacudiu para despertar do devaneio. O inspetor estava levando muito tempo. Ele se levantou e abriu a porta. O apartamento estava estranhamente silencioso. Será que eles tinham ido embora? Certamente não teriam saído sem uma palavra de despedida.

Ele seguiu para o quarto ao lado. Vazio – e o mesmo se dava com a sala de estar. Estranhamente vazia! E bagunçada. Céus! Suas peças esmaltadas – as pratarias!

Ele correu de maneira desvairada pelo apartamento. A mesma história em todos os cantos. O lugar havia sido depenado. Todo objeto de valor – e Anthony tinha um belo gosto de colecionador para pequenos objetos – fora levado.

Com um gemido, Anthony cambaleou até uma cadeira, a cabeça nas mãos. Foi despertado por um toque na campainha da porta da frente. Ele abriu-a e deparou-se com Rogers.

– Peço perdão, senhor – disse Rogers –, mas os cavalheiros imaginaram que o senhor pudesse estar precisando de alguma coisa.

– Os cavalheiros?

– Aqueles dois amigos seus, senhor. Eu lhes dei ajuda com os pacotes o melhor que pude. Muita sorte eu ter aquelas duas ótimas caixas no porão – e seus olhos fitaram o chão. – Eu limpei a palha o melhor que pude, senhor.

– Você empacotou as coisas aqui? – gemeu Anthony.

– Sim, senhor. Não era do seu desejo, senhor? Foi o cavalheiro alto que me pediu, senhor, e, vendo que o senhor estava ocupado falando com o outro cavalheiro no quartinho dos fundos, eu não quis incomodar.

– Eu não estava falando com ele – disse Anthony. – Ele estava falando comigo... maldito seja.

Rogers tossiu.

– Garanto que lamento muito pela necessidade, senhor – ele murmurou.

– Necessidade?

– De se desfazer dos seus pequenos tesouros, senhor.

– Hein? Ah, sim. Ha, ha! – ele soltou um riso desconsolado. – Eles já se foram de carro a essa altura, estou certo? Aqueles... aqueles amigos meus, eu quero dizer...

– Ah, sim, senhor, já faz algum tempo. Eu coloquei as caixas no táxi e o cavalheiro alto subiu a escada de novo e depois os dois desceram correndo e partiram sem demora... Perdão, senhor, mas houve algo de errado?

Era muito natural que Rogers fizesse tal pergunta. O gemido fundo que Anthony emitiu teria despertado desconfiança em qualquer situação.

– Houve tudo de errado, obrigado, Rogers. Mas eu vejo com clareza que não foi culpa sua. Você pode ir, preciso usar meu telefone para uma conversa particular.

Cinco minutos mais tarde, Anthony já despejava sua história nos ouvidos do inspetor Driver, que estava sentado diante dele com um caderno de anotações na mão. Um homem nada simpático, aquele inspetor Driver, e nem de longe (Anthony refletiu) parecia um inspetor de verdade! Distintamente teatral, de fato. Outro exemplo notável da superioridade da Arte sobre a Natureza.

Anthony chegou ao fim de sua narração. O inspetor fechou seu caderno.

– E então? – Anthony falou com ânsia.

– Claro como água – disse o inspetor. – É a gangue Patterson. Eles fizeram vários trabalhos espertos nos últimos tempos. Um homem alto e louro, um homem pequeno e moreno e uma jovem.

– Uma jovem?

– Sim, morena e de uma beleza estonteante. Costuma agir como isca.

– Uma... uma jovem espanhola?

– Ela poderia se passar por uma espanhola. Nasceu em Hampstead.

– Eu *disse* que era um lugar estimulante – Anthony murmurou.

– Sim, está mais do que claro – disse o inspetor, levantando-se para partir. – Ela pegou o senhor no telefone e lhe passou uma lorota... acertou na mosca que o senhor não deixaria de ir. Então procurou a velha Gibson, que não tem escrúpulos em aceitar uma gorjeta pelo uso de sua sala por gente que julga embaraçosos os encontros em público... amantes, o senhor entende, nada de criminoso. Depois o senhor cai na lábia toda, eles o trazem de volta para cá e, enquanto um dos dois lhe conta uma lorota, o outro se manda com a pilhagem. São os Patterson, sim... é bem o estilo deles.

– E as minhas coisas? – Anthony perguntou com ânsia.

– Faremos o possível, senhor. Mas os Patterson são de uma esperteza fora do comum.

– Parecem ser – falou Anthony amargo.

O inspetor partiu e, mal saíra de vista, houve um toque na campainha da porta. Anthony abriu-a. Deparou-se com um menino que segurava um embrulho.

– Encomenda para o senhor.

Anthony o pegou com certa surpresa. Não estava esperando nenhuma espécie de encomenda. Voltando até a sala de estar com o embrulho, cortou o barbante.

Era o conjunto para licor!

– Droga! – exclamou Anthony.

Então notou que no fundo de uma das taças havia uma minúscula rosa artificial. Seu pensamento voltou à salinha do segundo andar na Kirk Street.

"Eu gosto mesmo de você... sim, eu gosto mesmo de você. Você vai se lembrar disso, aconteça o que acontecer, não vai?"

Isso era o que ela dissera. *Aconteça o que acontecer...* Será que ela queria dizer...

Anthony se conteve com firmeza.

– Nem pensar – censurou-se.

Seus olhos pousaram na máquina de escrever, e ele se sentou com uma expressão resoluta.

O MISTÉRIO DO SEGUNDO PEPINO

Seu rosto se mostrou sonhador outra vez. O Xale das Mil Flores. O que era o objeto encontrado no chão ao lado do cadáver? A coisa horripilante que explicava o mistério todo?

Nada, é claro, visto que se tratava somente de uma história forjada para prender sua atenção, e o narrador usara o velho truque de *As mil e uma noites* de interromper a fábula no ponto mais interessante. Mas não poderia existir uma coisa horripilante que explicasse o mistério todo? Ora, não poderia? Se a pessoa se dedicasse ao assunto?

Anthony arrancou a folha de papel de sua máquina de escrever e a substituiu por outra. Escreveu um título:

O MISTÉRIO DO XALE ESPANHOL

Examinou as palavras em silêncio por alguns instantes.

Então começou a escrever rapidamente...

9

Philomel Cottage

"Philomel Cottage" foi publicado pela primeira vez na Grand Magazine, *em novembro de 1924.*

– Até logo, querida.

– Até logo, meu amor.

Alix Martin, inclinada sobre o pequeno portão rústico, ficou observando a figura cada vez menor de seu marido, que caminhava pela estrada na direção do vilarejo.

Pouco depois, ele seguiu por uma curva e sumiu de vista, mas Alix permaneceu na mesma posição, distraidamente alisando um cacho do farto cabelo castanho que o vento lhe soprara no rosto, os olhos distantes e sonhadores.

Alix Martin não era bonita – nem mesmo, estritamente falando, bem-apessoada. Mas seu rosto, o rosto de uma mulher que já deixara para trás sua primeira juventude, mostrava-se suavizado e radiante a tal ponto que seus antigos colegas dos velhos tempos do escritório dificilmente a teriam reconhecido. A srta. Alix King havia sido uma jovem elegante, metódica, eficiente, ligeiramente rude nos modos, obviamente capacitada e prática.

Alix se formara na dura escola da vida. Durante quinze anos, dos dezoito aos 33, ela se sustentara (bem como a uma mãe inválida por sete anos desse período) com seu trabalho como estenotipista. A luta pela sobrevivência era o que havia endurecido as linhas suaves do seu rosto de mocinha.

É verdade, houvera um romance – uma espécie de romance – com Dick Windyford, um colega do escritório. Muito feminina em seu íntimo, Alix sempre soubera, sem parecer saber, que o jovem gostava dela. Nas aparências, tinham sido amigos e nada mais. Com seu mísero salário, Dick fizera um esforço gigantesco para pagar os estudos de um irmão mais novo. De momento, não podia pensar em casamento.

Então, de súbito, a libertação da labuta diária fora obtida da maneira mais inesperada. Uma prima distante morrera deixando-lhe dinheiro – poucos milhares de libras, o bastante para render algumas centenas por ano. Para Alix, isso era a liberdade, a vida, a independência. Agora, ela e Dick não precisavam esperar mais.

Mas Dick reagira de modo inesperado. Ele jamais havia falado abertamente de seu amor por Alix; agora, parecia menos inclinado a fazê-lo do que nunca. Passou a evitá-la, tornou-se melancólico e sombrio. Alix não demorou para compreender a verdade. Ela se tornara uma mulher de posses. O orgulho e o melindre se colocavam como obstáculo para um pedido de casamento por parte de Dick.

Alix não gostou menos dele por causa disso, e de fato deliberava se não deveria dar o primeiro passo quando, pela segunda vez, o inesperado lhe aconteceu.

Ela conheceu Gerald Martin na casa de uma amiga. Ele se apaixonou violentamente por ela e dentro de uma semana os dois estavam noivos. Alix, que nunca se considerara "do tipo que cai de amores", perdeu o chão de imediato.

Sem querer, encontrara o modo de atiçar seu antigo enamorado. Dick Windyford a procurara gaguejando de fúria e raiva.

– O sujeito é um perfeito estranho! Você não sabe nada sobre ele!

– Eu sei que o amo.

– Como pode saber... em uma semana?

– Nem todo mundo leva onze anos para descobrir que está apaixonado por uma garota – Alix exclamou com raiva.

O rosto dele ficou branco.

– Eu gostei de você desde o momento em que a conheci. Achava que você sentisse o mesmo.

Alix foi sincera.

– Eu achava também – ela admitiu. – Mas isso só acontecia porque eu não sabia o que era o amor.

Então Dick explodiu de novo. Rogos, súplicas, até mesmo ameaças – ameaças contra o homem que o suplantara. Era espantoso, para Alix, vislumbrar o vulcão que existia sob a reserva exterior do homem que ela pensara conhecer tão bem.

Seus pensamentos voltavam a essa conversa naquele momento, naquela manhã ensolarada, enquanto ela se apoiava no portão do chalé. Estava casada fazia um mês e vivia uma felicidade idílica. Contudo, na ausência momentânea do marido que lhe era tudo, um traço de ansiedade invadia sua felicidade perfeita. E a causa dessa ansiedade era Dick Windyford.

Três vezes desde o casamento ela sonhara o mesmo sonho. O ambiente mudava, mas os fatos principais eram sempre os mesmos. *Ela via seu marido deitado no chão morto, e Dick Windyford parado acima dele, e sabia com distinta clareza que era dele a mão que desferira o golpe fatal.*

Mas, por mais horrível que isso fosse, havia uma coisa mais horrível ainda – horrível, isto é, no despertar, pois no sonho aquilo parecia perfeitamente natural e inevitável. *Ela, Alix Martin, ficava contente por ver o marido morto;* estendia as mãos agradecidas para o assassino e por vezes lhe agradecia. O sonho sempre terminava da mesma maneira, com ela se agarrando aos braços de Dick Windyford.

Ela não mencionara tais sonhos para o marido, mas, em segredo, ficara mais perturbada do que gostaria de admitir. Seria um aviso? Um aviso contra Dick Windyford?

Alix acordou de seus devaneios com o ríspido toque do telefone no interior da casa. Entrou no chalé e pegou o receptor. Num movimento repentino, cambaleou e se apoiou com a mão na parede.

– Quem é mesmo que está falando?

– Ora, Alix, qual é o problema com a sua voz? Eu não a teria reconhecido. É Dick.

– Ah! – disse Alix. – Ah! Onde... onde está você?

– Eu estou no Traveller's Arms... esse é o nome certo, não é? Ou você nem mesmo sabe da existência do pub do seu vilarejo? Estou de férias... pescando um pouco por aqui. Alguma objeção se eu aparecer para visitar o belo casal hoje à noite, depois do jantar?

– Não – Alix retrucou com rispidez. – Você não deve vir.

Houve uma pausa, e então a voz de Dick, transparecendo uma sutil alteração, manifestou-se de novo.

– Eu lhe peço desculpas – ele falou com formalidade. – É claro que eu não vou incomodá-los...

Alix o interrompeu às pressas. É claro, ele decerto iria considerar o seu comportamento extraordinário. E *era* extraordinário. Seus nervos só podiam estar em frangalhos.

– Eu só estava querendo dizer que nós tínhamos... um compromisso hoje à noite – ela explicou, tentando fazer com que sua voz soasse tão natural quanto possível. – Você não gostaria... você não gostaria de jantar conosco amanhã à noite?

Mas Dick, era evidente, havia notado a falta de cordialidade no seu tom.

– Muito obrigado – ele falou com a mesma voz formal. – Mas pode ser que eu vá embora a qualquer momento. Depende de um camarada meu aparecer ou não. Até logo, Alix.

Ele fez uma pausa e então acrescentou às pressas, num tom diferente:

– Tudo de bom para você, minha querida.

Alix pendurou o receptor no gancho com um sentimento de alívio.

– Ele não pode vir aqui – ela repetiu consigo. – Ele não pode vir aqui. Ah! Que tola eu sou! Imaginar uma situação como essa para mim. Mesmo assim, fico contente por ele não vir.

Ela pegou um rústico chapéu de junco numa mesa e saiu de novo para o jardim, parando para contemplar o nome entalhado no alpendre: Philomel Cottage.*

– Não é um nome extravagante demais? – ela comentara com Gerald certa vez, quando ainda não estavam casados.

Ele dera uma risada.

– Minha pequena londrina – ele falou com carinho. – Não creio que algum dia você tenha escutado um rouxinol. Fico contente por isso. Os rouxinóis só deveriam cantar para os apaixonados. Nós vamos ouvi-los juntos nas noites de verão no jardim da nossa própria casa.

E, diante da recordação de como eles de fato haviam escutado os rouxinóis, Alix, parada no vão da porta de sua casa, corou com alegria.

Tinha sido Gerald quem encontrara Philomel Cottage. Havia corrido ao encontro de Alix transbordando de entusiasmo. Encontrara o lugar ideal para eles – sem igual – uma joia – uma oportunidade única na vida. E

* O nome do chalé remete a Filomela, transformada em rouxinol na mitologia grega. (N.T.)

quando Alix o vira, ficara cativada na mesma medida. Era verdade que a localização era um tanto isolada – eles estavam a três quilômetros do vilarejo mais próximo –, mas o chalé em si era tão primoroso, com seu aspecto antiquado e com o sólido conforto dos banheiros, do sistema de água quente, da luz elétrica e do telefone, que ela sucumbira imediatamente ao seu charme. E então surgira o empecilho. O proprietário, um homem rico com certos caprichos em relação ao chalé, não quis alugá-lo. Só aceitava vendê-lo.

Gerald Martin, embora possuísse uma boa renda, não tinha condições de tocar em seu capital. Podia levantar no máximo mil libras. O proprietário pedia três. Mas Alix, que se apaixonara pela casa, veio em seu socorro. Seu próprio capital, em títulos ao portador, seria disponibilizado com facilidade. Ela contribuiria com metade desse montante para comprar a casa. Então Philomel Cottage se tornou a casa deles, e Alix nunca, sequer por um minuto, arrependera-se da escolha. Era inegável que os criados não apreciavam a solidão do campo – na verdade, naquele momento eles não tinham nenhum em absoluto –, mas Alix, que estava carente de vida doméstica, desfrutava com grande prazer preparar pequenas e saborosas refeições e tomar conta da casa.

O jardim, que era magnificamente abastecido de flores, era cuidado por um velho do vilarejo que vinha duas vezes por semana.

Fazendo a volta no canto da casa, Alix ficou surpresa por ver o velho jardineiro em questão atarefado com os canteiros de flores. Ficou surpresa porque seus dias de trabalho eram as segundas e as sextas-feiras, e hoje era quarta-feira.

– Ora, George, o que é que você está fazendo aqui? – ela perguntou, avançando na direção do jardineiro.

O velho se endireitou com uma risadinha, tocando a aba do quepe desgastado pelo tempo.

– Eu sabia que a senhora ia ficar surpresa, dona. Mas é o seguinte. Vai ter uma festa do senhorio na sexta, e eu falei aqui comigo, eu falei, nem o sr. Martin nem sua boa senhora não vão achar ruim se eu for uma vez na quarta em vez da sexta.

– Não há problema nenhum – disse Alix. – Espero que você se divirta na festa.

– Tô planejando isso – George falou com simplicidade. – É uma coisa muito boa você poder encher a barriga e saber o tempo todo que não é você quem tá pagando tudo. O senhorio sempre coloca uma mesa de chá pros inquilinos com tudo a que eles têm direito. Aí eu pensei também, dona, que eu podia muito bem falar com a senhora antes que a senhora fosse embora, pra saber as suas ordens pros canteiros. A senhora por acaso não tem nenhuma ideia de quando vai voltar, dona?

– Mas eu não estou indo para lugar nenhum.

George arregalou os olhos.

– Mas a senhora não vai pra Londres amanhã?

– Não. Como foi que essa ideia entrou na sua cabeça?

George esticou a cabeça por cima do ombro.

– Encontrei o patrão lá no vilarejo ontem. Ele me disse que tava indo com a senhora pra Londres amanhã e que não era certo quando é que voltavam de novo.

– Bobagem – disse Alix, rindo. – Você deve ter entendido mal.

Mesmo assim, ela se perguntou o que Gerald poderia ter dito exatamente para levar o velho a um equívoco tão curioso. Indo para Londres? Ela não queria voltar para Londres nunca mais.

– Eu odeio Londres – ela falou de modo áspero e repentino.

– Ah! – George disse placidamente. – Eu devo ter desentendido de algum jeito, só que ele falou com todas as letras, foi o que me pareceu. Fico feliz que a senhora não vai sair daqui... Não aguento essa vadiagem toda, e Londres pra mim não é nada. *Eu* nunca precisei ir pra lá. Muito carro de motor... esse é o problema hoje em dia. Uma vez que a pessoa comprou um carro de motor, quero ver se ela vai conseguir ficar parada em qualquer lugar. O sr. Ames, que era o dono desta casa aqui, era um cavalheiro bem tranquilo e sossegado até que comprou um desses troços. Não tinha o carro não fazia nem um mês e já colocou o chalé pra vender. Uma bela quantia que ele gastou aqui ainda por cima, com torneiras em todos os quartos, e a luz elétrica e tudo mais. "O senhor nunca mais vai ver o seu dinheiro de volta", eu falei pra ele. "Mas, George", ele falou pra mim, "vou ver cada moedinha das duas mil libras por esta casa". E é claro que ele viu.

– Ele ganhou três mil – Alix disse sorrindo.

– Duas mil – repetiu George. – A soma que ele tava pedindo foi mencionada na época.

– O valor foi realmente três mil – disse Alix.

– As mulheres nunca se dão bem com números – falou George, sem se deixar convencer. – A senhora não vai me dizer que o sr. Ames teve o descaramento de lhe dizer na sua frente, em voz alta, três mil?

– Não foi comigo que ele falou – disse Alix. – Ele tratou disso com o meu marido.

George se agachou de novo em seu canteiro de flores.

– O preço era duas mil libras – ele insistiu.

Alix não fez questão de argumentar. Deslocando-se até um dos canteiros mais distantes, começou a colher uma braçada de flores.

Enquanto se dirigia para casa com seu ramalhete perfumado, Alix notou um pequeno objeto verde-escuro espiando por entre a folhagem num dos canteiros. Ela se agachou e o apanhou, reconhecendo que se tratava do diário de bolso do seu marido.

Alix o abriu, passando os olhos pelos apontamentos com certo divertimento. Praticamente desde o início da vida conjugal, ela constatara que o impulsivo e emocional Gerald possuía como virtudes incomuns a ordem e o método. Era exigente ao extremo quanto à pontualidade das refeições e sempre planejava seu dia de antemão – com a meticulosidade de um cronograma.

Folheando o diário, ela se divertiu ao ler o registro do dia 14 de maio: "Casar com Alix, St. Peter's, 2h30".

– Que grande bobo – Alix murmurou consigo, virando as páginas.

De repente, parou.

– Quarta-feira, 18 de junho... ora, é hoje.

No espaço reservado para esse dia, Gerald escrevera em sua caligrafia esmerada: "Nove da noite". Nada mais. "O que é que Gerald planejara fazer às nove da noite?", Alix perguntou-se. Ela sorriu consigo ao constatar que, fosse essa uma história como aquelas que tantas vezes lera, o diário por certo lhe teria fornecido alguma revelação sensacional. Haveria nele, sem dúvida, o nome de outra mulher. Ela folheou as páginas anteriores ao acaso. Havia datas, compromissos, referências cifradas a negócios, mas um único nome de mulher – seu próprio nome.

No entanto, enquanto enfiava o caderno no bolso e seguia com suas flores até a casa, Alix sentia no fundo uma vaga inquietação. Aquelas palavras de Dick Windyford lhe retornaram aos ouvidos como se ele estivesse a seu lado repetindo-as: "O sujeito é um perfeito estranho. Você não sabe nada sobre ele."

Era verdade. O que é que ela sabia sobre o seu marido? Afinal de contas, Gerald tinha quarenta anos. Em quarenta anos, outras mulheres decerto haviam passado por sua vida...

Alix sacudiu a cabeça impaciente. Não devia dar vazão a tais pensamentos. Ela tinha uma preocupação bem mais urgente com a qual lidar. Deveria ou não deveria contar a seu marido que Dick Windyford ligara para ela?

Era preciso considerar a possibilidade de que Gerald já tivesse topado com ele no vilarejo. Porém, nesse caso, ele por certo lhe mencionaria o encontro imediatamente ao retornar, e aquele já não seria um problema dela. Caso contrário – o quê? Alix percebeu um distinto desejo de não dizer nada sobre o assunto.

Se lhe contasse, ele por certo haveria de sugerir que convidassem Dick Windyford para visitá-los em Philomel Cottage. Aí ela teria de explicar que o próprio Dick se convidara e que ela inventara uma desculpa para impedir sua visita. E quando Gerald perguntasse por que motivo ela fizera isso, o que é que ela poderia dizer? Contar-lhe o sonho? Mas ele riria... ou, pior, veria que ela dava ao sonho uma importância que ele não dava.

No fim, um tanto envergonhada, Alix decidiu não dizer nada. Era o primeiro segredo que ela já guardara de seu marido, e a consciência do fato a deixava pouco à vontade.

Quando ouviu que Gerald havia retornado do vilarejo, pouco antes do almoço, correu até a cozinha e fez de conta que se ocupava com o preparo da comida de modo a esconder sua confusão.

Ficou logo evidente que Gerald não vira sinal nenhum de Dick Windyford. Alix ficou ao mesmo tempo aliviada e embaraçada. Estava definitivamente comprometida, agora, com um plano de ocultação.

Foi só depois da simples refeição noturna, quando já estavam sentados na sala de estar encimada por vigas de carvalho, com as janelas abertas para deixar entrar o doce ar noturno perfumado de malva e goiveiro-branco que se intensificava do lado de fora, que Alix se lembrou do diário de bolso.

– Eis aqui uma coisa com a qual você andou regando as flores – ela disse, jogando o caderno no colo do marido.

– Deixei cair no canteiro, é isso?

– Sim; eu sei todos os seus segredos agora.

– Eu sou inocente – disse Gerald, balançando a cabeça.

– E quanto ao seu compromisso para hoje às nove?

– Ah!, isso... – ele pareceu desconcertado por um momento, depois sorriu como se algo lhe proporcionasse um particular divertimento. – É um compromisso com uma jovem particularmente especial, Alix. Ela tem cabelos castanhos e olhos azuis e uma peculiar semelhança com você.

– Não estou entendendo – falou Alix com uma severidade zombeteira. – Você está fugindo do assunto.

– Não, não estou. Para falar a verdade, isso é um lembrete de que eu vou revelar alguns negativos esta noite, e eu quero que você me ajude.

Gerald Martin era um fotógrafo entusiasta. Ele tinha uma câmera um tanto antiquada, mas com ótima lente, e revelava suas próprias chapas num pequeno porão que havia montado como câmara escura.

– E você precisa fazer isso precisamente às nove horas – Alix disse para provocá-lo.

Gerald pareceu ficar um pouco vexado.

– Minha querida garota – ele falou com um leve toque de impertinência em sua postura –, todo mundo sempre deveria planejar as coisas com horários definidos. Assim a pessoa leva o trabalho a cabo adequadamente.

Alix ficou em silêncio por alguns instantes, observando o marido, que fumava recostado na cadeira, com a cabeça morena jogada para trás e as linhas bem definidas do rosto barbeado se destacando contra o fundo escuro. E de repente, surgindo de uma origem desconhecida, uma onda de pânico tomou conta de Alix, de modo que ela exclamou antes que pudesse se deter:

– Ah, Gerald, eu gostaria de conhecer você melhor!

Seu marido lhe dirigiu um semblante atônito.

– Mas, minha querida Alix, você sabe tudo a meu respeito. Eu lhe falei da minha infância em Northumberland, da minha vida na África do Sul e desses últimos dez anos no Canadá nos quais eu tive sucesso.

– Ah, negócios!

Gerald riu de súbito.

– Eu sei o que você está querendo dizer: casos de amor. Vocês, mulheres, são todas iguais. Só ficam interessadas no elemento pessoal.

Alix sentiu a garganta secar enquanto murmurava de modo indistinto:

– Bem, mas devem ter existido... casos de amor. Eu quero dizer... Se ao menos eu soubesse...

Houve um silêncio de novo por alguns instantes. Gerald Martin franziu a testa, uma expressão indecisa no rosto.

Quando falou, seu tom era grave, sem nenhum vestígio do gracejo anterior.

– Você acha sensato, Alix... esse... esse negócio de quarto proibido do Barba Azul? Existiram mulheres na minha vida, sim. Não nego. Você nem acreditaria em mim se eu negasse. Mas posso lhe jurar do fundo do coração que nenhuma delas significou qualquer coisa para mim.

Havia um timbre de sinceridade em sua voz que confortou a esposa ouvinte.

– Satisfeita, Alix? – ele perguntou sorrindo para então a olhar com um leve toque de curiosidade. – O que foi que colocou esses assuntos desagradáveis na sua mente justamente na noite de hoje?

Alix se levantou e começou a caminhar de um lado para o outro inquieta.

– Ah, eu não sei – ela disse. – Estive nervosa o dia inteiro.

– Isso é estranho – Gerald falou em voz baixa, como se falasse consigo mesmo. – Isso é muito estranho.

– É estranho por quê?

– Ah, minha querida garota, não precisa explodir comigo desse jeito. Eu só falei que era estranho porque você costuma ser tão serena e doce...

Alix forçou um sorriso.

– Tudo conspirou para me aborrecer hoje – ela confessou. – Até o velho George meteu na cabeça uma ideia ridícula de que nós estávamos indo embora para Londres. Ele me disse que você mesmo lhe contara isso.

– Onde foi que você o viu? – Gerald perguntou abrupto.

– Ele veio trabalhar hoje em vez de sexta-feira.

– Maldito velho idiota! – Gerald exclamou com raiva.

Alix o encarou com surpresa. O rosto do marido estava convulsionado de fúria. Ela nunca o vira tão enraivecido. Percebendo seu assombro, Gerald esforçou-se para recuperar o autocontrole.

– Bem, ele é mesmo um maldito velho idiota – protestou.

– O que será que você lhe disse para fazê-lo pensar isso?

– Eu? Eu não disse nada em absoluto. Pelo menos... Ah, sim, lembrei. Eu fiz uma piada sem graça sobre "partir para Londres pela manhã" e ele deve ter levado a sério. Ou então não ouviu direito. Você esclareceu tudo, é claro...

Gerald esperou ansiosamente pela resposta.

– É claro, mas ele é o tipo de velho que quando enfia uma ideia na cabeça... bem, não é tão fácil tirar dali de novo.

Alix lhe contou então sobre a insistência de George quanto à soma pedida pelo chalé.

Gerald ficou em silêncio por alguns momentos e disse devagar:

– Ames estava disposto a receber duas mil libras em dinheiro e as mil libras restantes em hipoteca. Essa é a origem da confusão, eu imagino.

– É bem provável – concordou Alix.

Então ela levantou os olhos e apontou para o relógio com um dedo malicioso.

– Já deveríamos estar colocando mãos à obra, Gerald. Cinco minutos de atraso.

Um sorriso muito peculiar passou pelo rosto de Gerald Martin.

– Mudei de ideia – disse com calma. – Não quero saber de fotografia nesta noite.

A mente de uma mulher é uma coisa curiosa. Quando Alix se deitou naquela noite de quarta, sua mente estava satisfeita e sossegada. Sua felicidade momentaneamente atacada se reafirmara, triunfante como outrora.

No entanto, ao anoitecer do dia seguinte, constatou que certas forças sutis atuavam para minar seu sossego. Dick Windyford não telefonara de novo; mesmo assim, ela sentiu o funcionamento de algo que supunha ser influência dele. Repetidas vezes, lhe voltavam ao pensamento aquelas palavras: "*O sujeito é um perfeito estranho. Você não sabe nada sobre ele*". E as palavras eram acompanhadas pela memória do rosto do marido, fotografado nitidamente em seu cérebro, quando ele dissera: "Você acha sensato, Alix, esse... esse negócio de quarto proibido do Barba Azul?". Por que razão ele dissera isso?

Houvera uma advertência naquilo – um toque de ameaça. Era como se ele tivesse dito com efeito: "É melhor você não se intrometer na minha vida, Alix. Você vai acabar levando um choque feio".

Pela manhã de sexta-feira, Alix já se convencera de que *existira* uma mulher na vida de Gerald – um quarto proibido do Barba Azul que ele tentava lhe ocultar com grande diligência. O ciúme dela, lento no despertar, era agora desenfreado.

Seria uma mulher que Gerald teria encontrado naquela noite às nove horas? Seria essa história da revelação de fotografias uma mentira inventada no calor do momento?

Três dias antes, ela teria jurado que conhecia o marido como a palma da própria mão. Agora lhe parecia que Gerald era um estranho sobre quem ela nada sabia. Alix lembrou-se daquela raiva desarrazoada contra o velho George, tão em desacordo com seu temperamento bem-humorado habitual. Uma coisa pequena, talvez, mas aquilo lhe mostrava que ela não conhecia realmente o homem que era o seu marido.

Havia diversas coisinhas que era preciso buscar no vilarejo na sexta-feira. À tarde, Alix sugeriu ir buscá-las enquanto Gerald permanecia no jardim; contudo, de forma um tanto surpreendente, ele se opôs ao plano com veemência, insistindo em ir ele mesmo enquanto Alix ficava em casa. Alix viu-se na obrigação de ceder, mas a insistência do marido surpreendeu-a e alarmou-a. Por que estaria ele tão ansioso para impedir que ela fosse ao vilarejo?

De repente lhe ocorreu uma explicação que esclarecia o caso todo. Não seria possível que, sem lhe dizer nada, Gerald tivesse de fato topado com Dick Windyford? Seu próprio ciúme, inteiramente adormecido na época do casamento, só se desenvolvera mais tarde. Não poderia se passar o mesmo com Gerald? Não estaria o marido ansioso para impedi-la de rever Dick Windyford? Essa explicação era tão consistente em relação aos fatos, e era tão confortadora para o espírito perturbado de Alix, que ela acolheu-a com avidez.

No entanto, quando a hora do chá chegou e terminou, ela se sentia inquieta e pouco à vontade. Lutava contra uma tentação que a assaltava desde a partida de Gerald. Por fim, tranquilizando sua consciência com a certeza de que o aposento precisava de uma arrumação minuciosa, subiu ao quarto de vestir do marido. Levou consigo um espanador para sustentar o pretexto dos afazeres domésticos.

– Se ao menos eu tivesse certeza – ela repetia consigo. – Se ao menos eu pudesse ter *certeza*...

Em vão tentou se convencer de que qualquer coisa comprometedora teria sido destruída séculos atrás. Contra isso, argumentou que às vezes os homens chegam a guardar as mais condenatórias provas por causa de um sentimentalismo exagerado.

Por fim, Alix sucumbiu. Com as faces queimando pela vergonha do ato, quase sem fôlego, vasculhou maços de cartas e documentos, revirou as gavetas e até mesmo examinou os bolsos das roupas do marido. Somente duas gavetas escaparam: a gaveta inferior da cômoda e a gavetinha da direita da escrivaninha estavam ambas trancadas. Mas Alix perdera toda a vergonha agora. Numa daquelas gavetas, estava convicta, ela encontraria provas concretas dessa mulher imaginária do passado que a obcecava.

Recordou que Gerald deixara suas chaves jogadas descuidadamente no aparador do primeiro andar. Desceu para pegá-las e as testou uma por uma. A terceira chave abriu a gaveta da escrivaninha. Alix puxou-a com avidez. Havia um talão de cheques e uma carteira estufada de notas; no fundo da gaveta ela encontrou um maço de cartas amarrado com uma fita.

Com fôlego irregular, Alix desamarrou a fita. Então um profundo e ardente rubor tomou conta do seu rosto, e ela jogou as cartas de volta na gaveta, fechando-a e girando a chave. Porque as cartas eram dela mesma, escritas para Gerald Martin antes do casamento.

Em seguida ela se dirigiu à cômoda, mais com um desejo de sentir que não deixara nada para trás do que por qualquer expectativa de encontrar o que procurava.

Para seu aborrecimento, nenhuma das chaves do molho de Gerald pôde abrir a gaveta em questão. Sem se dar por vencida, Alix percorreu os outros quartos e retornou com uma seleção de chaves. Para sua satisfação, a chave do guarda-roupa do quarto de hóspedes encaixou-se na fechadura da cômoda. Ela deschaveou a gaveta e abriu-a. Mas ali não havia nada exceto um rolo com recortes de jornais já sujos e descoloridos pelo tempo.

Alix respirou aliviada. Mesmo assim, passou os olhos pelos recortes, curiosa para saber que assunto Gerald achara tão interessante a ponto de fazer questão de guardar o rolo empoeirado. Eram quase todos jornais americanos, datados de uns sete anos antes, tratando do julgamento do notório trapaceiro e bígamo Charles

Lemaitre. Haviam suspeitado que Lemaitre eliminara suas mulheres. Um esqueleto tinha sido encontrado sob o piso de uma das casas que ele alugara, e a maioria das mulheres com as quais ele "se casara" nunca mais havia dado sinal de vida.

Lemaitre se defendera da acusação com consumada perícia, ajudado pelo melhor talento legal que os Estados Unidos tinham para oferecer. O veredicto escocês "Não comprovado" poderia talvez ter definido melhor o caso. Sem essa opção, ele foi considerado Inocente da acusação principal, mas sentenciado a uma longa pena de prisão pelas outras acusações apresentadas.

Alix recordou-se do alvoroço gerado pelo caso na época e também da sensação que a fuga de Lemaitre provocara cerca de três anos depois. Ele nunca tinha sido recapturado. A personalidade do homem e o extraordinário poder que ele exercia sobre as mulheres tinham sido discutidos com muitos pormenores nos jornais ingleses na época, com relatos de sua excitabilidade no tribunal, de seus passionais protestos e de seus súbitos colapsos físicos devidos a uma deficiência cardíaca, que aqueles que não sabiam, porém, atribuíam a seus dotes dramáticos.

Havia um retrato dele num dos recortes que Alix segurava, e ela o estudou com certo interesse – um cavalheiro de barba comprida e aparência erudita.

O rosto a fazia se lembrar de quem? De súbito, com um choque, ela se deu conta de que era o próprio Gerald. Os olhos e as sobrancelhas apresentavam uma forte semelhança com ele. Talvez ele tivesse guardado o recorte por essa razão. Os olhos de Alix desceram para o parágrafo ao lado do retrato. Certas datas, ao que parecia, haviam sido registradas no caderno de anotações do acusado, e afirmava-se que essas eram as datas nas quais o homem eliminara suas vítimas. Então uma mulher depusera e identificara o prisioneiro de modo inequívoco devido ao fato de que ele tinha uma verruga no pulso esquerdo, logo abaixo da palma da mão.

Os papéis caíram da mão desfalecida de Alix e ela perdeu o equilíbrio. *No pulso esquerdo, logo abaixo da palma da mão, seu marido tinha uma pequena cicatriz...*

O quarto rodou em volta dela. Mais tarde, pareceu-lhe estranho que tivesse no mesmo instante assumido uma certeza tão absoluta. Gerald Martin era Charles Lemaitre! Ela compreendeu e aceitou a ideia num piscar de olhos. Fragmentos esparsos turbilhonaram em seu cérebro como peças de um quebra-cabeça encaixando-se nos lugares.

O dinheiro pago pela casa – dinheiro dela – dinheiro só dela; os títulos ao portador que havia confiado ao manejo do marido. Até o sonho recorrente revelou seu verdadeiro significado. Nas profundezas do seu íntimo, seu subconsciente sempre temera Gerald Martin e desejara fugir dele. E tinha sido a Dick Windyford que o seu subconsciente recorrera em busca de socorro. Era por esse motivo, também, que ela fora capaz de aceitar a verdade com tamanha facilidade, sem dúvida ou hesitação. Ela deveria ter sido mais uma das vítimas de Lemaitre. Sem demora, talvez...

Um grito interrompido escapou de seus lábios por causa de uma lembrança. *Quarta-feira, nove da noite.* O porão, com as lajes que eram tão fáceis de levantar! Numa ocasião anterior ele já enterrara uma de suas vítimas num porão. Tudo havia sido planejado para essa noite de quarta-feira. Mas registrar aquilo de antemão de uma maneira tão metódica – uma insanidade! Não, era algo lógico. Gerald sempre fazia um memorando de seus compromissos – o assassinato era, para ele, um negócio como qualquer outro.

Mas como ela se salvara? O que teria sido a sua salvação? Será que ele se arrependera no último minuto? Não. A resposta lhe veio num piscar de olhos – *o velho George.*

Alix pôde entender, agora, a raiva incontrolável do marido. Sem dúvida ele pavimentara o caminho contando a todos com quem topava que os dois iriam para Londres no dia seguinte. Então George aparecera para trabalhar inesperadamente, mencionara Londres para ela, e ela havia contrariado a história. Arriscado demais a eliminar naquela noite, com o velho George repetindo a conversa. Mas ela escapara por pouco! Se não lhe tivesse ocorrido mencionar aquela questão trivial... Alix estremeceu.

E nesse momento ela ficou imóvel, como que congelada. Ouvira o rangido do portão da estrada. *Seu marido retornara.*

Por alguns instantes, Alix manteve-se petrificada; em seguida, movendo-se na ponta dos pés até a janela, olhou para fora sob o resguardo da cortina.

Sim, era o seu marido. Ele sorria consigo e cantarolava uma melodia. Na mão, segurava um objeto que quase fez parar de bater o coração da esposa aterrorizada. Era uma pá nova em folha.

Alix teve uma certeza instintiva. *Seria hoje à noite...*

Mas ainda havia uma chance. Gerald, ainda cantarolando sua melodia, fez a volta na casa em direção à parte de trás.

Sem hesitar sequer por um instante, Alix desceu correndo as escadas e saiu do chalé. No entanto, bem quando havia passado pela porta, seu marido apareceu pelo outro lado da casa.

– Oi – ele disse. – Para onde você está correndo com tanta pressa?

Alix empenhou-se desesperadamente para aparentar calma e normalidade. Sua chance se perdera por enquanto, mas, se ela tomasse o cuidado de não despertar nenhuma suspeita, surgiria de novo mais tarde. Até mesmo agora, talvez...

– Eu estava indo dar uma caminhada até o fim da estradinha – ela falou com uma voz que em seus próprios ouvidos soou fraca e insegura.

– Certo – disse Gerald. – Eu vou com você.

– Não... por favor, Gerald. Eu estou... nervosa, com dor de cabeça... prefiro ir sozinha.

Gerald olhou-a com atenção. Ela imaginou ter visto um brilho momentâneo de suspeita naquele olhar.

– Qual é o problema com você, Alix? Você está pálida... trêmula.

– Não é nada – ela forçou um tom ríspido, sorrindo. – Estou com dor de cabeça, é só isso. Uma caminhada vai me fazer bem.

– Bem, não adianta nada você dizer que não quer a minha companhia – Gerald declarou com uma risada espontânea. – Eu vou junto, quer você queira ou não.

Alix não ousou continuar protestando. Se Gerald suspeitasse que ela *sabia*...

Com esforço, ela conseguiu recuperar em parte o seu comportamento normal. Mesmo assim, sentia uma inquietação de que Gerald a observava com o canto do olho de quando em quando, como se não estivesse de todo satisfeito. Parecia-lhe que as suspeitas do marido não estavam completamente dissipadas.

Quando voltaram à casa, ele insistiu que Alix precisava se deitar e trouxe um pouco de água-de-colônia para lhe refrescar as têmporas. Mostrava-se, como sempre, um marido dedicado, mas Alix sentia-se desamparada como se estivesse de pés e mãos amarrados numa armadilha.

Gerald não a deixava sozinha nem por um minuto. Acompanhou-a na cozinha e ajudou-a trazendo os simples pratos frios que ela já preparara. O jantar foi uma refeição que a engasgou, mas ela forçou-se a comer e até mesmo a aparentar alegria e naturalidade. Sabia, agora, que estava lutando por sua vida. Estava sozinha com aquele homem, a quilômetros do socorro mais próximo, absolutamente à mercê dele. Sua única chance era suavizar as suspeitas de modo que ele a deixasse sozinha por alguns momentos – o suficiente para chegar ao telefone no vestíbulo e pedir ajuda. Era essa a sua única esperança agora.

Uma esperança momentânea lhe veio à mente com a lembrança de como ele abandonara seu plano antes. E se ela lhe dissesse que Dick Windyford iria visitá-los naquela noite?

As palavras tremeram em seus lábios – e então ela rejeitou-as de pronto. Esse homem não iria se permitir um segundo fracasso. Havia uma determinação eufórica sob sua postura calma que a deixava atordoada. Ela somente precipitaria o crime. Gerald iria matá-la naquele momento e ali mesmo e depois ligaria tranquilamente para Dick Windyford com uma história de que tivera de se ausentar por um motivo súbito. Ah, se ao menos Dick Windyford estivesse a caminho para visitá-los naquela noite! Se Dick...

Uma ideia repentina lhe passou pela cabeça. Ela lançou um penetrante olhar de soslaio para o marido, como se temesse que ele pudesse ler seus pensamentos. Com a formação do plano, sua coragem se fortaleceu. Seus modos passaram a ser tão completamente naturais que ela chegou a ficar maravilhada.

Alix preparou o café e o levou à varanda, onde os dois costumavam ficar sentados nas noites de tempo bom.

– A propósito – Gerald falou de repente –, nós vamos fazer aquelas fotografias mais tarde.

Alix sentiu um calafrio percorrer o corpo, mas retrucou com indiferença:

– Você não consegue se virar sozinho? Estou bastante cansada hoje.

– Não vai demorar muito – ele sorriu consigo. – E eu prometo que você não vai ficar cansada depois.

Tais palavras pareceram diverti-lo. Alix estremeceu. O momento de executar seu plano era agora ou nunca.

Ela se pôs de pé.

– Vou só telefonar para o açougueiro – anunciou com indiferença. – Você nem precisa se mexer.

– Para o açougueiro? A essa hora da noite?

– O açougue está fechado, é claro, bobinho. Mas ele está em casa, ora essa. E amanhã é sábado, e eu quero que ele me traga umas costeletas de vitela bem cedo, antes que alguém as pegue. Aquele velho simpático faz qualquer coisa por mim.

Ela entrou rapidamente na casa, fechando a porta atrás de si. Ouviu Gerald dizendo "Não feche a porta" e foi ágil em sua réplica bem-humorada:

– Não quero que as mariposas entrem. Eu odeio mariposas. Você está com medo de que eu queira paquerar o açougueiro, bobinho?

Dentro de casa, puxou o receptor do telefone e passou o número do Traveller's Arms. Foi transferida no mesmo instante.

– O sr. Windyford... Ele ainda está aí? Posso falar com ele?

Então seu coração deu um salto atordoante. A porta foi aberta e seu marido entrou no vestíbulo.

– Saia daqui, Gerald, por favor – ela falou com irritação. – Odeio que alguém fique ouvindo quando estou no telefone.

Ele meramente riu e se jogou numa cadeira.

– Você tem certeza de que está telefonando mesmo para o açougueiro? – ele brincou.

Alix entrou em desespero. Seu plano falhara. Num minuto Dick Windyford estaria no telefone. Deveria ela arriscar tudo e gritar um pedido de socorro?

Então, enquanto pressionava e soltava nervosamente a pequena chave do receptor que lhe permitia ser ouvida ou não ouvida na outra extremidade, um novo plano surgiu em sua mente.

"Vai ser difícil", ela pensou consigo. "Vou precisar manter o controle, pensando nas palavras certas e sem vacilar por um momento sequer, mas acho que vou conseguir. *Preciso* tentar."

E naquele momento ela escutou a voz de Dick Windyford na outra ponta do telefone.

Alix respirou fundo. Então pressionou a chave com firmeza e falou:

– *Aqui é a sra. Martin... de Philomel Cottage. Por favor, venha* – (ela soltou a chave) – amanhã de manhã, com seis belas costeletas de vitela – (ela pressionou a chave de novo). – *É muito importante* – (ela soltou a chave). – Muito obrigada, sr. Hexworthy; espero que o senhor não se importe com a minha ligação a esta hora tardia, mas essas costeletas de vitela são realmente uma questão de – (ela pressionou a chave de novo) – *vida ou morte* – (ela soltou a chave). – Muito bem... amanhã de manhã – (ela pressionou a chave) –, *o quanto antes.*

Ela recolocou o receptor no gancho e voltou o rosto para o marido, respirando com dificuldade.

– Então é assim que você conversa com o seu açougueiro, é? – comentou Gerald.

– É o toque feminino – ela disse num tom ameno.

Alix fervilhava de agitação. Gerald não suspeitara de nada. Dick viria, mesmo sem entender nada.

Ela foi até a sala de estar e ligou a luz elétrica. Gerald seguiu-a.

– Você parece estar bastante animada agora – ele falou, observando-a com curiosidade.

– Sim – Alix retrucou –, a minha dor de cabeça desapareceu.

Alix sentou-se no seu lugar habitual e sorriu para o marido enquanto este se acomodava em sua própria poltrona na frente dela. Ela estava salva. O relógio mal dera oito e vinte e cinco. Muito antes das nove horas Dick já teria chegado.

– Não achei grande coisa o café que você me deu – Gerald reclamou. – Tinha um gosto amargo.

– É um tipo novo que eu estava experimentando. Se você não gostou, eu não faço mais, querido.

Alix pegou uma peça de bordado e começou a costurar. Gerald leu algumas páginas de seu livro. Então levantou os olhos para o relógio e jogou o livro de lado.

– Oito e meia. Hora de descer para o porão e começar a trabalhar.

O bordado escapou das mãos de Alix.

– Ah, ainda não. Vamos esperar até as nove.

– Não, minha garota... oito e meia. É o horário que eu marquei. Você vai poder se deitar bem mais cedo.

– Mas eu prefiro esperar até as nove.

– Você sabe que, quando eu marco um horário, sempre me atenho a ele. Venha, Alix. Não vou esperar nem um minuto a mais.

Alix olhou para ele. Por mais que relutasse, sentiu uma onda de terror invadindo-a. Ela fora desmascarada. As mãos de Gerald se contraíam; seus olhos brilhavam de excitação; ele passava continuamente a língua pelos lábios secos. Já não fazia o menor esforço para esconder a excitação.

Alix pensou: "É verdade... *ele não consegue esperar...* parece um louco".

Gerald se aproximou dela e a pôs de pé puxando-a pelo ombro.

– Venha, minha garota... ou eu carrego você até lá.

Seu tom era alegre, mas havia por trás uma indisfarçada ferocidade que a deixou tomada de pavor. Com supremo esforço, ela se soltou da mão do marido e se encostou na parede encolhida. Estava indefesa. Não tinha como escapar... não podia fazer nada... e Gerald vinha na direção dela.

– Agora, Alix...

– Não... não.

Ela gritou, suas mãos estendidas num gesto impotente para rechaçá-lo.

– Gerald... pare... eu tenho algo para lhe contar... algo para confessar...

Ele parou.

– Para confessar? – perguntou curioso.

– Sim, para confessar.

Alix usara palavras ao acaso, mas prosseguia com desespero, procurando segurar a atenção despertada.

Um olhar de desprezo tomou conta do rosto dele.

– Um antigo amante, eu suponho – ele zombou.

– Não – disse Alix. – Outra coisa. Daria para chamar, eu acho... sim, daria para chamar de crime.

E de pronto ela viu que acertara na mosca. De novo a atenção estava despertada, presa. Percebendo isso, Alix se revigorou. Sentiu-se no controle da situação mais uma vez.

– É melhor você se sentar de novo – falou com tranquilidade.

Ela mesma atravessou a sala e sentou-se em sua velha poltrona. Chegou até mesmo a se agachar e pegar o bordado. Por trás de sua calma, porém, estava pensando e inventando de maneira frenética. Pois a história que inventasse teria de prender o interesse do marido até a chegada do socorro.

– Eu lhe contei – ela disse devagar – que tinha trabalhado como estenotipista por quinze anos. Isso não era totalmente verdadeiro. Houve dois intervalos. O primeiro ocorreu quando eu tinha 22 anos. Conheci um homem, um homem idoso com algum patrimônio. Ele se apaixonou por mim e me pediu em casamento. Eu aceitei.

Alix fez uma pausa para então dizer:

– Eu o convenci a fazer um seguro de vida em meu favor.

Ela notou o surgimento de um interesse repentino e acentuado no rosto do marido e continuou com renovada confiança:

– Durante a guerra, trabalhei por um tempo num dispensário de hospital. Eu manipulava todos os tipos de remédios e venenos raros.

Ela se calou meditativa. Gerald estava profundamente interessado agora, não havia dúvida. Um assassino nunca deixa de se interessar por assassinatos. Alix apostara suas fichas naquilo e tivera sucesso. Olhou de relance o relógio. Faltavam 25 minutos para as nove.

– Existe um veneno... é um pozinho branco. Uma pitada é morte certa. Você sabe alguma coisa sobre venenos?

A pergunta saíra com certa trepidação. Se ele soubesse, ela teria de ser cuidadosa.

– Não – disse Gerald. – Eu não sei quase nada sobre venenos.

Ela respirou fundo aliviada.

– Você já ouviu falar de hioscina, não? Esse veneno age de uma maneira muito parecida, mas é absolutamente indetectável. Qualquer médico daria um atestado de parada cardíaca. Eu roubei uma pequena quantidade dessa droga e a guardei comigo.

Alix fez uma pausa, mobilizando suas forças.

– Continue – disse Gerald.

– Não. Tenho medo. Não posso contar para você. Outra hora.

– Agora – ele falou com impaciência. – Eu quero saber.

– Nós estávamos casados havia um mês. Eu era muito boa com o meu marido idoso, muito carinhosa e dedicada. Ele me elogiava diante de todos os vizinhos. Todo mundo sabia o quanto eu era uma esposa dedicada. Eu mesma sempre fazia o café dele todas as noites. Certa noite, quando estávamos sozinhos, coloquei uma pitada do alcaloide mortal em sua xícara...

Alix parou de falar e, com muito cuidado, enfiou uma linha nova na agulha. Ela, que jamais atuara em sua vida, rivalizava naquele momento com a maior atriz do mundo. Interpretava do modo mais convincente o papel da envenenadora fria.

– Foi algo muito sereno. Fiquei sentada, olhando para ele. A certa altura, ele ofegou um pouco e pediu mais ar. Eu abri a janela. Aí ele disse que não conseguia se mexer na cadeira. *Pouco depois, ele morreu.*

Alix parou, sorrindo. Eram quinze para as nove. Por certo, eles logo apareceriam.

– Qual era o valor do seguro? – Gerald perguntou.

– Cerca de duas mil libras. Especulei com o dinheiro e perdi tudo. Voltei ao meu trabalho no escritório. Mas não tinha intenção nenhuma de permanecer por muito tempo. Então conheci outro homem. Eu mantivera o meu nome de solteira no escritório. Ele não sabia que eu já tinha sido casada. Era um homem mais novo, bastante bonito e muito bem de vida. Nós nos casamos discretamente em Sussex. Ele não quis fazer seguro de vida, mas é claro que fez um testamento em meu favor. Também gostava que eu lhe preparasse o café, igual ao meu primeiro marido.

Alix sorriu, pensativa, e acrescentou com simplicidade:

– Eu faço um ótimo café.

Então prosseguiu:

– Eu tinha diversos amigos no vilarejo onde nós morávamos. Todos lamentaram muito por mim quando o meu marido morreu de repente, com uma parada cardíaca, certa noite após o jantar. Não gostei muito do médico. Não acho que ele tenha suspeitado de mim, mas ele ficou certamente muito surpreso com a morte súbita do meu marido. Não sei ao certo por que fui parar de novo no escritório. Hábito, eu suponho. O meu segundo marido me deixou cerca de quatro mil libras. Não especulei dessa vez. Investi o dinheiro. Foi então...

Mas ela foi interrompida. Gerald Martin, com o rosto impregnado de sangue, quase asfixiado, apontava um dedo trêmulo para sua esposa.

– O café... meu Deus, o café!

Ela o encarou.

– Agora eu entendi o gosto amargo. Maldita! É mais um dos seus truques.

Suas mãos agarraram os braços da poltrona. Ele estava prestes a saltar em cima dela.

– Você me envenenou.

Alix recuou até a lareira. Agora, aterrorizada, abriu os lábios para negar... e então parou. Dentro de um instante, Gerald saltaria em cima dela. Reuniu todas as suas forças. Seus olhos responderam aos dele com firmeza, imponentes.

– Sim – ela disse. – Eu envenenei você. O veneno já está agindo. A essa altura você não consegue mais se levantar da sua poltrona... não consegue se mexer...

Se ela conseguisse mantê-lo ali – só por alguns minutos...

Ah! O que era aquilo? Passos na estrada. O rangido do portão. Depois passos no caminho da entrada. A porta se abrindo.

– *Você não consegue se mexer* – Alix disse de novo.

Então ela passou ligeiro por Gerald, fugiu impetuosamente da sala e caiu desmaiada nos braços de Dick Windyford.

– Meu Deus! Alix! – Dick exclamou.

Então ele se voltou para o homem que o acompanhava, um sujeito alto e robusto com uniforme de policial:

– Vá ver o que aconteceu naquela sala.

Deitou Alix com cuidado num sofá e se inclinou sobre ela.

– Minha garotinha – ele murmurou. – Minha pobre garotinha. O que foi que andaram fazendo com você?

As pálpebras de Alix vibraram e seus lábios mal conseguiram murmurar o nome dele.

Dick foi despertado de pensamentos tumultuosos pelo policial, que o tocava no braço.

– Não há nada naquela sala, senhor, além de um homem sentado numa poltrona. Parece que ele teve alguma espécie de susto forte, e...

– Sim?

– Bem, senhor, ele está... morto.

Os dois se sobressaltaram com a voz de Alix. Ela falou como que numa espécie de sonho, os olhos ainda fechados:

– *E pouco depois* – ela disse, quase como se estivesse fazendo uma citação – *ele morreu...*

10

Acidente

"Acidente" foi publicado pela primeira vez como "O caminho nunca cruzado" em The Sunday Dispatch, *no dia 22 de setembro de 1929.*

– E eu vou lhe dizer uma coisa... é a mesma mulher... sem sombra de dúvida!

O capitão Haydock observou o rosto fervoroso e veemente de seu amigo e suspirou. Desejou que Evans não se mostrasse tão seguro e tão jubilante. No decorrer de uma carreira passada no mar, o velho capitão havia aprendido a deixar em paz as coisas que não lhe diziam respeito. Seu amigo Evans, inspetor aposentado do Departamento de Investigações Criminais, tinha uma filosofia de vida diferente. "Atuar diante da informação recebida" era o seu lema dos primeiros tempos, e ele o aprimorara no sentido de descobrir suas próprias informações. O inspetor Evans havia sido um policial muito atento e inteligente, tendo merecido com grande justiça a promoção que lhe coubera. Mesmo agora, quando já se aposentara da corporação, fixando residência na casa de campo de seus sonhos, seu instinto profissional continuava vivo.

– Não costumo esquecer um rosto – ele reiterava complacente. – Sra. Anthony... sim, isso mesmo, é a sra. Anthony. Quando você disse sra. Merrowdene... eu a reconheci no mesmo instante.

O capitão Haydock se mexeu inquieto. Os Merrowdene eram os seus vizinhos mais próximos com exceção do próprio Evans, e essa identificação da sra. Merrowdene com a heroína de uma antiga *cause célèbre* o aborrecia.

– Já faz muito tempo – ele falou sem muito ânimo.

– Nove anos – disse Evans com a precisão de sempre. – Nove anos e três meses. Você se lembra do caso?

– De uma maneira meio vaga.

– Anthony, segundo se viu depois, era um comedor de arsênico – disse Evans –, de modo que absolveram a mulher.

– Bem, e por que não a teriam absolvido?

– Por nenhuma razão neste mundo. Era o único veredicto que poderiam ter dado com as provas. Absolutamente correto.

– Então está tudo bem – disse Haydock. – E eu não entendo nós ficarmos nos preocupando com isso.

– Quem está se preocupando?

– Eu achei que você estava.

– Nem um pouco.

– O assunto está morto e enterrado – resumiu o capitão. – Se a sra. Merrowdene, num determinado momento de sua vida, teve a infelicidade de ser julgada e absolvida por assassinato...

– Não se costuma considerar uma infelicidade a pessoa ser absolvida – interveio Evans.

– Eu sei o que você quer dizer – o capitão Haydock falou com irritação. – Se a pobre mulher passou por essa experiência cruciante, não é da nossa conta ficar escarafunchando, certo?

Evans não respondeu.

– Ora, Evans. A mulher era inocente... você acabou de dizer isso.

– Eu não disse que ela era inocente. Eu disse que ela foi absolvida.

– É a mesma coisa.

– Nem sempre.

O capitão Haydock, que havia começado a bater com seu cachimbo no lado da poltrona, parou de fazê-lo e se aprumou no assento com uma expressão alerta.

– Ei, ei, eeei... – falou. – Essa é a direção do vento, então? Você acha que ela não era inocente?

– Eu não diria isso. Eu simplesmente... não sei. Anthony tinha o hábito de ingerir arsênico. Sua esposa o arranjava para ele. Certo dia, por engano, ele ingere demais. O engano foi dele ou da esposa? Ninguém saberia dizer, e o júri, muito apropriadamente, concedeu a ela o benefício da dúvida. Tudo isso é muito adequado e eu não estou vendo nada de errado. Mesmo assim... eu gostaria de *saber*.

O capitão Haydock voltou a transferir sua atenção para o cachimbo.

– Bem – ele falou com tranquilidade. – Não é da nossa conta.

– Não tenho tanta certeza...

– Mas sem dúvida...

– Ouça o que eu vou dizer. Esse homem, Merrowdene... hoje no início da noite, brincando ao acaso com testes... você se lembra...

– Sim. Ele mencionou o teste de Marsh para detectar arsênico. Disse que *você* saberia tudo a respeito... que era da *sua* área... e deu uma risadinha. Não teria dito isso se houvesse pensado por um momento...

Evans o interrompeu.

– Você quer dizer que ele não teria dito isso se *soubesse*. Eles estão casados há quanto tempo? Seis anos, você me disse? Eu aposto qualquer coisa: ele não faz a menor ideia de que sua esposa é a outrora famigerada sra. Anthony.

– E ele certamente não vai saber através de mim – disse o capitão Haydock num tom severo.

Evans não lhe deu atenção e prosseguiu:

– Você me interrompeu há pouco. Depois do teste de Marsh, Merrowdene aqueceu uma substância num tubo de ensaio, dissolveu o resíduo metálico em água e então o precipitou acrescentando nitrato de prata. Era um teste para cloratos. Um testezinho limpo e despretensioso. Mas eu li por acaso as seguintes palavras num livro aberto sobre a mesa: "*O* H_2SO_4 *decompõe cloratos com emissão de* CL_4O_2. *Quando aquecido, ocorrem explosões violentas; a mistura deve ser mantida fria, portanto, e só devem ser usadas quantidades muito pequenas*".

Haydock encarou seu amigo.

– Bem, e daí?

– É o seguinte: na minha profissão nós fazemos testes também... testes para assassinatos... Temos a soma de todos os fatos... pesando-os, dissecando o resíduo quando você desconta parcialidades e a imprecisão generalizada das testemunhas. Mas existe outro teste para assassinatos, um teste que é bastante preciso, mas um tanto... perigoso! *Um assassino raramente se contenta com um só crime.* Basta que tenha tempo e que não suspeitem dele... aí ele comete outro. Você pega um sujeito... ele assassinou a esposa ou não? Talvez o caso contra ele não seja completamente condenador. Pesquise o passado do sujeito... se você descobrir que ele teve várias mulheres... e que todas morreram, digamos assim, de uma maneira bem curiosa... aí você *sabe*! Não estou falando em termos *legais*, perceba. Estou falando de uma certeza *moral.* Uma vez que você *sabe*, você pode ir em frente procurando provas.

– Pois bem?

– Estou chegando ao ponto. Está ótimo se *existir* um passado para pesquisar. Mas e se você pegar um assassino ou uma assassina no primeiro crime? Então você não vai obter resultado nenhum com o seu teste. Mas vamos supor que o prisioneiro seja absolvido... começando uma nova vida com outro nome. O assassino vai ou não vai repetir o crime?

– Essa é uma ideia horrível!

– Você ainda vai dizer que não é da nossa conta?

– Sim, digo. Você não tem nenhuma razão para pensar que a sra. Merrowdene não seja perfeitamente inocente.

O ex-inspetor se calou por um momento. Então falou devagar:

– Eu lhe disse que pesquisamos o passado dela e não encontramos nada. Não é de todo a verdade. Houve um padrasto. Na juventude, aos dezoito anos, ela caiu de amores por certo jovem... e o padrasto exerceu sua autoridade para separá-los. Ela e o padrasto saíram para uma caminhada por uma parte bastante perigosa do penhasco. Houve um acidente... o padrasto se aproximou demais da beira... a beira cedeu, ele caiu e morreu.

– Você não acha que...

– Foi um acidente. *Acidente!* A overdose de arsênico de Anthony foi um acidente. Ela nunca teria sido julgada se não tivesse vindo à tona que havia outro homem... ele mudou de lado, a propósito. Parecia não estar nada satisfeito, mesmo que o júri estivesse. Estou lhe dizendo, Haydock, no que diz respeito àquela mulher eu temo por outro... acidente!

O velho capitão encolheu os ombros.

– Já se passaram nove anos desde aquele caso. Por que haveria de ocorrer outro "acidente", como você diz, agora?

– Eu não disse agora. Eu disse num dia desses. Se a motivação necessária surgisse.

O capitão Haydock encolheu os ombros.

– Bem, eu não sei como você poderá se resguardar contra isso.

– Muito menos eu – disse Evans pesaroso.

– Eu deixaria tudo em paz – falou o capitão Haydock. – Nunca deu bom resultado alguém ficar se intrometendo na vida dos outros.

Mas esse conselho não era palatável para o ex-inspetor. Ele era um homem paciente, mas determinado. Despedindo-se do amigo, desceu sem pressa até o vilarejo, revolvendo na mente a possibilidade de uma ação exitosa.

Entrando no correio para comprar alguns selos, chocou-se com o objeto da sua solicitude, George Merrowdene. O ex-professor de química era um homem pequeno de semblante sonhador, gentil e bondoso e quase sempre completamente distraído. Reconheceu o outro e o cumprimentou de modo amigável, agachando-se para recolher as cartas que deixara cair no chão devido ao impacto. Evans também se agachou e, mais rápido em seus movimentos do que o outro, agarrou-as primeiro, devolvendo-as ao dono com um pedido de desculpas.

Evans olhou-as de relance ao fazê-lo, e o endereço da carta de cima reavivou de súbito todas as suas suspeitas. Trazia o nome de uma reconhecida companhia de seguros.

Sua mente se decidiu no mesmo instante. O ingênuo George Merrowdene mal percebeu como é que o ex-inspetor agora o acompanhava na caminhada pelo vilarejo, e menos ainda saberia dizer como é que a conversa caíra no assunto do seguro de vida.

Evans não teve nenhuma dificuldade para alcançar seu objetivo. Merrowdene concedeu por sua própria vontade a informação de que acabara de segurar sua vida em benefício da esposa, pedindo a opinião de Evans quanto à companhia em questão.

– Eu fiz alguns investimentos um tanto imprudentes – explicou. – Como resultado, meus rendimentos diminuíram. Se algo acontecesse comigo, a minha esposa ficaria numa situação muito ruim. Esse seguro vai corrigir as coisas.

– Ela não fez objeção à ideia? – Evans indagou casualmente. – Algumas mulheres fazem, não é mesmo? Sentem que dá azar... esse tipo de coisa.

– Ah, Margaret é muito prática – Merrowdene disse sorrindo. – Nem um pouco supersticiosa. Na verdade, acredito que originalmente foi ideia dela. Não queria que eu ficasse tão preocupado.

Evans havia conseguido a informação que desejava. Despediu-se do outro logo depois, e seus lábios formavam uma linha sombria. O falecido sr. Anthony fizera um seguro de vida em benefício da esposa poucas semanas antes de morrer.

Acostumado a confiar em seus instintos, Evans sentia plena certeza no íntimo. Mas saber como agir era outro problema. Ele não queria prender uma criminosa em flagrante – queria evitar um crime, e isso era muito diferente e muito mais difícil.

Durante o dia todo, ficou muito pensativo. Naquela tarde uma festa da Primrose League seria realizada nas terras do nobre local, e o ex-inspetor compareceu, arriscando-se na pescaria da sorte, tentando adivinhar o peso de um leitão e atirando nos cocos – sempre com o mesmo semblante absorto. Chegou até mesmo a gastar meia coroa com Zara, a Vidente da Bola de Cristal, sorrindo um pouco consigo ao fazê-lo, lembrando-se de suas próprias atividades contra cartomantes no seu tempo de inspetor.

Quase não deu ouvidos à voz cantarolada e monótona da mulher – até que o fim de uma frase lhe chamou a atenção.

– ...E o senhor muito em breve... muito em breve de fato... estará envolvido numa questão de vida ou morte... Vida ou morte para uma pessoa.

– Hã... Como é? – ele perguntou abruptamente.

– Uma decisão... o senhor tem uma decisão a tomar. Precisa ter muito cuidado... muito, muito cuidado... Se o senhor chegasse a cometer um engano... o menor engano...

– Sim?

A vidente estremeceu. O inspetor Evans sabia que era tudo um disparate, mas mesmo assim estava impressionado.

– Eu lhe dou este aviso... *o senhor não pode cometer um engano.* Se cometer, posso ver o resultado com clareza... uma morte...

Esquisito, tremendamente esquisito. Uma morte. Imagine a mulher acertar uma coisa dessas!

– Se eu cometer um engano, resultará uma morte? É isso?

– Sim.

– Nesse caso – disse Evans, colocando-se de pé e entregando-lhe meia coroa –, não devo cometer um engano, hein?

Ele falara com bastante bom humor, mas, saindo da tenda, trincou os dentes com determinação. Fácil dizer – não tão fácil ter a certeza de fazê-lo. Ele não podia cometer um deslize. Uma vida, uma vulnerável vida humana dependia disso.

E não havia ninguém para lhe dar ajuda. Evans contemplou o vulto de seu amigo Haydock na distância. Nenhuma ajuda viria dali. "Deixe tudo em paz" era o lema de Haydock. E tal lema não teria proveito agora.

Haydock conversava com uma mulher. Ela se afastou do capitão e veio na direção de Evans; o inspetor reconheceu-a. Tratava-se da sra. Merrowdene.

Num impulso, Evans postou-se deliberadamente no caminho dela.

A sra. Merrowdene era uma mulher bastante atraente. Tinha uma fronte ampla e serena, belos olhos castanhos e uma expressão plácida. Tinha o ar de uma madona italiana, algo que ela acentuava repartindo seu cabelo ao meio e o curvando por trás das orelhas. Sua voz era bastante profunda e sonolenta.

Ela sorriu para Evans – um sorriso satisfeito e cordial.

– Eu sabia que a tinha reconhecido, sra. Anthony... quero dizer, sra. Merrowdene – Evans falou sem hesitar.

Ele cometera o deslize por querer, observando-a sem parecer fazê-lo. Percebeu que os olhos da mulher se arregalaram, ouviu o rápido repuxo da respiração. Mas os olhos não vacilaram. A sra. Merrowdene o fitou com firmeza e altivez.

– Eu estou à procura do meu marido – ela disse com calma. – O senhor o viu em algum lugar por aqui?

– Ele estava indo naquela direção na última vez em que o vi.

Os dois seguiram juntos na direção indicada, conversando calma e agradavelmente. O inspetor sentiu sua admiração se intensificar. Que mulher! Que autocontrole... Que magnífico equilíbrio... Uma mulher notável – e muito perigosa. Teve certeza disso – uma mulher muito perigosa.

Ainda se sentia muito inquieto, embora estivesse satisfeito com seu passo inicial. Fizera-lhe saber que a reconhecia. Isso lhe serviria de aviso. Ela não tentaria qualquer coisa precipitada. Havia o problema do próprio Merrowdene. Se ele pudesse ser advertido...

Os dois encontraram o homenzinho contemplando distraidamente uma boneca de porcelana que lhe coubera na pescaria da sorte. Sua esposa sugeriu que fossem para casa e ele concordou com avidez. A sra. Merrowdene se voltou para o inspetor:

– O senhor não gostaria de voltar conosco para tomar uma xícara de chá sossegadamente, sr. Evans?

Haveria um fraco tom de desafio em sua voz? Evans pensou que havia.

– Obrigado, sra. Merrowdene. Eu gostaria muito.

Os três caminharam até lá, conversando sobre temas prazerosos e triviais. O sol brilhava, uma brisa soprava com suavidade, tudo em volta era prazeroso e trivial.

A criada saíra para ir à festa, explicou a sra. Merrowdene quando eles chegaram ao charmoso e antiquado chalé. Ela entrou em seu quarto para tirar o chapéu, retornando para dispor o chá e colocar a chaleira numa lamparina de prata. De uma estante perto da lareira, tirou três pequenos conjuntos de tigela e pires.

– Nós temos um chá chinês muito especial – ela explicou. – E sempre o bebemos ao modo chinês... em tigelas, não em xícaras.

Ela se calou, espiou o interior de uma tigela e a trocou por outra com uma expressão de aborrecimento.

– George... que coisa feia da sua parte. Você andou pegando essas tigelas de novo.

– Sinto muito, querida – o professor se desculpou. – Elas têm um tamanho tão conveniente... Aquelas que eu encomendei não chegaram ainda.

– Um dia desses você vai nos envenenar a todos – sua esposa disse com uma ligeira risada. – Mary as encontra no laboratório e as traz de volta para cá, mas nunca se preocupa em lavá-las a menos que apareça nelas algo muito evidente. Ora, você estava botando cianeto de potássio numa delas outro dia. Falando sério, George, isso é terrivelmente perigoso.

Merrowdene pareceu ficar um pouco irritado.

– Mary não tem nada que ficar tirando coisas do laboratório. Ela não deve tocar em nada lá.

– Mas muitas vezes nós deixamos as nossas xícaras lá depois do chá. Como é que ela vai saber? Seja razoável, querido.

O professor entrou no laboratório, resmungando sozinho; com um sorriso, a sra. Merrowdene despejou água fervente no chá e apagou com um sopro a chama da lamparina de prata.

Evans estava intrigado. Mesmo assim, penetrou-lhe um vislumbre de luz. Por alguma razão, a sra. Merrowdene lhe mostrava sua mão. Haveria de ser esse o acidente? Estaria ela falando aquilo tudo para preparar, deliberadamente, o seu álibi? De modo que, quando, certo dia, o "acidente" acontecesse, ele fosse forçado a testemunhar em favor dela? Sendo assim, era uma estupidez da parte dela, porque antes disso...

De repente ele prendeu a respiração. A sra. Merrowdene vertera o chá nas três tigelas. Uma ela dispôs diante dele, outra diante de si, e a terceira numa pequena mesa junto à lareira perto da poltrona na qual seu marido costumava se sentar – e foi ao depositar esta última na mesa que um estranho e leve sorriso curvou seus lábios. O sorriso a entregou.

Ele sabia!

Uma mulher notável – uma mulher perigosa. Nenhuma espera – nenhuma preparação. Naquela tarde – naquela exata tarde – tendo ele ali como testemunha. A ousadia do ato deixou-o sem fôlego.

Era astuto – era abominavelmente astuto. Ele não seria capaz de provar nada. A mulher contava com a certeza de que ele não desconfiaria – simplesmente porque seria "tão depressa". Uma mulher cuja rapidez de pensamento e de ação era como um raio.

O ex-inspetor respirou fundo e se inclinou à frente.

– Sra. Merrowdene, eu sou um homem de hábitos extravagantes. A senhora poderia me fazer a bondade de satisfazer um deles?

Ela o fitou com curiosidade, mas sem desconfiança.

Evans levantou-se, tirou a tigela da frente dela e foi até a pequena mesa, onde a substituiu pela outra. Esta outra ele trouxe de volta e depositou na frente dela.

– Eu quero vê-la beber esta.

Os olhos da mulher enfrentaram os dele. Eram olhos firmes e insondáveis; a cor do rosto se esvaiu lentamente.

A sra. Merrowdene estendeu a mão e ergueu a taça. Evans prendeu a respiração. E se ele tivesse cometido um equívoco desde o começo?

Ela levou a tigela aos lábios – no último instante, com um estremecimento, inclinou-se à frente e rapidamente despejou o líquido num vaso de samambaias. Então se recostou no assento e o fitou com ar desafiador.

O ex-inspetor soltou um longo suspiro de alívio e voltou a se sentar.

– Pois bem? – ela disse.

Sua voz estava alterada. Mostrava-se ligeiramente zombeteira – desafiadora.

Evans lhe respondeu com calma e sobriedade:

– A senhora é uma mulher muito astuta, sra. Merrowdene. Creio que me compreende. Não pode haver... repetição. Entende o que eu quero dizer?

– Entendi o que o senhor quer dizer.

Sua voz era regular, destituída de expressão. Evans assentiu com a cabeça, satisfeito. Ela era uma mulher astuta e não queria ser enforcada.

– A uma longa vida para a senhora e para o seu marido – ele falou significativamente, levando o chá aos lábios.

Então o rosto dele se transformou. Ficou horrivelmente contorcido... ele tentou se levantar – gritar... Seu corpo se enrijeceu – seu rosto ficou roxo. Ele caiu para trás, esparramado no assento – seus membros convulsionados.

A sra. Merrowdene inclinou-se à frente, observando-o. Um pequeno sorriso apareceu em seus lábios. Falou-lhe – num tom muito macio e suave:

– O senhor cometeu um engano, sr. Evans. Pensou que eu queria matar George... Que estupidez da sua parte... que grande estupidez.

A sra. Merrowdene permaneceu ali por mais um minuto para contemplar o homem morto, o terceiro homem que ameaçara cruzar seu caminho e separá-la do homem que ela amava.

Seu sorriso se alargou. Ela parecia mais do que nunca uma madona. Então levantou a voz e gritou:

– George, George!... Ah, venha correndo! Receio que tenha ocorrido um terrível acidente... Pobre sr. Evans...

11

A segunda batida do gongo

"A segunda batida do gongo" foi publicado pela primeira vez nos Estados Unidos, no Ladies' Home Journal, *em junho de 1932, e depois na* Strand Magazine, *em julho de 1932. Mais tarde foi ampliado sob o título "Espelho de um homem morto" para o livro* Assassinato no beco *(Collins, março de 1937).*

Joan Ashby saiu de seu quarto e parou por um momento na soleira da porta. Já estava começando a se virar, como que para voltar ao quarto, quando embaixo de seus pés, ao que parecia, um gongo soou.

De imediato Joan seguiu em frente, quase correndo. Tão grande era sua pressa que no topo da grande escadaria ela colidiu com um jovem que viera da direção oposta.

– Ei, Joan! Por que tanta pressa?

– Me desculpe, Harry. Eu não vi você.

– Foi o que eu deduzi – retrucou Harry Dalehouse com secura. – Mas como eu ia dizendo, por que tanta pressa?

– Foi o gongo.

– Pois é. Mas é só a primeira batida.

– Não, é a segunda.

– Primeira.

– Segunda.

Enquanto discutiam, foram descendo as escadas. Estavam agora no saguão, onde o mordomo, tendo recolocado no lugar a baqueta do gongo, avançava na direção deles com um passo digno e grave.

– É a segunda – Joan insistiu. – Eu sei que é. Bem, antes de mais nada, veja que horas são.

Harry Dalehouse levantou os olhos para o relógio de pêndulo.

– Oito e doze – observou. – Joan, acho que você está certa, mas eu não escutei o primeiro. Digby – ele se dirigiu ao mordomo –, esta é a primeira batida do gongo ou a segunda?

– A primeira, senhor.

– Às oito e doze? Digby, alguém vai ser colocado na rua por causa disso.

Um leve sorriso se estampou no rosto do mordomo por um instante.

– O jantar será servido dez minutos mais tarde hoje, senhor. Ordens do patrão.

– Incrível! – exclamou Harry Dalehouse. – Tsc, tsc! Eu dou a minha palavra, as coisas estão ficando complicadas! As surpresas não param de se suceder. O que aflige o meu venerado tio?

– O trem das sete, senhor, se atrasou em meia hora, e uma vez que...

O mordomo se calou com o som de algo que lembrava um estalo de chicote.

– Que raios... – disse Harry. – Ora, isso soou exatamente como um tiro.

Um homem bonito e moreno, de 35 anos, saiu da sala de visitas à esquerda.

– O que foi isso? – ele perguntou. – Soou exatamente como um tiro.

– Deve ter sido um escapamento de carro, senhor – disse o mordomo. – A estrada passa bem perto da casa deste lado e as janelas do andar de cima estão abertas.

– Pode ser – Joan falou com certa dúvida. – Mas isso teria vindo dali – ela estendeu a mão para a direita. – E me pareceu que o ruído veio daqui – apontou à esquerda.

O homem moreno balançou a cabeça.

– Não creio. Eu estava na sala de visitas. Saí para cá porque pensei que o ruído vinha dessa direção – ele acenou com a cabeça na direção do gongo e da porta da frente.

– Leste, oeste e sul, hein? – comentou o irreprimível Harry. – Bem, eu vou completar o círculo, Keene. Norte para mim. Achei que veio por trás de nós. Alguém oferece uma solução?

– Bem, sempre é possível um assassinato – Geoffrey Keene falou sorrindo. – Eu lhe peço perdão, srta. Ashby.

– Foi só um calafrio – disse Joan. – Não é nada. A morte passou por aqui.

– Uma boa hipótese... assassinato – disse Harry. – Só que, ai de nós! Nenhum gemido, nada de sangue. Temo que seja um invasor caçando um coelho.

– Parece inofensivo, mas acho que é isso – concordou o outro. – Mas soou tão próximo... De qualquer modo, vamos passar à sala de visitas.

– Graças a Deus, não estamos atrasados – Joan disse com fervor. – Eu estava simplesmente voando escada abaixo, pensando que se tratava do segundo gongo.

Todos rindo, entraram na grande sala de visitas.

Lytcham Close era uma das mais famosas mansões antigas da Inglaterra. Seu dono, Hubert Lytcham Roche, era o último de uma longa linhagem, e os parentes mais distantes costumavam comentar: "O velho Hubert, sabe, realmente deveria ganhar um atestado. Doido varrido, aquele pobre coitado".

Descontados os naturais exageros de amigos e parentes, certa verdade se mantinha. Hubert Lytcham Roche era sem dúvida excêntrico. Embora fosse um ótimo músico, era um homem de temperamento indomável, com uma noção quase anormal de sua própria importância. As pessoas hospedadas na casa tinham de respeitar suas manias – caso contrário, nunca mais voltavam a ser convidadas.

Uma de tais manias era sua música. Se ele tocasse para os convidados, como muitas vezes fazia no início da noite, o mais absoluto silêncio precisava ser observado. Um comentário sussurrado, o farfalhar de um vestido, um movimento sequer – e ele virava o rosto com uma carranca feroz: adeus às chances do malfadado hóspede de ser convidado de novo.

Outro ponto era uma absoluta pontualidade na refeição culminante do dia. O café da manhã era irrelevante – você podia descer ao meio-dia se quisesse. O almoço também – uma refeição simples de carnes frias e frutas cozidas. Mas o jantar era um ritual, um festival preparado por um *cordon bleu* que ele havia convencido a deixar um grande hotel mediante o pagamento de um salário fabuloso.

A primeira batida do gongo soava às oito e cinco. Às oito e quinze, a segunda batida era ouvida, e imediatamente depois a porta era escancarada, o jantar era anunciado para os convidados reunidos e uma procissão solene encetava seu caminho até a sala de jantar. Qualquer pessoa que tivesse a ousadia de se atrasar para a segunda batida do gongo era dali por diante excomungada – e Lytcham Close se fechava eternamente para o malfadado comensal.

Daí a ansiedade de Joan Ashby, e também o assombro de Harry Dalehouse, diante da notícia de que a sagrada função haveria de ser atrasada em dez minutos naquela específica noite. Embora não fosse muito íntimo de seu tio, ele já estivera em Lytcham Close vezes suficientes para saber o quanto aquela era uma ocorrência incomum.

Geoffrey Keene, que era o secretário de Lytcham Roche, também estava muito surpreso.

– Extraordinário – ele comentou. – Nunca vi uma coisa dessas acontecer. Tem certeza?

– Foi o que Digby disse.

– Ele disse algo sobre um trem – falou Joan Ashby. – Pelo menos eu acho que disse.

– Esquisito – comentou Keene pensativo. – Saberemos tudo a respeito no devido tempo, eu suponho. Mas é muito estranho.

Os dois homens ficaram em silêncio por alguns instantes, observando a jovem. Joan Ashby era uma criatura encantadora, de olhos azuis e cabelos dourados, com um olhar travesso. Aquela era sua primeira visita em Lytcham Close, e o convite se dera por sugestão de Harry.

A porta se abriu e Diana Cleves, filha adotiva dos Lytcham Roche, entrou na sala.

Havia uma graça temerária em Diana, uma bruxaria em seus olhos escuros e sua língua zombeteira. Quase todos os homens caíam de joelhos por Diana e ela gostava de suas conquistas. Uma criatura estranha, com sua sedutora sugestão de calor e sua completa frieza.

– Ganhamos do velho finalmente – ela observou. – Pela primeira vez em semanas, ele não chegou aqui antes de todos, conferindo seu relógio e andando de um lado para outro como um tigre prestes a ser alimentado.

Os jovens cavalheiros haviam saltado à frente. Ela sorriu para os dois, arrebatadora – e então se voltou para Harry. O rosto escuro de Geoffrey Keene corou enquanto ele recuava.

Ele se recuperou, no entanto, logo depois, com a entrada da sra. Lytcham Roche. Era uma mulher alta e morena, naturalmente esquiva em suas maneiras. Estava usando uma roupa esvoaçante num matiz indeterminado de verde. Estava acompanhada por um homem de meia-idade com um nariz adunco e um queixo destacado

– Gregory Barling. Ele era uma figura de certo destaque no mundo financeiro e, com boa descendência pelo lado da mãe, havia se tornado alguns anos antes um amigo íntimo de Hubert Lytcham Roche.

Bum!

O gongo ressoou imponente. Enquanto extinguia-se o som, a porta foi escancarada e Digby anunciou:

– O jantar está servido.

Em seguida, por mais que fosse um criado bem treinado, uma expressão de completo assombro passou por seu rosto impassível. Pela primeira vez em sua memória, seu amo não estava na sala!

Era evidente que o assombro do mordomo era compartilhado por todos. A sra. Lytcham Roche soltou uma risadinha insegura.

– Muitíssimo espantoso. Realmente... não sei o que fazer.

Todos estavam estupefatos. A grande tradição de Lytcham Close estava arruinada. O que poderia ter acontecido? A conversa cessou. Havia uma tensa sensação de espera.

Por fim a porta se abriu mais uma vez; um suspiro de alívio se generalizou, amenizado apenas por uma leve ansiedade quanto a lidar com a situação. Nada deveria ser dito para enfatizar o fato de que o próprio anfitrião havia transgredido a rigorosa regra da casa.

Mas o recém-chegado não era Lytcham Roche. Ao invés do grande vulto barbado de viking, avançou pela longa sala de visitas um homem muito pequeno, evidentemente um estrangeiro, com cabeça em forma de ovo, bigode chamativo e o mais irrepreensível traje de noite.

Com os olhos brilhando, o recém-chegado avançou na direção da sra. Lytcham Roche.

– Peço desculpas, madame – ele disse. – Creio que estou alguns minutos atrasado.

– Ah, não há problema! – murmurou vagamente a sra. Lytcham Roche. – Não há problema, senhor... – ela fez uma pausa.

– Poirot, madame. Hercule Poirot.

Ele ouviu por trás de si um muito suave "Ah" – mais um arquejo do que uma palavra articulada –, a exclamação de uma mulher. Talvez ele devesse ficar lisonjeado.

– A senhora sabia que eu vinha? – ele murmurou com gentileza. – *N'est ce pas, madame?* O seu marido lhe disse.

– Ah... ah, sim – a sra. Lytcham Roche disse num tom nada convincente. – Quero dizer, eu acho que sim. Não sou nem um pouco prática, monsieur Poirot. Nunca me lembro de nada. Felizmente, porém, Digby cuida de tudo.

– O meu trem se atrasou – falou Poirot. – Um acidente na linha férrea em nossa frente.

– Ah – exclamou Joan –, então é por isso que o jantar foi adiado...

O olhar de Poirot a procurou rapidamente – um olhar sinistro e perspicaz.

– Isso é algo fora do comum, então?

– Eu realmente não consigo lembrar... – a sra. Lytcham Roche começou e parou. – Quero dizer – ela prosseguiu confusa –, é esquisito. Hubert nunca...

Os olhos de Poirot passaram com rapidez pelo grupo todo.

– O sr. Lytcham Roche ainda não desceu?

– Não, e isso é tão extraordinário... – ela olhou para Geoffrey Keene suplicante.

– O sr. Lytcham Roche é a pontualidade em pessoa – explicou Keene. – Ele não se atrasava para um jantar há... bem, não creio que ele tenha se atrasado antes.

Para um estranho, a situação por certo seria ridícula – os rostos perturbados e a consternação geral.

– Já sei – disse a sra. Lytcham Roche com o ar de quem soluciona um problema. – Vou chamar Digby.

No mesmo ato, ela tocou a campainha.

O mordomo apareceu prontamente.

– Digby – falou a sra. Lytcham Roche –, o seu amo. Por acaso ele...

Como de costume, ela não terminou a frase. Ficou claro que o mordomo não esperava uma conclusão. Ele respondeu prontamente e com simpatia:

– O sr. Lytcham Roche desceu às cinco para as oito e entrou no gabinete, minha senhora.

– Ah! – ela fez uma pausa. – Você não acha... eu quero dizer... ele não ouviu o gongo?

– Creio que deve ter ouvido... o gongo fica muito próximo à porta do gabinete.

– Sim, é claro, é claro – disse a sra. Lytcham Roche, mais vagamente do que nunca.

– Devo informá-lo, minha senhora, de que o jantar está pronto?

– Ah, obrigada, Digby. Sim, eu acho que… sim, sim, eu diria que sim.

– Eu não sei – falou a sra. Lytcham Roche para seus convidados com a retirada do mordomo – o que eu faria sem Digby!

Seguiu-se uma pausa.

Então Digby entrou de novo na sala. Sua respiração se mostrava um pouco mais acelerada do que o esperado de um bom mordomo.

– Com licença, minha senhora... a porta do gabinete está trancada.

Foi então que Hercule Poirot assumiu o comando da situação.

– Eu acho – ele disse – que seria melhor nós irmos para o gabinete.

Poirot abriu o caminho e todos o seguiram. Sua presunção de autoridade parecia perfeitamente natural. Ele não era mais o convidado de aparência um tanto cômica. Era uma personalidade e o dono da situação.

Ele seguiu na frente pelo saguão, passando a escadaria, o grande relógio e por fim o recesso no qual ficava o gongo. No exato lado oposto ao recesso havia uma porta fechada.

Poirot bateu nessa porta, primeiro com leveza e depois com crescente violência. Mas não houve resposta. Num movimento muito ágil, ficou de joelhos e posicionou um olho no buraco da fechadura. Ele se levantou e olhou em volta.

– Messieurs – falou –, nós precisamos arrombar esta porta. Imediatamente!

Como antes, ninguém questionou sua autoridade. Geoffrey Keene e Gregory Barling eram os dois homens mais corpulentos. Eles atacaram a porta sob as orientações de Poirot. Não era uma tarefa fácil. As portas de Lytcham Close eram sólidas – nada de materiais baratos e modernos. Ela resistiu ao ataque com bravura, mas afinal cedeu ao ataque unido dos homens e se abriu num estrondo.

O grupo de convivas hesitou no vão da porta. Eles viram aquilo que no subconsciente haviam temido ver. Na frente do grupo estava a janela. À esquerda, entre a porta e a janela, havia uma grande escrivaninha. Sentado não defronte à mesa, mas de lado para ela, havia um homem – um homem grande –, o corpo curvado à frente na cadeira, desengonçado. Suas costas estavam voltadas para eles, e o rosto, para a janela, mas sua posição dizia tudo. A mão direita pendia inerte, e embaixo dela, no tapete, via-se uma pequena e brilhante pistola.

Poirot falou bruscamente para Gregory Barling:

– Tire a sra. Lytcham Roche daqui... e as outras duas damas.

O outro assentiu com a cabeça compreensivo. Pousou uma mão no braço da anfitriã. Ela estremeceu.

– Ele se matou – ela murmurou. – Horrível!

Com outro estremecimento, permitiu-lhe que a levasse embora. As duas jovens foram atrás.

Poirot avançou recinto adentro, seguido pelos dois homens.

Ele se ajoelhou junto ao corpo, fazendo-lhes um gesto para que mantivessem alguma distância.

Encontrou o buraco da bala no lado direito da cabeça. A bala saíra pelo outro lado e obviamente atingira um espelho pendurado na parede da esquerda, visto que este estava estilhaçado. Sobre a escrivaninha havia uma folha de papel, quase em branco, exceto pela palavra *Perdão*, rabiscada numa caligrafia trêmula e irregular.

Poirot olhou de súbito para trás, em direção à porta.

– A chave não está na fechadura – ele disse. – Eu me pergunto...

Sua mão deslizou para dentro do bolso do morto.

– Aqui está ela – falou. – Pelo menos é o que eu imagino. Poderia ter a bondade de testá-la, monsieur?

Geoffrey Keene pegou-a da mão de Poirot e testou-a na fechadura.

– É esta, sim.

– E a janela?

Harry Dalehouse se dirigiu à janela.

– Fechada.

– O senhor me permite?

Com muita destreza, Poirot se pôs de pé e juntou-se ao outro na janela. Era uma grande porta-janela. Poirot abriu-a e ficou um minuto examinando a grama logo em frente; então a fechou de novo.

– Meus amigos – ele disse –, nós precisamos telefonar à polícia. Até que eles apareçam e se convençam de que foi realmente um suicídio, nada deve ser tocado. A morte ocorreu no máximo há quinze minutos.

– Eu sei – Harry falou com voz rouca. – Nós ouvimos o tiro.

– *Comment?* O que foi que o senhor disse?

Harry explicou, com ajuda de Geoffrey Keene. Quando terminou de falar, Barling reapareceu.

Poirot repetiu o que dissera antes e, enquanto Keene se ausentava para telefonar, pediu a Barling que lhe concedesse alguns minutos de entrevista.

Os dois entraram numa pequena sala de estar, deixando Digby de guarda junto à porta do gabinete, ao passo que Harry saiu em busca das damas.

– O senhor era, segundo sei, um amigo íntimo do sr. Lytcham Roche – começou Poirot. – É por essa razão que me dirijo ao senhor em primeiro lugar. De acordo com a etiqueta, talvez eu devesse falar primeiro com a sr. Lytcham Roche, mas de momento não considero que isso seja *pratique.*

Ele fez uma pausa.

– Eu me vejo, entenda, numa situação delicada. Vou expor os fatos com franqueza para o senhor. Sou um detetive particular.

O financista sorriu de leve.

– Não é necessário me dizer isso, monsieur Poirot. O seu nome já é, a esta altura, um nome familiar.

– Monsieur é muito amável – disse Poirot, curvando-se. – Prossigamos, então. Recebi, em meu endereço em Londres, uma carta de certo sr. Lytcham Roche. Nela o homem afirmava ter motivos para crer que estivesse sendo fraudado em grandes somas de dinheiro. Por motivos familiares, como ele mesmo colocou, não queria envolver a polícia, mas desejava que eu viesse a sua casa para dar uma olhada na questão. Bem, eu concordei. Vim. Não tão depressa quanto desejava o sr. Lytcham Roche... porque, afinal de contas, tenho outras ocupações, e o sr. Lytcham Roche não era exatamente o rei da Inglaterra, muito embora parecesse pensar que era.

Barling deu um sorriso retorcido.

– Ele se via mesmo dessa maneira.

– Exato. Ah, o senhor entende... a carta deixava bem claro que ele era o que costumam chamar de um homem excêntrico. Não era louco, mas era desequilibrado, *n'est ce pas*?

– O que ele acabou de fazer deve demonstrar isso.

– Ah, monsieur, mas o suicídio nem sempre é o ato de um desequilibrado. Um júri de investigação poderia dizer isso, sim, mas apenas para poupar os sentimentos dos que ficam.

– Hubert não era um indivíduo normal – Barling falou de forma decisiva. – Era dado a fúrias incontroláveis, era um monomaníaco na questão do orgulho familiar e tinha ideias fixas em mais de um sentido. Mas, apesar disso tudo, era um homem perspicaz.

– Precisamente. Era perspicaz o bastante para descobrir que estava sendo roubado.

– Por acaso um homem comete suicídio porque está sendo roubado? – Barling perguntou.

– Exato, monsieur. É ridículo. E isso me impõe a necessidade de ter pressa no caso. Por motivos familiares... essa foi a expressão que ele usou em sua carta. *Eh, bien*, monsieur, o senhor é um homem experiente, sabe que é precisamente por isso, por motivos familiares, que um homem de fato comete suicídio.

– O senhor quer dizer...

– Que parece... à primeira vista... que *ce pauvre* monsieur descobrira algo mais... e foi incapaz de enfrentar o que descobrira. Mas entenda, eu tenho um dever. Já estou encarregado... recebi uma incumbência... aceitei a tarefa. O homem morto não queria que esses "motivos familiares" chegassem à polícia. Preciso agir com rapidez, portanto. Tenho que descobrir a verdade.

– E quando a tiver descoberto...?

– Então... terei de usar a minha discrição. Farei o que for possível.

– Entendo – disse Barling.

Ele fumou por um minuto em silêncio e então acrescentou:

– Mesmo assim, receio não poder ajudá-lo. Hubert nunca me confidenciou coisa alguma. Não sei de nada.

– Mas me diga, monsieur: quem, no seu entender, teria chance de roubar esse pobre cavalheiro?

– Difícil dizer. Claro, há o administrador do patrimônio. Ele é um funcionário novo.

– O administrador?

– Sim. Marshall. Capitão Marshall. Ótimo sujeito, perdeu um braço na guerra. Chegou aqui um ano atrás. Mas Hubert gostava dele, eu sei, e confiava nele também.

– Se fosse o capitão Marshall quem o estava passando para trás, não haveria qualquer motivo familiar para o silêncio.

– N-não.

A hesitação não escapou a Poirot.

– Fale, monsieur. Fale abertamente, eu lhe peço.

– Pode ser apenas intriga.

– Eu imploro ao senhor, fale.

– Pois bem então, vou falar. O senhor chegou a notar uma jovem muito atraente na sala de visitas?

– Notei duas jovens muito atraentes.

– Ah, sim, a srta. Ashby. Uma belezinha. Sua primeira visita. Harry Dalehouse pediu à sra. Lytcham Roche que a convidasse. Não, eu estou me referindo a uma jovem morena... Diana Cleves.

– Eu a notei – disse Poirot. – Ela me chamou a atenção. É do tipo que todos os homens notariam, creio.

– Ela é uma diabinha – irrompeu Barling. – Já fez de bobos todos os homens num raio de trinta quilômetros. Alguém vai matá-la um dia desses.

Ele enxugou a testa com um lenço, alheio ao profundo interesse com o qual era observado pelo outro.

– E essa jovem é...

– Ela é a filha adotiva de Lytcham Roche. Um grande desapontamento quando descobriram que não poderiam ter filhos. Então adotaram Diana Cleves... ela era uma espécie de prima. Hubert era dedicado a ela, simplesmente a venerava.

– Sem dúvida ele não gostaria da ideia de vê-la casada... – Poirot sugeriu.

– Gostaria caso ela se casasse com a pessoa certa.

– E a pessoa certa era... o senhor?

Barling se sobressaltou, corando.

– Eu não disse...

– *Mais non, mais non!* O senhor não disse nada. Mas era isso, não era?

– Sim, eu me apaixonei por ela... sim. Lytcham Roche ficou contente. Isso condizia com os planos que ele tinha para ela.

– E quanto à mademoiselle?

– Eu lhe falei... ela é um verdadeiro demônio.

– Eu entendo. Ela tem suas próprias ideias de divertimento, não é isso? Mas o capitão Marshall, onde é que ele entra?

– Bem, ela estava andando muito com ele. As pessoas comentam. Não que eu ache que haja qualquer coisa. Puro falatório, só isso.

Poirot assentiu.

– Mas supondo-se que houvesse alguma coisa... bem, nesse caso isso poderia explicar por que M. Lytcham Roche queria proceder com cautela.

– O senhor deve entender, claro, que não há nenhuma razão para suspeitar de um desfalque por parte de Marshall.

– Ah, *parfaitement, parfaitement!* Poderia ser o caso de um cheque falsificado com alguém da família envolvido. Esse jovem, sr. Dalehouse, quem é ele?

– Um sobrinho.

– Ele será o herdeiro, não?

– Ele é filho de uma irmã. É claro que vai ficar com o nome... não restou nenhum Lytcham Roche.

– Entendo.

– A casa não é efetivamente inalienável, embora sempre tenha passado de pai para filho. Eu sempre imaginei que ele a deixaria para sua esposa enquanto esta vivesse, e depois talvez para Diana, caso aprovasse o casamento dela. Claro, o marido dela poderia ficar com o nome.

– Compreendo – disse Poirot. – O senhor foi muito gentil e prestativo comigo. Posso lhe pedir mais uma coisa, monsieur? Poderia explicar à sra. Lytcham Roche tudo isso que eu lhe falei e rogar a ela que me conceda um minuto?

Mais depressa do que havia julgado provável, a porta se abriu e a sra. Lytcham Roche entrou. Ela andou suavemente até uma cadeira.

– O sr. Barling me explicou tudo – ela disse. – Não há necessidade de nenhum escândalo, é claro. Embora eu sinta que na verdade foi obra do destino, o senhor não concorda? Eu quero dizer, por causa do espelho e tudo mais.

– *Comment?* O espelho?

– No momento em que o vi... parecia um símbolo. De Hubert! Uma maldição, sabe... Acredito que famílias antigas muitas vezes têm uma maldição. Hubert sempre foi muito estranho. Nos últimos tempos, estava mais estranho do que nunca.

– Queira me desculpar pela pergunta, madame, mas vocês não estavam de alguma maneira com pouco dinheiro?

– Dinheiro? Eu nunca penso em dinheiro.

– Sabe o que se costuma dizer, madame? Quem nunca pensa em dinheiro normalmente é quem precisa mais dele.

Ele arriscou uma minúscula risada. A sra. Lytcham Roche não correspondeu; seus olhos estavam distantes.

– Muito obrigado, madame – ele disse, dando fim à entrevista.

Poirot tocou a campainha e Digby apareceu.

– Vou lhe solicitar que me responda algumas perguntas – falou Poirot. – Sou um detetive particular; o seu patrão me contratou antes de morrer.

– Um detetive! – arquejou o mordomo. – Por quê?

– Queira responder, por favor, às minhas perguntas. Quanto ao tiro...

Ele ouviu o relato do mordomo.

– Então vocês eram quatro no saguão?

– Sim, senhor; o sr. Dalehouse e a srta. Ashby, e o sr. Keene, que veio da sala de visitas.

– Onde estavam os outros?

– Os outros, senhor?

– Sim, a sra. Lytcham Roche, a srta. Cleves e o sr. Barling.

– A sra. Lytcham Roche e o sr. Barling desceram depois, senhor.

– E a srta. Cleves?

– Eu creio que a srta. Cleves estava na sala de visitas, senhor...

Poirot fez mais algumas perguntas; em seguida, dispensou o mordomo com a ordem de que pedisse o comparecimento da srta. Cleves.

Ela veio de imediato, e Hercule Poirot estudou-a com grande atenção tendo em mente as revelações de Barling. Ela era mesmo linda em seu vestido de cetim branco com o botão de rosa no ombro.

Ele explicou as circunstâncias que o tinham trazido a Lytcham Close, examinando-a, mas a jovem apenas demonstrou cuidadosamente o que pareceu ser um assombro genuíno, sem o menor sinal de inquietação. Ela falou de Marshall com indiferença, ainda que num tom de aprovação. Só com a menção de Barling ela demonstrou certa animação.

– Aquele homem é um vigarista – falou com rispidez. – Foi o que eu disse ao velho, mas ele não queria escutar... continuou colocando dinheiro nos seus malditos interesses.

– A senhorita lamenta que o seu... pai esteja morto?

Ela o encarou fixamente.

– É claro. Eu sou uma mulher moderna, sr. Poirot. Não perco meu tempo soluçando pelos cantos. Mas eu gostava do velho. Se bem que foi melhor para ele, claro.

– Melhor para ele, mademoiselle?

– Sim. Um dia desses ele teria de ser internado. A coisa estava ficando pior... Estava crescendo dentro dele a crença de que o último Lytcham Roche de Lytcham Close era onipotente.

Poirot assentiu pensativo.

– Certo, certo... sim, sinais evidentes de transtorno mental. A propósito, a senhorita me permite examinar a sua bolsinha? É uma bolsa encantadora... todos esses botões de rosa de seda... O que é que eu estava dizendo? Ah, sim, a senhorita ouviu o tiro?

– Ah, sim! Mas achei que fosse um carro, um invasor, qualquer outra coisa.

– A senhorita estava na sala de visitas?

– Não. Eu estava no jardim.

– Certo. Obrigado, mademoiselle. A seguir eu gostaria de falar com o sr. Keene, não é isso?

– Geoffrey? Vou dizer a ele que venha.

Keene entrou alerta e interessado.

– O sr. Barling estava me contando a razão da sua presença aqui. Não sei se existe alguma coisa que eu possa lhe contar, mas se eu puder...

Poirot o interrompeu.

– Só quero saber uma coisa, monsieur Keene. Pouco antes de chegarmos à porta do gabinete, mais cedo, o senhor se agachou para pegar o quê?

– Eu... – Keene quase saltou da cadeira e então voltou a se acomodar. – Não sei o que o senhor está querendo dizer – falou despreocupado.

– Ah, eu creio que sabe, monsieur. O senhor estava atrás de mim, eu sei, mas um amigo meu costuma me dizer que eu tenho olhos atrás da cabeça. O senhor apanhou alguma coisa e a colocou no bolso direito do seu paletó.

Houve uma pausa. A indecisão estava escrita com todas as letras no rosto bonito de Keene. Por fim ele se decidiu.

– Pode escolher, monsieur Poirot – ele disse. Inclinando-se à frente, virou seu bolso do avesso. Havia uma piteira, um lenço, um minúsculo botão de rosa de seda e uma pequena caixa de fósforos dourada.

Passado um momento de silêncio, Keene falou:

– Para falar a verdade, foi isto aqui – e pegou a caixa de fósforos. – Devo ter deixado cair um pouco antes.

– Acho que não – retrucou Poirot.

– O senhor está querendo dizer o quê?

– O que eu disse. Eu, monsieur, sou um homem meticuloso, metódico, ordeiro. Uma caixa de fósforos no chão eu teria visto e apanhado... uma caixa de fósforos deste tamanho eu seguramente teria visto! Não, monsieur, eu acho que era algo bem menor... como isto aqui, talvez.

Ele pegou o pequeno botão de rosa de seda.

– Da bolsa da srta. Cleves, estou certo?

Houve uma pausa momentânea e então Keene admitiu, com uma risada:

– Sim, é verdade. Ela... me deu isso ontem à noite.

– Entendo – disse Poirot.

Naquele momento a porta se abriu e um homem alto de cabelos louros, usando um traje de passeio, adentrou o recinto.

– Keene... o que é isso? Lytcham Roche se matou? Nossa, eu não consigo acreditar. É incrível.

– Permita-me apresentá-lo – disse Keene – ao monsieur Hercule Poirot.

O outro se sobressaltou.

– Ele vai lhe contar tudo a respeito.

E Keene saiu da sala, batendo a porta.

– Monsieur Poirot – John Marshall era pura ansiedade –, é um enorme prazer conhecê-lo. É um lance de sorte a sua presença aqui. Lytcham Roche não me disse que o senhor vinha. Eu sou um dos seus maiores admiradores, senhor.

Um jovem cativante, pensou Poirot – não tão jovem assim, porém, pois tinha cabelos grisalhos nas têmporas e finas rugas na testa. A impressão de meninice se dava por causa da voz e dos modos.

– A polícia...

– Eles já estão aqui, senhor. Vim com eles ao tomar conhecimento da notícia. Eles não parecem particularmente surpresos. É claro, ele era um doido varrido, mas mesmo assim...

– Mesmo assim lhe causa surpresa que ele tenha cometido suicídio?

– Para ser franco, sim. Não teria me passado pela cabeça que... bem, que Lytcham Roche pudesse ter imaginado que o mundo iria em frente sem ele.

– Ele andou tendo problemas financeiros nos últimos tempos, segundo eu soube.

Marshall confirmou com a cabeça.

– Ele especulava. Esquemas arriscados de Barling.

Poirot disse tranquilamente:

– Serei muito franco. O senhor tinha qualquer razão para supor que o sr. Lytcham Roche suspeitasse do seu trabalho, de adulterações na contabilidade?

Marshall encarou Poirot numa espécie de perplexidade cômica – tão cômica que Poirot foi forçado a sorrir.

– Vejo que o senhor está completamente tomado de surpresa, capitão Marshall.

– Sim, estou mesmo. Essa é uma ideia ridícula.

– Ah! Outra pergunta. Ele não suspeitava que o senhor estava prestes a lhe tomar a filha adotiva?

– Ah, então o senhor sabe sobre mim e Di? – ele riu de uma maneira embaraçada.

– É verdade, então?

Marshall assentiu.

– Mas o velho não sabia de nada. Di não teria lhe contado. Acho que ela estava certa. Ele teria ficado uma fera. Eu teria perdido meu emprego e tudo ficaria por isso.

– E, em vez disso, qual era o seu plano?

– Bem, eu lhe dou a minha palavra, senhor, nem eu sei. Deixei que Di cuidasse das coisas. Ela disse que daria um jeito. Para falar a verdade, eu já estava procurando um emprego. Se tivesse conseguido, teria largado este aqui.

– E mademoiselle teria se casado com o senhor? Mas o sr. Lytcham Roche poderia ter cortado a mesada dela. Mademoiselle Diana, pelo que pude perceber, gosta de dinheiro.

Marshall pareceu um tanto desconfortável.

– Eu tentaria compensá-la, senhor.

Geoffrey Keene entrou na sala.

– Os policiais estão indo embora e gostariam de falar com o senhor, monsieur Poirot.

– *Merci.* Já vou.

No gabinete encontravam-se um inspetor robusto e o legista.

– Sr. Poirot? – disse o inspetor. – Já ouvimos falar do senhor. Eu sou o inspetor Reeves.

– Muito amável da sua parte – falou Poirot, apertando-lhes as mãos. – Não precisam da minha cooperação, precisam? – ele deu uma risadinha.

– Não desta vez, senhor. Tudo está correndo sem maiores dificuldades.

– O caso está perfeitamente esclarecido, então? – indagou Poirot.

– Totalmente. Porta e janela trancadas, chave da porta no bolso do morto. Comportamento muito estranho nos últimos dias. Nenhuma dúvida.

– Tudo muito... natural?

O médico grunhiu.

– Ele devia estar sentado num ângulo bizarro para que a bala pudesse atingir aquele espelho. Mas o suicídio é um negócio bizarro.

– Encontraram a bala?

– Sim, aqui está – o médico mostrou-a com a mão estendida. – Perto da parede abaixo do espelho. A pistola era do sr. Roche mesmo. Ele a guardava na gaveta da escrivaninha. Tem alguma coisa por trás disso tudo, eu me atrevo a dizer, mas o que é nós nunca vamos saber.

Poirot assentiu com a cabeça.

O corpo fora transportado para um quarto. Os policiais se despediram. Poirot ficou parado na porta da frente enquanto os dois se afastavam. Um som o fez girar o corpo. Harry Dalehouse estava logo atrás dele.

– O senhor tem, por acaso, uma lanterna potente, meu amigo? – Poirot perguntou.

– Sim, vou pegá-la para o senhor.

Quando retornou com a lanterna, trazia Joan Ashby consigo.

– Vocês podem me acompanhar, se quiserem – Poirot falou, afável.

Ele saiu pela porta da frente e virou à direita, parando diante da janela do gabinete. Cerca de dois metros de grama separavam-na do caminho pavimentado. Poirot se curvou, iluminando a grama com a lanterna. Depois se endireitou e balançou a cabeça.

– Não – ele disse –, aqui não.

Então fez uma pausa e, lentamente, seu corpo ficou rígido. Em ambos os lados da grama havia um enorme canteiro de flores. A atenção de Poirot se concentrou no canteiro da direita, cheio de margaridas-de-são-miguel e dálias. Seu facho incidiu na parte da frente do canteiro. Nítidas pegadas eram visíveis na terra macia.

– Quatro pegadas – Poirot murmurou. – Duas indo na direção da janela e duas voltando.

– Um jardineiro – Joan sugeriu.

– Não, mademoiselle. Olhe bem. Estes sapatos são pequenos, delicados, de salto alto, sapatos de uma mulher. Mademoiselle Diana mencionou ter estado no jardim. Sabe se ela desceu as escadas antes da senhorita, mademoiselle?

Jane sacudiu a cabeça.

– Não consigo me lembrar. Eu estava tão apressada por causa da batida do gongo, e achei que já ouvira a primeira. Acho que a porta do quarto dela estava aberta quando eu passei, mas não tenho certeza. A porta da sra. Lytcham Roche estava fechada, disso eu sei.

– Certo – disse Poirot.

Algo em sua voz fez com que Harry levantasse os olhos abruptamente, mas Poirot meramente franzia o cenho para si mesmo.

Na porta de entrada encontraram Diana Cleves.

– A polícia foi embora – ela disse. – Está tudo... acabado.

Ela soltou um profundo suspiro.

– Posso solicitar, mademoiselle, uma rápida palavra com a senhorita?

Ela foi na frente até a sala de estar e Poirot a seguiu, fechando a porta.

– Pois não? – ela parecia um pouco surpresa.

– Uma rápida pergunta, mademoiselle. Em algum momento nesta noite a senhorita esteve no canteiro de flores junto à janela do gabinete?

– Sim – ela confirmou. – Por volta das sete horas, e de novo pouco antes do jantar.

– Não entendo – ele disse.

– Não há nada para ser "entendido", como o senhor diz – ela retrucou com frieza. – Eu estava colhendo margaridas-de-são-miguel... para o arranjo da mesa. Eu sempre me encarrego das flores. Isso foi por volta das sete horas.

– E depois... mais tarde?

– Ah, sim! Para falar a verdade, eu deixei cair um pingo de loção capilar no meu vestido... bem aqui no ombro. Foi bem quando eu estava pronta para descer. Eu não queria trocar de vestido. Lembrei de ter visto uma rosa em botão no canteiro. Corri até lá, peguei a rosa e afixei-a. Veja...

Ela se aproximou de Poirot e levantou a rosa. Poirot pôde ver a diminuta mancha gordurosa. A jovem permaneceu perto dele, os ombros dos dois quase se tocando.

– E que horas eram?

– Ah, por volta de oito e dez, eu suponho.

– A senhorita não... tentou entrar pela janela?

– Creio que tentei. Sim, eu achei que seria mais rápido entrar dessa maneira. Mas ela estava trancada.

– Certo – Poirot soltou um profundo suspiro. – E quanto ao tiro – ele disse –, onde a senhorita estava quando o ouviu? Ainda no canteiro de flores?

– Ah, não; foi dois ou três minutos depois, quando eu estava prestes a entrar pela porta lateral.

– Sabe o que é isto, mademoiselle?

Na palma da mão ele estendeu o minúsculo botão de rosa de seda. A jovem o examinou com frieza.

– Parece um botão de rosa da minha bolsinha de noite. Onde o senhor o encontrou?

– Estava no bolso do sr. Keene – Poirot disse secamente. – A senhorita o deu para ele?

– Ele lhe falou que eu fiz isso?

Poirot sorriu.

– Quando foi que o deu para ele, mademoiselle?

– Ontem à noite.

– Ele a alertou para dizer isso, mademoiselle?

– Como assim? – ela retrucou com irritação.

Mas Poirot não respondeu. Saiu do recinto e adentrou a sala de visitas. Barling, Keene e Marshall estavam ali. Ele foi direto até os três.

– Messieurs – falou bruscamente –, poderiam me acompanhar até o gabinete?

Ele se deslocou até o saguão e se dirigiu a Joan e Harry.

– Vocês também, eu lhes rogo. E alguém poderia solicitar a presença de madame? Obrigado. Ah! E eis aqui o excelente Digby. Digby, uma rápida pergunta, uma rápida pergunta muito importante. Por acaso a srta. Cleves fez um arranjo de margaridas-de-são-miguel antes do jantar?

O mordomo pareceu perplexo.

– Sim, senhor, fez.

– Tem certeza?

– Absoluta, senhor.

– *Très bien.* Agora... venham, todos vocês.

Dentro do gabinete, ele os encarou.

– Pedi que viessem para cá por uma razão. O caso está encerrado, a polícia já veio e foi embora. Disseram que o sr. Lytcham Roche se matou. Está tudo terminado – ele fez uma pausa. – Mas eu, Hercule Poirot, afirmo que não está terminado.

Enquanto olhos arregalados se voltavam para ele, a porta se abriu e a sra. Lytcham Roche entrou.

– Eu estava dizendo, madame, que este caso não está terminado. É uma questão da psicologia. O sr. Lytcham Roche tinha uma *manie de grandeur*, ele era um rei. Um homem assim não se mata. Não, não, ele pode ficar louco, mas ele não se mata. O sr. Lytcham Roche não se matou – Poirot fez uma pausa. – Ele foi morto.

– Morto? – Marshall deu uma pequena risada. – Sozinho numa sala com a porta e a janela trancadas?

– Mesmo assim – Poirot falou obstinado –, ele foi morto.

– E depois se levantou e trancou a porta ou fechou a janela, eu imagino – Diana falou num tom cortante.

– Eu vou lhes mostrar uma coisa – Poirot disse, dirigindo-se até a janela.

Ele girou a maçaneta da porta-janela e puxou-a com suavidade.

– Vejam, está aberta. Agora eu vou fechá-la, mas sem girar a maçaneta. Agora a janela está fechada, mas não trancada. Agora!

Ele deu um pequeno golpe e a maçaneta girou, lançando o pino dentro do buraco.

– Estão vendo? – Poirot falou num tom brando. – Este mecanismo está muito solto. Seria possível fazer isso de fora com grande facilidade.

Ele se voltou com uma expressão sombria.

– Quando o tiro foi disparado, às oito e doze, havia quatro pessoas no saguão. Quatro pessoas têm um álibi. Onde estavam as outras três? A senhora, madame? No seu quarto. O senhor, monsieur Barling... O senhor também estava no seu quarto?

– Estava.

– E a senhorita, mademoiselle, estava no jardim. Como já admitiu.

– Eu não vejo... – começou Diana.

– Espere – ele se voltou para a sra. Lytcham Roche. – Diga-me, madame, tem alguma ideia de como foi que o seu marido dividiu o dinheiro no testamento?

– Hubert me leu seu testamento. Falou que eu precisava saber. Ele me deixava três mil por ano da renda do patrimônio e também a casa do dote ou a casa da cidade, a que eu preferisse. Tudo mais ele deixava para Diana, sob a condição de que, caso ela se casasse, seu marido assumisse o nome da família.

– Ah!

– Mas então ele fez um negócio chamado codicilo... foi poucas semanas atrás.

– Sim, madame?

– Ele ainda deixava tudo para Diana, mas sob a condição de que ela se casasse com o sr. Barling. Se ela se casasse com outro qualquer, tudo passaria para o sobrinho dele, Harry Dalehouse.

– Mas o codicilo só foi feito poucas semanas atrás – sussurrou Poirot. – Mademoiselle pode não ter tomado conhecimento disso.

Ele deu um passo à frente, acusador:

– Mademoiselle Diana, a senhorita quer se casar com o capitão Marshall, não quer? Ou é com o sr. Keene?

A jovem atravessou a sala e cruzou seu braço com o braço leal de Marshall.

– Vá em frente – ela disse.

– Vou apresentar o caso contra mademoiselle. A senhorita amava o capitão Marshall. Também amava o dinheiro. O seu pai adotivo nunca teria consentido um casamento seu com o capitão Marshall, mas, se ele morrer, a senhorita tem certeza de que vai ficar com tudo. Então a senhorita sai, pisa no canteiro de flores diante da janela, que está aberta, carrega consigo a pistola que tirou da gaveta da escrivaninha. A senhorita se aproxima da sua vítima conversando afavelmente. Dispara. Deixa cair a pistola junto à mão dele depois de limpá-la e de ter pressionado nela os dedos do morto. Sai de novo para o jardim, sacudindo a janela até acionar o pino. A senhorita entra na casa. Foi assim que aconteceu? Eu lhe pergunto, mademoiselle.

– Não – Diana gritou. – Não... não!

Hercule Poirot olhou para ela e então sorriu.

– Não – ele disse –, não foi assim. Poderia ter sido... é plausível... é possível... mas não pode ter sido assim por duas razões. A primeira razão é que a senhorita colheu margaridas-de-são-miguel às sete horas; a segunda decorre de algo que mademoiselle aqui me contou...

Poirot se voltou para Joan, que o encarou com perplexidade. Ele assentiu num gesto de incentivo.

– Sim, mademoiselle. A senhorita me disse que correu escada abaixo porque pensava que fosse o segundo gongo soando, já tendo escutado o primeiro.

Ele lançou um rápido olhar em volta da sala.

– Não estão vendo o que isso significa? – ele exclamou. – Não estão vendo? Olhem! Olhem! – saltou até a cadeira onde a vítima estivera sentada. – Perceberam como estava o corpo? Não estava sentado reto em frente à mesa... não, sentado de lado para a mesa, de frente para a janela. Por acaso essa é uma maneira natural para alguém cometer suicídio? *Jamais, jamais!* Você escreve o seu pedido de "perdão" num pedaço de papel, você abre a gaveta, pega a pistola, encosta a pistola na cabeça e atira. É assim que costuma ser um suicídio. Mas agora considerem um assassinato! A vítima está sentada diante da escrivaninha, o assassino está de pé ao lado... conversando. E ainda conversando... atira. Onde a bala vai parar então? – ele fez uma pausa. – Ela vai atravessar a cabeça, atravessar a porta se esta estiver aberta, e assim... acertar o gongo. Ah! Estão começando a ver? Essa foi a primeira batida do gongo... ouvida somente por mademoiselle, uma vez que o quarto dela fica em cima. O que é que o nosso assassino faz a seguir? Fecha e tranca a porta, coloca a chave no bolso do morto, depois vira o corpo de lado na cadeira, pressiona os dedos do morto na pistola e então a deixa cair ao lado dele, e estilhaça o espelho na parede num toque final espetacular... em suma, "arranja" o suicídio da vítima. Então o assassino sai pela janela, aciona o pino de repelão, pisa não na grama, onde as pegadas irão aparecer, mas no canteiro de flores, onde podem ser alisadas na passagem, sem deixar vestígio. Depois entra na casa de novo, e, às oito e doze, quando está sozinho na sala de visitas, dispara um revólver pela janela do aposento e se precipita para o saguão. Foi assim que o senhor fez, sr. Geoffrey Keene?

Fascinado, o secretário encarou a figura acusadora que se aproximava dele. Então, com um grito gorgolejante, caiu no chão.

– Acredito que aí está a minha resposta – disse Poirot. – Capitão Marshall, o senhor poderia ligar para a polícia? – ele se curvou sobre o corpo prostrado. – Imagino que ele ainda estará inconsciente quando chegarem.

– Geoffrey Keene – Diana murmurou. – Mas que motivo ele tinha?

– Imagino que, como secretário, tinha certas oportunidades... contas... cheques. Algo despertou a suspeita do sr. Lytcham Roche. Ele me chamou.

– Por que o senhor? Por que não a polícia?

– Eu creio, mademoiselle, que a senhorita pode responder a essa pergunta. Monsieur suspeitava que houvesse algo entre a senhorita e este jovem. Para desviar a mente dele do capitão Marshall, a senhorita flertara descaradamente com o sr. Keene. Sim, a senhorita não precisa negar! O sr. Keene fica sabendo da minha vinda e age prontamente. A essência de seu esquema é que o crime deve parecer ocorrer às oito e doze, quando ele tem um álibi. Seu único perigo é a bala, que deve estar caída em algum lugar perto do gongo e que ele não tem tempo para recuperar. Quando todos nós estamos a caminho do gabinete, ele se abaixa para pegá-la. Num momento tão tenso, ele pensa que ninguém irá perceber. Mas eu, eu percebo tudo! Eu o questiono. Ele reflete por um minuto e então encena uma comédia! Insinua que o que pegou foi o botão de rosa de seda, interpreta o papel do jovem apaixonado protegendo a mulher amada. Ah, foi muito astuto, e se a senhorita não tivesse colhido margaridas-de-são-miguel...

– Não consigo entender o que elas têm a ver com isso.

– Não consegue? Ouça... só havia quatro pegadas no canteiro, mas, ao colher as flores, a senhorita deve ter feito muito mais do que isso. Assim, entre colher as flores e o seu retorno para pegar o botão de rosa, alguém deve ter alisado o canteiro. Não um jardineiro... nenhum jardineiro trabalha depois das sete. Então só pode ter sido alguém culpado... só pode ter sido o assassino... o assassinato foi cometido antes que se ouvisse o tiro.

– Mas por que ninguém escutou o tiro verdadeiro? – Harry perguntou.

– Um silenciador. Constatarão que foi jogado junto com o revólver dentro dos arbustos.

– Que risco!

– Risco por quê? Todos estavam no andar de cima se vestindo para o jantar. Era um ótimo momento. A bala era o único contratempo, e até mesmo isso, segundo ele pensou, dera certo.

Poirot pegou a bala.

– Ele a jogou perto do espelho quando eu estava examinando a janela com o sr. Dalehouse.

– Ah! – Diana se voltou para Marshall. – Case comigo, John, e me leve embora.

Barling tossiu:

– Minha querida Diana, sob os termos do testamento do meu amigo...

– Eu não me importo – a jovem exclamou. – Nós podemos desenhar nas calçadas.

– Não há necessidade disso – falou Harry. – Vamos dividir meio a meio, Di. Não vou embolsar tudo só porque o meu tio tinha uma ideia fixa na cabeça.

De repente houve um grito. A sra. Lytcham Roche levantou-se de um salto.

– Monsieur Poirot... o espelho... ele... ele deve tê-lo estilhaçado deliberadamente.

– Sim, madame.

– Ah! – ela o encarou. – Mas dá azar quebrar um espelho.

– De fato, deu muito azar ao sr. Geoffrey Keene – Poirot falou num tom jovial.

Série Agatha Christie na Coleção **L&PM** POCKET

O homem do terno marrom
O segredo de Chimneys
O mistério dos sete relógios
O misterioso sr. Quin
O mistério Sittaford
O cão da morte
Por que não pediram a Evans?
O detetive Parker Pyne
É fácil matar
Hora Zero
E no final a morte
Um brinde de cianureto
Testemunha de acusação e outras histórias
A Casa Torta
Aventura em Bagdá
Um destino ignorado
A teia da aranha (com Charles Osborne)
Punição para a inocência
O Cavalo Amarelo
Noite sem fim
Passageiro para Frankfurt
A mina de ouro e outras histórias

MISTÉRIOS DE HERCULE POIROT

Os Quatro Grandes
O mistério do Trem Azul
A Casa do Penhasco
Treze à mesa
Assassinato no Expresso Oriente
Tragédia em três atos
Morte nas nuvens
Os crimes ABC
Morte na Mesopotâmia
Cartas na mesa
Assassinato no beco
Poirot perde uma cliente
Morte no Nilo
Encontro com a morte
O Natal de Poirot
Cipreste triste
Uma dose mortal
Morte na praia
A Mansão Hollow
Os trabalhos de Hércules
Seguindo a correnteza
A morte da sra. McGinty
Depois do funeral
Morte na rua Hickory
A extravagância do morto
Um gato entre os pombos
A aventura do pudim de Natal
A terceira moça
A noite das bruxas
Os elefantes não esquecem
Os primeiros casos de Poirot
Cai o pano: o último caso de Poirot
Poirot e o mistério da arca espanhola e outras histórias
Poirot sempre espera e outras histórias

MISTÉRIOS DE MISS MARPLE

Assassinato na casa do pastor
Os treze problemas
Um corpo na biblioteca
A mão misteriosa
Convite para um homicídio
Um passe de mágica
Um punhado de centeio
Testemunha ocular do crime
A maldição do espelho
Mistério no Caribe
O caso do Hotel Bertram
Nêmesis
Um crime adormecido
Os últimos casos de Miss Marple

MISTÉRIOS DE TOMMY & TUPPENCE

O adversário secreto
Sócios no crime
M ou N?
Um pressentimento funesto
Portal do destino

ROMANCES DE MARY WESTMACOTT

Entre dois amores
Retrato inacabado
Ausência na primavera
O conflito
Filha é filha
O fardo

TEATRO

Akhenaton
Testemunha de acusação e outras peças
E não sobrou nenhum e outras peças